sob as árvores de udalas

Chinelo Okparanta

sob as árvores de udalas

Tradução
Carolina Kuhn Facchin

kapulana
São Paulo
2023

Título original: Under the udala trees

Grafia atualizada segundo o Acordo Ortográfico da Língua Portuguesa de 1990, em vigor no Brasil a partir de 2009.

Direção editorial: Rosana M. Weg
Tradução: Carolina Kuhn Facchin
Projeto gráfico: Daniela Miwa Taira
Capa: Mariana Fujisawa

Dados internacionais de Catalogação na Publicação (CIP)
(Câmara Brasileira do Livro)

Okparanta, Chinelo
Sob as árvores de udalas/ Chinelo Okparanta; tradução Carolina Kuhn Facchin. -- 1. ed. -- São Paulo: Kapulana Publicações, 2023.

Título original: Under the udala trees
ISBN 978-65-87231-31-0

1. Ficção nigeriana I. Título.

23-159770 CDD-Ni823

Índices para catálogo sistemático:

1. Ficção: Literatura nigeriana Ni823
Aline Graziele Benitez — Bibliotecária — CRB-1/3129

2023

Av. Francisco Matarazzo, 1752, cj. 1604 - São Paulo - SP - Brasil - 05001-200
www.kapulana.com.br

SOB AS ÁRVORES DE UDALAS

Para Constance, Chibueze, Chinenye, Chidinma

e para Obiora

A fé é a firme confiança de que virá o que se espera, a demonstração clara de realidades não vistas.

Hebreus 11:1

Parte I

1

No meio do caminho entre a antiga estrada Oba-Nnewi e a nova estrada Oba-Nnewi, naquela área circunscrita pela igreja da aldeia e a escola primária, e onde a estrada Mmiri John termina só para começar de novo, ficava nossa casa em Ojoto. Era um sobrado de cimento pintado de amarelo, construído nas trilhas marrons e empoeiradas ao sul do rio John, onde a mãe de papai quase se afogou quando era menina, na época em que as pessoas ainda lavavam as roupas nas margens rochosas do rio.

Nosso complexo tinha um portão, e sua fachada era guardada por moitas de roseiras e arbustos de hibiscos. Levando até os arbustos, um par de sebes verdes crescia paralelamente, salpicadas por minúsculas flores rosas de ixora que pareciam estrelas. Vendedores alinhavam-se na estrada adjacente às sebes, ao lado de árvores cheias de frutas: laranjas, goiabas, cajus e mangas. Nas margens das estradas, onde os arbustos se erguiam altos como uma floresta, havia ainda mais árvores: irocos altos, pinheiros sibilantes e palmeiras-de-óleo e coqueiros dispersos. Tínhamos que subir os olhos até o céu para ver as copas dessas árvores. Tão altos eram os arbustos e tão altas eram as árvores.

No harmatã, os ventos do Saara chegavam e levantavam a poeira, e nublavam o ar, e tornavam as árvores e arbustos foscos como uma miragem, e transformavam o sol numa bola borrada no céu.

Na estação chuvosa, as chuvas extraíam a selvageria da poeira e tudo recuperava sua nitidez e sua forma.

Este era o ciclo normal das coisas: a estação chuvosa seguida pela estação seca, e o harmatã dobrando-se dentro da seca. Enquanto isso, as cabras baliam. Cães latiam. Galinhas e galos de um lado para o outro nas estradas, permanecendo perto dos complexos a que pertenciam. Caudas de espada e monarcas e capins amarelos e vermelhos — todas as borboletas — voavam vagarosamente de uma flor para outra.

Quanto a nós, andávamos naquele jeito sem pressa das borboletas, como se a brisa fosse delicada, como se o sol na pele fosse uma carícia. Como se passos lentos permitissem saborear os dois. Era assim que as coisas eram antes da guerra: nossas vidas, caminhando mansamente.

Era 1967 quando a guerra irrompeu e se instalou por toda parte. Em 1968, toda Ojoto passou a pulsar com o som de carros blindados e máquinas de bombardeio, aviões bombardeiros e seus motores barulhentos chocando nossos ouvidos.

Em 1968, nossos homens começaram a pendurar armas nos ombros e carregar machados e facões, as lâminas brilhando ao sol; e nas ruas, a cada uma ou duas horas à tarde e à noite, seus cânticos podiam ser ouvidos, vozes altas saindo de suas bocas como libações: "Biafra, vamos vencer a guerra!"

No segundo ano da guerra — 1968 —, mamãe me mandou embora.

Àquela altura, conversas sobre todas as festividades que aconteceriam quando Biafra derrotasse a Nigéria já haviam começado a diminuir, suplantadas, em seu lugar, por uma preocupação coletiva sobre o que seria de nós quando a Nigéria vencesse: seríamos despojados de nossas casas e de nossas terras? Seríamos forçados à servidão? Nossa vida seria reduzida à comida racionada? Por quanto tempo, no futuro, teríamos que suportar o fardo de nossa perda? Nós nos recuperaríamos?

Todas essas perguntas, porque em 1968 a Nigéria já estava ganhando e tudo já havia mudado.

Mas viriam mais mudanças.

Não há como contar a história do que aconteceu com Amina sem primeiro contar a história de como mamãe me mandou embora. Igualmente, não há como contar a história de como mamãe me mandou embora sem contar também sobre a recusa de papai em refugiar-se no bunker. Sem sua recusa, a expulsão poderia nunca ter ocorrido, e se não tivesse ocorrido, então eu poderia nunca ter conhecido Amina.

Se eu não tivesse conhecido Amina, talvez não houvesse história para contar.

Então, a história começa antes mesmo da história, em 23 de junho de 1968. *Ubosi chi ji ehihe jie:* o dia em que a noite caiu à tarde, como diz o ditado. Ou, como mamãe às vezes diz, o dia em que a noite tomou o dia: o dia em que papai se despediu de nós.

Era um domingo, mas não tínhamos ido à igreja naquela manhã por causa do ataque iminente. Na noite anterior, os rádios haviam anunciado que aviões inimigos estariam mais uma vez na ofensiva, pelo menos pelos próximos dias. Era melhor para pessoas que tivessem qualquer tipo de bom senso ficarem em casa, disse papai. Mamãe concordou.

Não muito longe de mim na sala, papai estava sentado à escrivaninha, curvado, os cotovelos sobre as coxas, a cabeça apoiada nas mãos fechadas. O cheiro do akara[1] frito de mamãe, saindo da cozinha, irrompeu no ar da sala.

Papai sentou-se com a testa franzida e o nariz comprimido, como se o cheiro doce e picante do akara tivesse se tornado um odor fétido. Ao lado dele, seu rádio-gramofone. À sua frente, uma pilha de jornais.

De manhã cedo, ele ouvira o rádio com o volume bem alto, como se fosse surdo. Ouviu atentamente todas as vozes que saíam da

---

[1] No Brasil, acarajé.

rádio Biafra. Mesmo quando mamãe veio e pediu que ele baixasse o volume, que aquilo estava perturbando sua paz, que nem todo mundo queria ser lembrado a cada momento do dia de que o país estava desmoronando, ainda assim ele deixou o volume o mais alto possível.

Mas agora o rádio estava com o volume tão baixo que tudo o que se ouvia dele era um som fino e estático, um pouco como quando se coça a pele.

Até a guerra chegar, papai olhava apenas com amor para o rádio-gramofone. Ele o valorizava da mesma forma que tudo que é importante para nós: Bíblias e fotos antigas, água e ar. Afinal, era o mesmo rádio-gramofone que lhe fora passado pelo pai, que morrera no ano em que nasci. Todos os meus avós haviam seguido o exemplo do pai do meu pai — no ano seguinte, sua mãe faleceu; e no ano depois, e no outro, mamãe perdeu seus pais. Papai e mamãe eram filhos únicos, sem irmãos, e eles gostavam de dizer que era uma das razões pelas quais se amavam: que eram, além de mim, a única família que lhes restava.

Mas já haviam passado os dias em que ele olhava com amor para o rádio-gramofone. Naquela tarde em particular, ficou sentado, encarando aquela coisa que parecia um caixote.

Ele se virou para a pilha de jornais que estava em cima de seu papel de desenho: cerca de um mês do *Daily Times*, as páginas amassadas nos cantos e nas laterais. Pegou um e começou a folhear as páginas, ainda com aquele olhar preocupado no rosto.

Aproximei-me de sua escrivaninha, fiquei tão perto que não tive como não sentir o cheiro de sua pomada de cabelo Morgan, aquela do pote amarelo e vermelho com tampa de lata, que sempre me lembrava remédio. Se ao menos a guerra fosse algum tipo de doença, se ao menos bastasse tomar um remédio.

Ele devolveu o jornal que estava lendo para a pilha. Na primeira página estavam as palavras SALVEM-NOS. Abaixo das palavras, a fotografia de uma criança com a barriga inchada sustentada por membros finos como grades: uma criança com kwashiorkor, uma menina que parecia ter a minha idade. Ela era apenas mais uma menina Igbo, mas poderia facilmente ser eu.

Papai estava usando um de seus velhos conjuntos de buba e sokoto, bem largos, de uma cor verde opaca, desbotada por uma vida inteira de lavagens. Ele olhou para cima e sorriu de leve para mim, um sorriso que era um pouco como uma mentira, sem qualquer emoção, mas um sorriso, ainda assim.

"*Kedu?*", ele perguntou.

Ele me puxou para perto e eu me apoiei nele, mas permaneci em silêncio, sem saber como responder. *Como eu estava?*

Eu poderia ter dado a ele a resposta usual para essa pergunta, apenas respondido que estava bem, mas como alguém poderia estar bem naqueles dias? Somente uma pessoa que fosse simultaneamente cega, surda e muda, e geralmente insensata e insensível, poderia estar bem, dada a situação da guerra e dos ataques sempre iminentes.

Ou se a pessoa já estivesse morta.

Ficamos em silêncio e observei a rigidez de sua postura, a forma como suas costas se recusavam a encostar na cadeira. Suas pernas pareciam estar firmemente presas ao chão. Seus lábios se abriram, não em um sorriso, mas como uma criança prestes a chorar. Abriu a boca para falar, mas as palavras não saíram.

Na noite anterior, tarde, quando já deveria estar dormindo, mas o sono se recusava a vir, escapuli para a sala por não saber mais o que fazer. Do lado de fora da porta do meu quarto, vi que uma luz suave vinha da direção da sala. Andei na ponta dos pés em direção à luz e aos sons baixinhos que também vinham daquela direção. Atrás da parede onde a sala se encontrava com a sala de jantar, naquele pequeno espaço, apenas um recanto, parei, espreitei e vi papai naquela posição já familiar, sentado na sua cadeira, encostado na escrivaninha, ouvindo atentamente o rádio dele. Tão tarde da noite, e lá estava ele.

Fiquei lá, quieta, e escutei, e ouvi a história. De um certo Sr. Njoku, um homem Igbo que foi amarrado com uma corda, embebido com gasolina e depois incendiado. Bem aqui no Sul, disse o locutor. Estava acontecendo em todo lugar no Norte, mas de repente começou a acontecer no Sul também. Hauçás nos incendiando, tentando nos destruir, e nossa terra, e tudo o que possuímos.

"Papai? Aconteceu alguma coisa?", perguntei. Por "alguma coisa" eu quis dizer algo ruim, algo como o derramamento de gasolina de que eu tinha ouvido falar na noite anterior.

Papai balançou a cabeça como se fosse tentar novamente. Com uma voz fraca, disse: "O que podemos fazer? Não há muito que uma pessoa possa fazer. E se preocupar com isso seria como derramar água sobre pedra. A pedra apenas fica molhada. Eventualmente ela seca. Mas nada muda."

Por um momento, o único som foi o barulho das panelas e frigideiras de mamãe na cozinha. Logo o akara estaria pronto, e ela nos chamaria para comer do jeito que sempre fazia, mesmo antes da guerra.

Papai me pegou pelos dois braços, me olhou nos olhos. Muito gentilmente, ele disse: "Eu quero te dizer uma coisa. Não é nada que você já não saiba, mas quero te dizer novamente, como um lembrete. Para você não esquecer."

"O quê?", perguntei, pensando no que eu já sabia, mas poderia esquecer em breve.

Ele disse: "Quero que saiba que seu papai te ama muito. Eu quero que você sempre saiba disso e nunca se esqueça."

Suspirei, com uma espécie de decepção por ser algo tão óbvio.

Eu disse: "Papai, eu sei".

No momento que se seguiu, parecia que de repente ele estava sentindo todo o peso, dor e vazio do mundo dentro dele. Havia um olhar distante em seu rosto, como se ele estivesse longe de tudo que conhecia e também conectado a tudo de uma forma muito mais profunda.

E começaram os resmungos. Algo sobre como a Nigéria já estava transformando Biafra em um esqueleto. Nsukka e depois Enugu já haviam sido tomadas, seguidas por Onitsha. E, no mês passado, Porto Harcourt.

E ficou divagando assim. Sua voz estava monótona. Ele parecia ter entrado em transe.

Não demoraria muito para que não houvesse mais Biafra para ser tomado, ele disse. "Ojukwu se renderá à Nigéria? Ou lutará até que todos nós, biafrenses, estejamos mortos e enterrados?" Ele olhou para a janela da sala, seus olhos ainda mais vidrados.

Talvez não tivesse nada a ver com o peso, a dor ou o vazio do mundo. Talvez fosse simplesmente sobre seu papel no mundo. Talvez fosse porque ele não poderia ter se imaginado em uma Nigéria onde o Biafra havia sido derrotado. Talvez a ideia de ter que viver sua vida sob um novo regime onde seria forçado a viver sem tudo pelo que havia trabalhado — todos aqueles muitos anos de trabalho duro —, um novo regime em que os biafrenses seriam considerados cidadãos menores — escravos —, segundo os rumores afirmavam, era demais para ele suportar.

Seja qual fosse o caso, ele havia perdido as esperanças. Mamãe diz que a guerra tem um jeito de mudar as pessoas, que mesmo um homem corajoso ocasionalmente perde as esperanças e, às vezes, nem todas as súplicas do mundo conseguem convencê-lo a começar a ter fé novamente.

Vinte e três de junho de 1968. Cerca de um ano após o início da guerra, os bombardeiros estavam de volta, como caminhões que de alguma forma haviam saído da estrada e, em vez disso, rasgavam o céu. Papai deve ter ouvido assim que começou — ao mesmo tempo que eu também ouvi —, porque se levantou de sua escrivaninha, pegou minha mão. O sol, que brilhava forte pelas janelas abertas, de repente pareceu desaparecer. Agora o céu parecia nublado.

Primeiro ele me puxou junto com ele, do jeito que costumava fazer quando era hora de ir para o bunker. Mas então ele fez algo que nunca havia feito antes: na junção entre a sala de jantar e a cozinha, ele parou de andar. Havia algo cadavérico nele, a aparência de um homem que estava prestes a desistir da vida. Muito pálido. Mais do que um pouco parecido com um zumbi.

Ele soltou minha mão e me empurrou para continuar sem ele. Mas eu não ia. Permaneci e observei-o voltar para a sala, sentar-se na beirada do sofá e fixar o olhar na direção das janelas.

Mama correu para a sala, gritando, gritando para nós: "*Unu abuo, bia ka'yi je!*" Vocês dois, venham, vamos!, "Vocês não estão ouvindo o barulho? Binie! Levante-se! Vamos!"

Ela correu até papai, puxou-o pelos braços e eu o puxei também, mas ele continuou sentado. Naquele momento, seu corpo poderia ser uma torre de cimento endurecido, uma moldura de gelo ou talvez até, como a esposa de Ló, uma estátua de sal. "*Unu abuo, gawa.* Vocês duas, vão", ele disse. "Eu vou ficar bem. Me deixem em paz."

Sua voz estava áspera, algo nela passava a sensação de uma lixa, ou do som de uma caixa sendo arrastada por um corredor de concreto.

Foi assim que o deixamos, sentado na beirada do sofá, os olhos fixos na direção das janelas.

O bunker ficava nos fundos de nossa casa, alguns metros adiante, onde nossa cerca separava o complexo do terreno baldio.

Corremos pela porta dos fundos sem ele, passando por cima das folhas de palmeira que, meses antes, ele havia espalhado pelo chão como camuflagem.

No portão dos fundos, mamãe parou mais uma vez para chamá-lo.

"Uzo! Uzo! Uzo!"

Diz o ditado que as coisas congeladas pelo frio serão derretidas pelo calor. Mas mesmo no calor daquele momento, ele não se derreteu.

"Uzo! Uzo! Uzo!", ela chamou novamente.

Se ele ouviu, ainda assim, recuou-se a ir.

2

Nossa igreja não ficava muito longe de nosso sobrado. Ficava na esquina, perto de onde terminava a fileira de casas e começava a feira.

Foi mais de um ano antes daquele 23 de junho que fiz minha primeira oração a Deus sobre a guerra. Início de março, para ser exata. Eu sei, porque era a época das goiabas, dos pimentões e dos tamarindos, aquela época do ano em que a seca estava acabando e as chuvas prestes a começar. Os ventos do harmatã ainda sopravam, mas nossos cabelos e pele já não estavam mais tão secos e quebradiços quanto no meio da estação. O catarro já viera e se fora. Não estava mais muito empoeirado nem muito frio.

Durante todos os anos que moramos em Ojoto, era àquela igreja, a Igreja de Deus do Sétimo Dia, que íamos todos os domingos. Foi naquela igreja que nos sentamos, nos bancos paralelos de madeira que corriam em fileiras iguais, ouvindo sermões bíblicos. Junto com os sermões, rezamos; e junto com a oração, batemos palmas e cantamos. Quando a manhã se transformava em tarde, já havíamos exaurido nossas orações, cantávamos sem fôlego. Nossos braços balançavam, moles de tanto aplauso, toda aquela adoração fervorosa.

Era do lado de fora, nos degraus de concreto da igreja, que eu gostava de me sentar depois do culto e observar Chibundu Ejiofor e os outros meninos em suas brincadeiras bobas, como Polícia: um policial prendendo alguém. E Chibundu, com seus olhos travessos de criança, seu raciocínio rápido, sempre se declarava o policial. Então: "Você está preso", ele dizia ansiosamente, encostando a mão no peito de outro menino, seus dedos em forma de revólver.

Às vezes, um punhado de meninas saía e ficavam observando os meninos comigo. Mas, na maioria das vezes, preferiam ficar dentro de casa com os pais para não correr o risco de os meninos sujarem suas belas roupas de domingo.

Foi naquela igreja, no final do harmatã, que fiz minha prece de guerra, porque foi ali mesmo, antes da cerimônia matinal, que Chibundu brincou que em breve os aviões bombardeiros estariam por todo o lado. Isso foi pouco antes do início da guerra e dos bombardeiros chegarem a Ojoto. Chibundu fez um zumbido com a boca, como um motor de avião, e eu ri por causa do jeito bobo que seu rosto inchou, como um baiacu. Mas não era motivo de riso, na verdade, então me recompus e disse: "Não é verdade", que ele estava errado, que os aviões nunca voariam por toda parte. E eu estava confiante ao afirmar isso, porque aqueles eram os dias em que papai dizia que a guerra era apenas uma invenção da cabeça de alguns adultos, e que provavelmente os aviões bombardeiros nunca veriam a luz do dia em qualquer lugar da Nigéria, muito menos em Ojoto. Aqueles eram os dias em que papai tinha certeza disso, então eu tinha certeza também.

A mãe de Chibundu nos ouviu, e assim que eu terminei de responder, ela veio até Chibundu — caminhou até ele e muito despreocupadamente e sem cerimônia lhe deu um tapa na lateral da cabeça. "*Ishi-gi o mebiri e mebi?*", ela perguntou. Sua cabeça está quebrada? Como ousa abrir a boca e dar vida a algo tão terrível!

Durante o restante daquele dia, Chibundu andou cabisbaixo como um cão ferido. Mais tarde, durante o culto da manhã, quando o pastor nos pediu para continuar com nossas orações silenciosas, orei sobre a guerra, implorei a Deus para agir como um mágico e fazer com que toda a conversa sobre guerra, até mesmo a ideia dela, desaparecesse. Para que Chibundu não estivesse certo. Para que os bombardeiros nunca nos cercassem. Para que não chegasse o dia em que tivéssemos que carregar uma guerra para onde quer que fôssemos, como uma segunda pele, nem um único momento de alívio.

Meu Deus, pedi, *por favor, nos ajude.*

Todo aquele tempo havia passado e Chibundu estava certo no final. Não parecia que Deus havia se incomodado em responder a minha prece.

Vinte e três de junho de 1968. Atravessamos os arbustos e descemos os degraus de barro esculpidos que levavam ao bunker. Respiramos de forma áspera e grossa. Ficamos sentadas em silêncio naquele quarto todo de terra, um espaço que mal dava para acomodar uma cama de casal. Era alto o suficiente para eu ficar de pé, mas não alto o suficiente para mamãe, ou qualquer outro adulto de tamanho médio, muito menos um adulto alto, fazer o mesmo, não sem que sua cabeça tocasse o teto.

Ficamos agachadas. Às vezes voltávamos nossos olhos para a entrada acima, onde uma tábua de madeira escondida por folhas de palmeira servia como cobertura e camuflagem.

Além das folhas de palmeira que ele espalhou por todo o nosso terreno, papai também espalhou folhas de palmeira no telhado de nossa casa. Talvez a camuflagem funcionasse para a casa da mesma forma que funcionava para o bunker, raciocinei naquele dia. Talvez os aviões inimigos vissem as folhas de palmeira e não soubessem que deveriam bombardear a casa.

No bunker, orei a Deus novamente: *Meu Deus, por favor, ajude meu pai. Por favor, faça com que os bombardeios não caiam sobre ele.*

Mamãe permaneceu agachada ao meu lado, sem dizer uma palavra, como se a qualquer momento fosse sair correndo atrás de papai. Aproximei-me dela, mordi os lábios e as unhas. Prendi a respiração e repeti minha prece várias vezes: *Meu Deus, por favor, ajude meu pai. Por favor, faça com que os bombardeios não caiam sobre ele.*

Pensei como qualquer outra criança da minha idade pensaria: talvez dessa vez Deus erguesse os olhos de qualquer outra coisa que estivesse tomando sua atenção no céu — talvez disciplinar alguns anjos malcomportados ou gerenciar algum desastre natural, talvez criar mais humanos ou cuidar de almas humanas mortas, ou mesmo fazer tarefas de casa (de nuvem? de céu?). Que tipos de coisas o ocupavam lá no céu e o impediam de responder às nossas preces? Ele provavelmente não dormia ou comia, e então? Que coisas eram mais importantes para Ele do que nós, Seus próprios filhos?

Talvez dessa vez, pensei, eu conseguisse chamar Sua atenção e Ele erguesse os olhos, olhasse para mim e absorvesse minha oração como uma esponja absorve água, como um bêbado absorve a bebida, como as roupas absorvem a chuva, como o mata-borrão absorve a tinta. Ele absorveria minha oração e ficaria cheio dela, e Ele seria compelido a fazer algo.

Talvez dessa vez Ele se importasse em responder a minha prece.

Os sons dos aviões ficaram mais altos acima de nós, seguidos de gritos, seguidos de batidas de pés, ou de objetos, ou mesmo de corpos se chocando contra a terra. Trememos durante o tempo todo, e o solo sepulcral e sombrio do bunker pareceu tremer conosco. O ataque pareceu mais longo do que nunca naquele dia.

3

A parte de trás do nosso muro de concreto caiu em partes, e os blocos de cimento quebrados ao redor da área impediram que pudéssemos entrar novamente no complexo pelos fundos, então contornamos e saímos para a estrada, de onde então iríamos até a frente de casa e tentaríamos entrar por ali.

De um lado a outro da estrada, vozes gritavam estridentemente — vozes questionadoras —, como sempre gritavam depois de um ataque. Vozes uivantes, como se toda aquela gritaria pudesse de alguma forma restaurar a ordem.

"Você viu a cadeira da minha varanda?", uma mulher gritava, uma voz estridente, como se estivesse à beira das lágrimas. Se a sorte estivesse a seu lado, ela encontraria a cadeira — provavelmente em pedaços espalhados pela estrada, um membro quebrado após o outro. Se a sorte estivesse a seu lado, ela a encontraria e seria capaz de reconstruí-la.

"Você viu meu filho?", uma segunda mulher perguntava. Entre os questionamentos, ela gritou o nome do filho. "Amanze, onde você está? Os aviões já se foram. Você já pode sair do seu esconderijo! Amanze, está me ouvindo?"

Mais vozes, e logo todas pareciam se fundir. Um coro de vozes, uma coleção mista, como uma variedade de esperanças variadas reunidas em um grande poço de desejos.

"Estou procurando minha mãe", agora vinha chorando uma vozinha, distinta de todas as outras, de uma menina de quatro ou cinco anos. Mamãe costumava dizer: se você está procurando alguma coisa, é provável que a encontre no último lugar que pensar em procurar. Fiquei imaginando se a menina encontraria a mãe no cemitério.

Um cachorro latia enquanto corríamos por montes de concreto desmoronado, por galhos de árvores caídos, por pedaços de revestimento de zinco e telhados caídos.

O portão da frente estava desobstruído o suficiente. Nós entramos. Atrás de nós, o portão balançou. O som soou como um lamento.

Não paramos para bater o pó das blusas, como sempre fazíamos. Em vez disso, corremos, passando pela varanda e entrando em casa, eu logo atrás de mamãe.

Depois, mamãe diria que já sentira o cheiro na varanda. Depois, ela diria que o tinha percebido como uma pessoa percebe um mosquito que pousa: leva um momento até sentir sua picada.

Ela diz que se alguém tivesse lhe perguntado naquele instante, ela teria explicado que era um cheiro de mofo, um pouco metálico, algo como cheiro de ferro enferrujado.

Dentro da sala, ela viu o brilho do sol refletido pelas janelas. Andando na ponta dos pés para desviar do vidro quebrado no chão, ela seguiu a luz com os olhos. Eu fui logo atrás.

Na janela, apenas uma vidraça permanecia em seu caixilho e, nela, viam-se rachaduras em um padrão quase circular, como se uma teia de aranha tivesse sido esticada em sua superfície. Mamãe foi até aquela vidraça, tocou-a, acariciou as fissuras com os dedos, olhou-a de forma acusadora.

No início da guerra, nossa professora de Estudos Sociais, a Sra. Enwere, numa tarde, nos deu uma aula de História que, enquanto eu estiver viva, não esquecerei.

Todos os alunos da turma estavam sentados como sempre, dois por carteira. Era quase o fim do dia letivo. O clima estava abafado e úmido, o tipo que parecia deixar todos mais infelizes do que já estavam. A Sra. Enwere certamente tinha estado com um humor miserável o dia todo, o rosto tão abatido que dava para pensar que ela tinha perdido um dos pais ou um filho. Agora ela estava falando conosco, não mais consultando o livro à sua frente, mas falando de forma livre, como se as palavras dos textos didáticos de alguma forma tivessem sido gravadas em sua mente.

"Primeiro um golpe, depois um contragolpe. Golpe", disse. E repetiu a palavra: "Um golpe." E então: "Quem sabe o que isso quer dizer?"

A Sra. Enwere deve ter pronunciado a palavra corretamente, mas, por algum motivo, na minha cabeça cansada de criança no fim do dia, eu ouvi: galope. Consegui até ver na minha mente: um estábulo, uma baia, cavalos colorados e cavalos cinzentos e cavalos baios, e cavalos com crinas de diferentes cores — marrons, brancas, pretas. A galope.

Mas qual era a questão com o galope? Por que cavalos, de repente, era o tópico da aula de Estudos Sociais? O contexto daquilo, ali na sala de aula e no meio do que parecia ser uma aula de História, me impedia de ter certeza de que realmente conhecia a palavra.

A Sra. Enwere esperou apenas um momento por uma resposta e, não obtendo nenhuma, continuou. "Vou definir 'motim' para vocês", disse, olhando para a classe. Ela falou alto: "O motim é uma revolta ou rebelião contra as autoridades."

A sala de aula era um grande cômodo feito de cimento, todo cinza, sem tinta nas paredes. Havia três outros prédios de salas de aula no complexo, no meio dos quais havia um pátio, coberto de grama verde exuberante e flores plantadas em lugares estratégicos, e uma área arenosa onde tínhamos nossas assembleias matinais. Era durante esses encontros que passávamos por inspeções — quando a diretora e os professores verificavam se nossas unhas estavam cortadas, se nossos uniformes estavam passados a ferro e se nossos cabelos estavam penteados. Nas assembleias matinais, cantávamos o hino da escola, depois o nacional, e dali nossos professores nos levavam para as salas de aula.

As janelas ficavam na lateral do cômodo, voltadas para o pátio. Assim eram todas as janelas de todas as salas de aula da escola, como se para impedir que os alunos olhassem para o outro lado, para o mundo.

Eu estava olhando por uma daquelas janelas que davam para o pátio, pensando no momento em que as aulas seriam encerradas. Que caminho eu seguiria? O que cortava o terreno coberto de mato? Ou o caminho à beira da estrada, ao lado dos ciclistas e dos carros que passavam ocasionalmente?

"Repitam comigo", a Sra. Enwere estava dizendo. "Motim é uma revolta ou rebelião contra as autoridades." E me virei da janela para a Sra. Enwere e descobri que ela estava olhando diretamente para mim. "Repita", disse a Sra. Enwere, como uma reprimenda.

Repeti: "O motim é uma revolta ou rebelião contra as autoridades".

"Muito bom. Espero não ter que lembrá-la novamente de prestar atenção", ela disse, batendo a bengala na minha parte da mesa...

"Agora, todos vocês sabem sobre a casa do Governo em Ibadan", ela continuou. Era assim que a Sra. Enwere fazia suas perguntas, perguntas que pareciam mais declarações. Perguntas que estavam muito acima da nossa capacidade, perguntas cujas respostas não tínhamos como saber.

A classe permaneceu em silêncio.

"Quem pode me falar sobre o primeiro-ministro e sobre Sardauna de Sokoto?"

Mais silêncio.

Nesse ponto, a Sra. Enwere começou a falar rapidamente, as palavras saindo como uma tempestade: *Ahmadu Bello, morto. Tafawa Balewa, morto. Akintola, morto. Morto, morto, morto.*

Ouvimos assustados, ou pelo menos eu, tentando dar sentido às palavras. *Soldados. Balas. Chefe de Estado. Militares.*

A Sra. Enwere continuou assim por algum tempo antes de voltar sua atenção para Ironsi.

"Ironsi", ela disse. E repetiu o nome: "Johnson Aguiyi-Ironsi."

Chefe de Estado. Ironsi, seu corpo em uma floresta, ainda vestido com seu uniforme militar. Buracos e mais buracos espalhados por seu cadáver, furos dos quais o sangue escorria como as águas de uma fonte, só que vermelhas.

Ironsi, crivado de balas e deixado para apodrecer no mato.

"É uma pena o que está acontecendo neste país", disse a Sra. Enwere. "Mas, de qualquer modo", continuou, "foi assim que chegamos a Gowon como Chefe de Estado. Antes de Ironsi, Azikiwe. Depois de Ironsi, Gowon."

Todos nós ficamos lá sentados, estupefatos. Dava para ter ouvido um alfinete cair em todo aquele silêncio.

O silêncio em casa era tão pesado quanto naquele dia na escola. Mamãe chamando o nome de papai, e eu absorvendo o ar morto que a saudava após cada grito, um vazio completo em resposta.

Nós o encontramos de bruços no chão de ladrilhos preto e branco da sala de jantar. Mamãe pulou até ele, curvou-se sobre seu corpo e voltou a chamar seu nome.

Suas mãos e pernas estavam estranhamente emaranhadas ao redor de seu corpo, galhos moribundos retorcidos em torno de um tronco moribundo. Pedaços de madeira da mesa de jantar estavam espalhados ao seu redor. Uma tonalidade marrom-púrpura se formou onde a poça de sangue se acumulava.

Ela ficou curvada sobre o corpo dele, o pano de sua túnica se encharcando com o sangue dele. *"Uzo, biko, mepe anya gi! Ana m ayo gi!"* Eu imploro, Uzo. Por favor, abra seus olhos para mim!

Ela continuou chamando o nome dele, e cada novo apelo era mais alto que o anterior. "Abra os olhos, meu marido. *Mepe, i nu go?"*, ela disse. "Abra os olhos, está me ouvindo?!"

Seu chamado tornou-se um grito, e logo os gritos se transformaram em lamentos.

Eu permaneci onde estava, passos atrás dela, atordoada. Meu pai estava morrendo ou já morto, e mesmo que eu quisesse fazer alguma coisa para evitar que isso acontecesse, já devia saber que estava fora do meu alcance.

Desta vez, sussurrando, mamãe chamou papai novamente pelo nome. Por alguns minutos ela continuou assim, apenas sussurrando o nome dele, e ao fazê-lo, implorou: "Meu marido, por favor. Por favor, levante-se e caminhe."

Mas é claro que ele ficou lá, imóvel.

Naquela noite, alguns paroquianos da igreja vieram e levantaram o corpo do meu pai, limparam-no e levaram-no com eles. Para onde o levaram, eu não sabia exatamente, mas observei mamãe entregar a um dos homens o isiagu com estampa dourada de papai, pendurado cuidadosamente em um cabide. Devem ter sido eles que o vestiram com o isiagu. Quando voltaram com ele e o deitaram em nossa sala, ele estava limpo e com uma aparência perfeita, como se tivesse se arrumado para uma grande ocasião e adormecido de repente.

4

O nome do meu pai, Uzo, significa "porta" ou "caminho". Era um nome sólido, forte e confiante, ao contrário do meu, Ijeoma (que era apenas um desejo: "boa viagem"), ou de mamãe, Adaora (que dizia apenas que ela era a filha de todos, filha da comunidade, que era o que todas as filhas eram, pensando bem).

Uzo. Era o tipo de nome que eu gostaria de dobrar e segurar na minha mão, se nomes pudessem ser dobrados e guardados dessa forma. De modo que, se algum dia eu me perdesse, tudo o que teria de fazer seria abrir a palma da mão e permitir que o nome, como a luz de uma tocha, me mostrasse o caminho.

Nas semanas que se seguiram à morte do meu pai, parecia que estávamos perdidas, mamãe e eu. Parecia que não conseguíamos mais distinguir o alto do baixo, a esquerda da direita. Mas não importava o quanto estivéssemos desconcertadas, pelo menos sabíamos que era necessário correr para o bunker assim que ouvíamos o som dos motores dos bombardeiros. E não importava o quanto nossas vidas tivessem mudado, mamãe fez questão de dar a papai uma despedida adequada, para que ele pudesse ocupar seu lugar entre os ancestrais.

Houve um extenso velório — pessoas chegando em fluxo constante para oferecer suas condolências. Continuou por mais de uma semana, com papai deitado na sala em uma cama de dossel de um dos membros da nossa igreja, emprestada para a ocasião. Mamãe, vestida de branco, sentada em uma cadeira ao lado dele, cercada por uma tropa de paroquianas. Ela chorou e lamentou por seu marido morto enquanto as mulheres ao seu redor entoavam suas canções fúnebres em coro, como um acompanhamento de seus lamentos.

Depois que papai foi levado e enterrado no canto mais distante do nosso quintal, houve a cerimônia *ikwa ozu,* que leva um dia inteiro: bandejas de nozes-de-cola e latas de vinho de palma, orações e libações, anciãos da aldeia invocando os espíritos dos ancestrais de papai, pedindo-lhes para guiá-lo para o mundo dos mortos.

Certa manhã, depois que o *ikwa ozu* foi realizado, mamãe me chamou para o café da manhã.

Fui até ela, sentei-me ao seu lado na sala de jantar, onde ela estava com duas tigelas de garri prontas para nós. Se fosse antes da guerra, comeríamos pão com chá e um ovo cozido cada uma, ou talvez uns flocos de milho com os ovos, do tipo que vem na caixa de Kellogg's com o galo de crista vermelha e bico amarelo. Eram flocos de milho importados que teríamos comido com leite condensado Peak ou Cravo, também de fora do país. Mas já fazia algum tempo que não comíamos pão ou flocos de milho Kellogg's, ou leite condensado Peak ou Cravo, nem bebíamos chá. E quanto aos ovos, eram algo como paz de espírito, como calma, até como um sorriso. Eram uma coisa que começamos a ter apenas de vez em quando.

Mamãe largou alguns amendoins picados em nossas tigelas de garri e, ao fazê-lo, disse: "A proteína dos amendoins é tão rica quanto a proteína dos ovos. Faz o papel de qualquer outra proteína. Vai ajudar seu cérebro a funcionar bem, pensar muito e se desenvolver adequadamente."

Quando mamãe acabara de me dar à luz — quando era uma mãe novinha em folha —, ela começou a estudar comida, pelo simples fato de eu ter nascido mais ou menos um mês prematura, e uma das parteiras ter explicado a ela que, entre outras coisas, seria importante que eu ingerisse proteínas. Ela não entendia exatamente o que era proteína, aquela abstração, como um fantasma de uma palavra, um mistério. Não como laranja ou banana ou mesa ou escrivaninha, coisas que você pode ver de forma sólida, com seus olhos. Era uma coisa que não podia ser vista.

Ela tinha ido e perguntado às pessoas e coletado informações aqui e ali — quaisquer livros ou revistas de saúde que pudesse encontrar. Ela queria que eu vivesse. Se eu fosse viver, então ela precisava descobrir o que era proteína, para que pudesse prepará-la para mim.

Depois disso, ela decidiu que, se pudesse ter um emprego, preferia ser dona de uma mercearia a ser nutricionista. Toda aquela leitura que ela fez em nome da proteína deu muito trabalho. E ela era lenta — cada palavra rastejava. (Todos aqueles termos complicados que ela não entendia não tornavam as coisas mais fáceis.) Depois de ler a tarde inteira, ela passava as noites com dor de cabeça.

Talvez ela mesma precisasse comer alguma proteína naquela época, às vezes eu dizia. Talvez fosse exatamente o que ajudaria na leitura e compreensão daqueles grandes termos.

De qualquer forma, enquanto eu estava lá sentada na cozinha com ela, me perguntei para que exatamente eu precisaria do meu cérebro, agora que a guerra estava fazendo com que em breve provavelmente não houvesse mais escola para onde utilizá-lo. A escola era a razão pela qual eu lia, e porque eu decorava as tabelas de multiplicação e aprendia História e Geografia e continuava meus estudos da Bíblia. A escola era o que deveria desenvolver meu cérebro. Como a proteína faria o trabalho dela?

Mas mamãe disse que faria.

"Assim que a guerra acabar", ela disse, "a escola voltará em tempo integral e você verá que seu cérebro estará intacto como sempre, ou melhor ainda".

Eu olhei desconfiada, e ela deve ter visto a desconfiança em meu rosto...

Ela deu um sorrisinho e disse que talvez um dia eu usasse meu cérebro para me tornar professora, médica ou empresária. Porque, e ela odiava ter que me dizer isso, mas era melhor eu começar a pensar nessas coisas agora. Porque, se Deus quiser, um dia eu me casaria, mas e se de repente eu me visse como ela, inesperadamente sem marido? "E se?", ela perguntou, olhando fixamente para um ponto atrás da minha cabeça.

Depois de algum tempo, ela pareceu se recompor. Seus olhos focaram em mim e ela disse: "Bem, só estou dizendo que você vai ter que usar seu cérebro para trabalhar, isso é um fato. E não há melhor maneira de começar do que com proteína."

Continuamos sentadas à mesa, comendo nosso garri com amendoim, mamãe continuando sua palestra sobre os benefícios da proteína para o meu cérebro, nenhuma de nós dizendo o que realmente estava em nossas mentes, que era que papai estava morto, e que nenhuma quantidade de proteína poderia trazê-lo de volta à vida.

5

Ao final de julho, mais de um mês se passara e mamãe não havia sequer mencionado papai.

Eu compreendi. Me resignei a apenas pensar nele. Mas pensava nele como uma criança faminta pensa em comida: ele estava sempre na minha cabeça. Cada vez que ouvia a voz de um homem, ou que via alguém lendo um jornal, pensava nele. Mamãe nunca ligava o rádio-gramofone. Era como se fizesse questão de não o ligar. Mas não precisava. Apenas vê-lo era um gatilho para eu pensar em papai.

Um dia, quando parecia que eu havia chegado ao meu máximo de saudade dele — um dia quando parecia que não era possível eu sentir mais falta dele sem morrer de saudade — me vi, do nada, deixando escapar para mamãe: "Mamãe, você sente falta do papai como eu?"

Estávamos à mesa de jantar, comendo nosso mingau de inhame.

Ela se endireitou, a cabeça virando-se com uma raiva repentina e inesperada. Em uma voz baixa, um grunhido, ela respondeu: "Por que eu deveria sentir falta dele? Não foi ele que me transformou em viúva e você em quase órfã? Diga, por que eu deveria sentir falta dele?" Voltei para o meu mingau de inhame.

Alguns minutos se passaram e ela disse, bem baixinho: "Raiva, é isso que eu sinto por ele. Raiva. Às vezes sinto que vou explodir."

Eu escutei, sem dizer uma palavra.

Ela se abriu então, as palavras saindo de sua boca em um dilúvio de raiva: "Que tipo de homem polui sua própria terra e sua própria casa morrendo nela? Para sua sorte, há uma guerra acontecendo, então ele não pode ser totalmente culpado por tirar a própria vida. Para sua sorte, sua morte pode ser explicada como apenas mais uma fatalidade da guerra. Mas ainda assim, que atrocidade!"

Nossos quartos, ambos no segundo andar da casa, foram destruídos pelas mesmas bombas que mataram papai, e como havia uma chance de que fossem destruídos novamente em breve, mamãe decidiu que não fazia sentido reconstruí-los.

Tínhamos puxado o colchão que mamãe e papai compartilhavam do quarto para o chão da sala. Todas as noites, dormíamos juntas nele.

Por volta de uma ou duas da manhã da noite da confissão raivosa de mamãe, seu grito rasgou um buraco na escuridão, tão grande que senti como se tivesse caído nele, descendo a toda velocidade.

"Uzo!", ela gritou. Nunca antes eu a tinha ouvido gritar assim durante o sono.

Agarrei-a pelos ombros. "Mamãe, você está me ouvindo? Mamãe, sou eu, Ijeoma. Se acalme. É só um sonho."

Ela abriu os olhos.

Mamãe costumava dizer que nossos sonhos eram a maneira como resolvíamos nossos problemas, que todos os problemas poderiam ser resolvidos se prestássemos atenção aos mínimos detalhes de nossos sonhos. Eu costumava ter aqueles sonhos em que ficava presa no sono e não conseguia me mexer. Era do tipo em que você tinha plena consciência de que estava sonhando, só que estava paralisada e não conseguia sair dele. Às vezes, as paredes ao meu redor eram de um tom verde-claro, outras vezes eram de um cinza-claro. De qualquer forma, elas não eram nada parecidas com as paredes cor-de-rosa da nossa casa em Ojoto. Eu tentava berrar, chamar bem alto para que mamãe ou papai ouvissem e viessem me acordar. Mas também não conseguia gritar no sonho. Eventualmente, me resignava a ficar presa. Só então eu conseguia me libertar.

Naquela noite, mesmo depois de abrir os olhos, mamãe continuou a gritar. "Uzo!" Ela se virou para mim. "Onde está seu pai?"

Ficou olhando freneticamente ao redor na escuridão. "Uzo!" ela gritava. "Uzo, você está me ouvindo?"

Ela tinha começado a perder os sentidos? Será que ela tinha esquecido que papai havia partido?

Cheguei perto dela e disse muito gentilmente: "Papai morreu. Você esqueceu?" Sussurrei de novo e de novo.

Papai morreu. Você esqueceu?

Papai morreu. Você esqueceu?

Papai morreu. Você esqueceu?

Ela começou a chorar, como se ouvisse a notícia pela primeira vez. Os ombros chacoalhando. Os suspiros presos.

Eu a abracei, a segurei em meus braços.

Demorou algum tempo até que seu choro diminuísse. Finalmente, ela olhou para mim, para o meu rosto. "Seu papai se foi", ela sussurrou.

"Sim, mamãe", respondi. "Sim, meu pai se foi", eu disse.

6

Abri as venezianas da janela. Era uma manhã sem nuvens e clara. O balanço das ripas de madeira deixava entrar uma luz quente no quarto.

Na cozinha, a despensa estava quase vazia.

Peguei uma lata de sardinha e o último inhame.

Eu tinha começado a fazer grande parte do trabalho doméstico. Mamãe não parecia mais interessada nas coisas do dia a dia. Não parecia se importar mais em viver. Talvez ela estivesse em um estágio de luto em que via a vida como algo que não aguentaria sem papai. Não tive escolha a não ser assumir as responsabilidades.

Não era muito difícil ferver as coisas. A parte mais difícil era buscar lenha e acender o fogo. De resto, era só ficar de olho para não queimar nada. Havia um pequeno saco de arroz, insuficiente para alimentar uma pessoa, muito menos duas. Eu o havia deixado no armário, mas agora o procurei e, não o vendo, lembrei que já o tínhamos comido — principalmente eu sozinha, porque mamãe não comia quase nada.

Meus olhos se voltaram para as sardinhas e o inhame.

Cortei o inhame em cubos, tirei a tampa do fogão, enchi-o de lenha, recoloquei a tampa. Os cubos de inhame ferviam enquanto eu dividia as sardinhas em duas tigelas, uma para mim e outra para mamãe. Ao longe, um portão rangeu.

Ouvi um baque, como algo pesado caindo no chão, mas foi apenas a porta se abrindo, batendo na parede.

Mamãe entrou na cozinha. Seu rosto estava pálido e ela parecia desorientada.

"Mamãe, *odimma*? Você está bem?", perguntei.

"Tanto quanto se pode esperar", ela respondeu.

Ela foi até o fogão, tirou a tampa da panela.

"O caminhão de mantimentos não apareceu", eu disse. "Estou cozinhando inhame."

Ela assentiu.

"Você vai comer hoje?", perguntei.

Mamãe ficou em silêncio por um tempo, como se estivesse medindo os alimentos.

"Não temos mais nada", eu disse. "Não importa se você não gosta, você precisa tentar comer."

"Não estou com fome", ela disse.

Eu tinha onze anos, faltavam alguns meses para completar doze, mas já sabia como a preocupação entorpecia o apetite, como o excesso de ansiedade fazia com que mesmo a comida mais saborosa tivesse o mesmo apelo de uma folha de papel ou um punhado de areia. Mas também havia aqueles dias em que a comida era como um consolo. E de qualquer maneira, as pessoas começaram a dizer em toda Ojoto: "É melhor você comer agora. Nunca se sabe, um dia pode não haver mais comida". Alguém havia dito isso de novo no dia anterior e, talvez por isso, minha fome estava presente; meu apetite deve ter escutado. Queria que o mesmo acontecesse para mamãe.

"Só umas colheradas", eu disse.

Ela olhou fixamente para mim, balançou a cabeça, virou-se e saiu.

7

Eu estava esperando o caminhão de mantimentos do lado de fora do nosso portão. Uma suave brisa matinal soprava e o cheiro de terra estava forte. Não muito longe de mim, três soldados estavam reunidos, armas penduradas nos ombros. Perto deles, um carro blindado, daqueles com doze rodas finas, que parecem bicicletas, com cabine quadrada toda de metal. Um dos soldados carregava uma série de munições na cabeça. A munição parecia um capacete. As balas, amarradas como estavam, caíam de forma quase decorativa, como um chapéu de correntes que caía pela frente de seu rosto.

Do outro lado da rua, para lá dos soldados, um homem sem camisa caminhava ao lado de sua bicicleta. Na parte de trás da bicicleta havia um caixão, pequeno demais para caber um corpo dentro, de modo que os pés do falecido — talvez seu filho ou outro membro da família — escapavam do fundo da caixa de madeira.

Um menininho estava encostado na parede de cimento perto de um portão, como se para recuperar o fôlego.

Atrás dele estavam várias outras crianças, um pouco mais velhas que o pequeno, com as barrigas inchadas como bolas infladas de kwashiorkor, segurando pequenas vasilhas de plástico nas mãos. Se alguém tivesse tirado uma foto, poderia acabar em outra das primeiras páginas dos jornais do papai.

O soldado com a munição se aproximou, o rosto afundado e triste, todo manchado de lama. “Irmã”, ele disse. “Por favor, me consegue um pouco de água.”[2]

Olhei fixamente para ele, distraída, sem ouvir de fato as palavras.

---

[2] No original: *“Sista,” he said. “Abeg, make I get wata.”*

"Um pouco de água, por favor, *obere mmiri*"[3], ele disse novamente, implorando.

Os outros dois soldados se aproximaram. O mais baixo estava segurando um galão pequeno, branco e sujo, vazio, que ele destampou e estendeu em minha direção sem dizer uma palavra.

Uma motocicleta passou a toda velocidade, lançando poeira como chamas subindo da terra seca.

"Por favor, irmã", o soldado mais baixo se juntou ao outro. "Um pouco de água."[4]

A essa altura eles tinham capturado minha atenção.

De dentro do complexo, mamãe apareceu, um lenço amarrado ao redor do peito, piscando para os homens com ódio.

Ela olhou para o galão, depois para os rostos dos soldados.

Inesperadamente, ela explodiu: "Vocês não estão vendo que isso aqui é propriedade privada? Vocês não sabem que não podem passar pedindo assim?" Ela apontava com o dedo indicador para eles enquanto falava, brandindo-o como uma professora repreendendo uma criança malcomportada. Sugou o ar entre os dentes e revirou os olhos, aquela combinação de gestos que era sinal de uma espécie de dispensa condescendente, de rejeição. Antes de retornar ao portão, ela disse, dessa vez imitando-os: "E quem disse para vocês que eu tenho água?"

Ela voltou para o complexo, parando apenas para me chamar para entrar com ela.

Eu não pretendia desrespeitar mamãe, mas o soldado com o galão agora estava olhando para mim com olhos cheios de desejo e rendição.

"Por favor, irmã"[5], ele disse. A voz era fraca, como se ele estivesse usando suas últimas forças para pedir esse favor.

---

[3] No original: *"Make I get wata, abeg, obere mmiri,"*

[4] No original: *"Abeg, sista," the shorter soldier joined in. "Small wata."*

[5] No original: *"Abeg, sista,"*

Eu pensei o seguinte: E se ele estivesse à beira da morte? E se ele acabasse morrendo diante dos meus olhos? E se tudo o que ele precisasse fosse de água para poder continuar vivendo? Não era ele, afinal, um dos soldados que estavam lutando ao nosso lado, ao lado de Biafra? Mais do que tudo, era a ideia de ele morrer bem na minha frente que me aterrorizava.

Havia um poço artesiano no nosso quintal que se ligava à nossa caixa d'água. Eu sabia que ainda havia um bom suprimento de água na caixa. Mesmo que mamãe fosse contra, eu poderia dar aos homens pelo menos um pouco de água, nem meio galão.

Peguei o recipiente da mão do homem.

No quintal, a caminho da caixa d'água, vi mamãe. Ela estava sentada ao lado dos degraus que davam para fora da porta da cozinha. Uma andorinha saltitava perto de onde ela estava sentada.

O pássaro voou para longe, até o topo de nossa cerca.

Ela estava observando o pássaro, mas agora seus olhos caíam sobre mim.

Havia um jeito como os lábios de mamãe começavam a se curvar, seguidos por um alargamento, as metades superior e inferior pressionando uma contra a outra e ficando mais finas. Naquele momento, seus lábios fizeram exatamente isso, e veio a pergunta: "O que você pensa que está fazendo?"

Então ela exalou de forma que um leve assobio escapou de suas narinas. Ela balançou a cabeça levemente. Seus olhos se fecharam. Fadiga, raciocinei silenciosamente. Deve ser cansaço por quase não comer mais.

Mas então ela abriu os olhos, e eu vi fúria neles.

"Menina idiota", ela gritou. Como se dissesse: "Que tipo de criança vai contra a palavra da própria mãe?" Ou: "Você não me ouviu dizer que não tínhamos água?"

Ela deu um tapa no galão que estava na minha mão. Ele caiu

aos meus pés. Ela me puxou pela orelha, torcendo-a. "Menina desobediente!"

Ela havia se transformado em uma coisa fora de si mesma. Muito diferente da mãe que eu conhecia. Pegou o galão do chão e voltou para o portão. Eu a segui, em estado de choque e sem saber o que fazer.

Do lado de fora, os soldados estavam encostados na cerca, esperando. Mamãe jogou o recipiente vazio para eles. Ele caiu silencioso no chão e rolou para o meio da estrada.

"Vocês não me ouviram dizer que não temos água?", ela gritou. Ela fechou o portão e o trancou.

Eu a segui novamente até o quintal. Agachei-me perto da caixa d' água, esperando. O quê? Eu não tinha certeza.

"O que você está fazendo aí agachada? Levante-se e vá encontrar algo para fazer", ela disse. Não foi agressiva, a maneira como falou dessa vez. Ela já tinha se acalmado. Mas pela forma como as palavras saíram — o tom, como se dissessem que eu deveria simplesmente sumir dali (*Biko, comot* daqui!) — e com tudo o que tinha acontecido antes, eu sabia muito bem que mamãe estava de alguma forma começando a me ver como um fardo, da mesma forma que via os soldados como um fardo, da mesma forma que a guerra era de fato um fardo para todos nós. Ela estava esgotada. Não havia outra explicação.

Deve ter sido logo após esse incidente que ela começou a fazer planos para se livrar de mim. De um ponto de vista distorcido e induzido pela guerra, fazia sentido que ela encontrasse maneiras de se livrar de todos nós: dos soldados, de mim e da casa. Para acabar, se pudesse, com todas as lembranças da guerra. Para deixar, e deixar, e deixar. Como um animal que troca de pelo ou de pele. Um lagarto. Uma cobra. Um gato ou um cachorro. Até as galinhas.

Para abandonar todos nós como um mau hábito. Ou talvez, simplesmente, como se desfaz de roupas sujas e infestadas de espinhos.

8

Agosto chegou e passou, e era mais uma vez o dia dos mantimentos, mas a manhã também veio e passou sem nenhum sinal da Cruz Vermelha.

Normalmente, a essa altura, haveria um tumulto não muito longe de nossa casa, naqueles galpões improvisados onde os voluntários da aldeia transformavam os pacotes de auxílio em refeições e os distribuíam para a fila de moradores.

Havia rumores de um bloqueio ao redor de Biafra empreendido por Gowon e as forças nigerianas, que impediram a Cruz Vermelha de nos entregar mantimentos. Mas também havia rumores de que as organizações de socorro estavam criando estratégias para romper o bloqueio. Parecia que ainda havia esperança.

Era dia de aula, mas as escolas já estavam fechadas permanentemente.

Fiquei do lado de fora do portão, à espera do caminhão. Duas meninas mais velhas da escola vinham andando, os cabelos desarrumados, tufos em ângulos estranhos. Algo em seus movimentos me lembrava velhos panos de prato, gastos e cheios de buracos. Mas havia alguma coisa bonita sobre elas também. Alguma coisa na maneira como seus corpos balançavam enquanto caminhavam.

A pele delas era escura como cacau, o que me fez pensar na minha própria pele clara, o tipo de pele em que cada arranhão, hematoma e cicatriz aparece, o tipo de pele que as pessoas sempre diziam ser tão bonita, mas só porque não sabiam, do jeito que eu sabia, que não havia nada de bonito em ter marcas como cicatrizes de catapora por todo o corpo.

Mas as meninas, a pele delas dificilmente mostraria qualquer marca, não com aquele tom marrom bonito e liso. A pele de papai era como a minha, mas um pouco mais escura. "O efeito da idade e do sol", ele me disse uma vez. Enquanto olhava para as meninas, me peguei pensando que talvez com o tempo, com a idade, o sol escurecesse minha pele o suficiente para que eu chegasse pelo menos um pouco mais perto da delas.

Além de sua pele havia algo mais que me fez pensar: os peitos. Elas tinham peitos de verdade. Os meus, por outro lado, nem podiam ser chamados de peitos, eram mais como duas bolinhas de inhame amassado, achatadas, cada uma do tamanho de uma colher de sopa, não chegava a ser o suficiente para encher a palma da mão.

Talvez fosse uma consequência da inveja, ou da admiração que sentia por elas. Ou talvez fosse outra coisa. Seja qual for o caso, de repente me senti tímida e inadequada, e teria sido necessária muita coragem de minha parte para chamá-las e avisá-las que os mantimentos ainda não haviam chegado. Observei enquanto elas passavam, indo na direção do centro de assistência, apenas para vê-las novamente quando se viraram ao perceberem que não havia ninguém lá. Dentro de casa, mamãe provavelmente ainda estava sentada na sala, no colchão ou no sofá, orando fervorosamente com sua Bíblia, como começara a fazer naqueles dias.

As ruas estavam silenciosas. Do outro lado do nosso portão, um par de cachorros jazia sonolento na terra poeirenta, sujos e doentes, cadáveres em formação. Caía uma leve garoa, mas o sol por entre as nuvens era forte. Rosas pendiam deploravelmente de seus arbustos, como se enfraquecidas ou oprimidas pela luz do dia. Antes da guerra chegar, a terra onde havia plantas era coberta de grama verde exuberante. Na grama cresciam ervas daninhas, e entre as ervas daninhas, e nos arbustos, cresciam flores. O vento carregava os dentes-de-leão, e as flores de hibiscos pintavam os arbustos de vermelho, e quase nem se percebia aquele vermelho profundo deles. Mas agora quase todas as plantas haviam murchado e o vento trazia consigo apenas vestígios de destruição. As flores de hibiscos pareciam ter perdido a cor.

Eu tinha voltado para o nosso quintal quando ouvi mamãe chamando meu nome.

A essa altura, ela havia saído de dentro de casa para um ponto no canto mais distante da varanda, onde os arbustos formavam sombras esmaecidas nas paredes externas da casa.

Juntei-me a ela, sentando-me a seu lado na esteira de bambu laranja e amarela onde ela estava.

"O caminhão de mantimentos veio hoje?", ela perguntou.

Balancei a cabeça.

Ela suspirou. Havia aquele agora familiar olhar cansado em seu rosto. Ela desviou o olhar de mim.

Depois de algum tempo, voltou a falar. "Não tem como ficarmos aqui. Se não bastasse não haver mais comida, também ainda estou tendo pesadelos com seu papai.

Episódios menores agora, ela explicou, não o suficiente para me acordar, mas ainda assim, eles aconteciam. Para piorar as coisas, de vez em quando, ela disse, ela sentia o cheiro dele — de sua morte, algo como o cheiro de sangue. Todas as imagens eram um lembrete constante de que ele se fora, ela explicou: a maneira como as lesões pegajosas e viscosas cobriam árvores, rachaduras e cancros por toda a casca. Galhos secos e quebradiços estalando a cada lufada do vento. A maneira como as pétalas das flores de hibiscos começaram a secar também. Ela as imaginou sufocando — as árvores e as flores. Ela as imaginou crescendo sem vida, sem ar, sem poder respirar, assim como papai.

As vozes e todos os sons também eram uma lembrança de sua morte. Não apenas os gritos e os sons da guerra, mas agora o chão da casa que rangia, e cada rangido era algo como o som de seus passos.

Como pisos de cimento podiam ranger? Eu me perguntei, mas não em voz alta.

Durante o dia ela via sombras, e cada uma tinha a forma do papai. Às vezes ela via o rosto dele projetando-se das paredes, implorando para que ela fosse com ele.

"Se ficarmos aqui por mais tempo, vou enlouquecer!", mamãe exclamou.

Era uma vez uma menina que tinha uma ideia de como o mundo deveria ser: castelos na aldeia, um papai e uma mamãe vivos e felizes, e flores e grama verde que cresciam altas e brilhantes.

Só que o mundo da menina era pequeno e não muito representativo do mundo real, mas ela não tinha como saber disso na época. Ela era nova demais para saber.

Mas ela estava mais velha agora e tinha começado a entender que aquele mundo imaginado nunca seria o que ela teria. Ultimamente, parecia ser sempre uma reviravolta após a outra, uma mudança e depois a seguinte. Era demais para ela.

Mas ela tinha idade suficiente para saber que nem toda mudança era ruim. Tinha idade, de fato, para ter alguma noção da tendência geral das coisas, que era mudar: a noite torna-se dia, a estação de chuvas torna-se seca, o hoje torna-se amanhã, e este ano torna-se o próximo.

Ela pensou na igreja e ponderou que a mudança era de fato sancionada por Deus, fosse boa ou ruim. Talvez fosse parte de Sua estética, parte de Sua visão de mundo. Talvez tudo fosse um reflexo desse jeito de ver as coisas. Talvez a natureza da vida fosse a mudança. A criação não era a prova final disso? A transformação de algo sem forma em algo com forma. Transformando o vazio em plenitude. Separando a luz das trevas, as águas das águas, o céu da terra. Talvez até a morte fosse um reflexo da ideia de mudança de Deus, da mesma forma que o nascimento. Talvez fosse o ponto da vida e da Bíblia que as coisas tivessem que mudar. Não foi isso que o pastor disse ser a razão pela qual o Novo Testamento foi criado depois do Antigo?

Eu era desse jeito, e mesmo aos onze anos raciocinava assim. Porque uma nova mudança se aproximava e eu me via forçada a reconhecer que o limite da minha imaginação não era de forma alguma o limite do mundo. Nunca tinha conhecido outro lugar além de Ojoto. Era assustador ter que deixar o único lugar que conhecia. Mas se mamãe estava infeliz, então eu queria que ela fosse feliz. Se partir era o necessário para ela se sentir melhor novamente, então partir era o que deveríamos fazer. Talvez fizesse bem a nós duas, independentemente de para onde fôssemos.

Quando eu era menor e ficava de mau humor por um motivo ou outro, ou tinha um ataque de manha, mamãe costumava me fazer dançar com ela, e dizia, brincando: "Dance para mandar a tristeza para longe". Ou se ela estava zangada demais comigo para ser brincalhona, e se fosse hora de comer, ela me fazia esperar para comer, dizendo: "Temos que aprender a jejuar até a tristeza ir embora". Ou, se fosse hora de dormir, ela me puxava para perto dela e começava a orar, e depois dizia: "Rezar sempre ajuda a afastar nossas tristezas".

Eu estava imaginando como poderia dançar, jejuar ou rezar para afastar essa tristeza quando mamãe falou. À distância, vozes subiam e desciam, crianças gritando umas com as outras.

"Estive pensando", disse mamãe. "Seus avós — meus pais — têm aquela casa em Aba. Ainda está lá. Se há um lugar para ir, deve ser esse."

Ela tinha um olhar monótono e distante, e uma preguiça silenciosa na maneira como falava, como se a qualquer momento suas palavras fossem desaparecer. Mas ela continuou a falar; as palavras continuaram a vir. Ela disse: "Não importa o que aconteça, você tem que lembrar que não passará um dia sem que eu pense em você".

Até então, eu estava absorvendo suas palavras da melhor maneira possível, digerindo-as sem protestar assim que elas chegavam. Eram palavras que eu esperava. Mas neste exato momento meus olhos se abriram. Olhei para ela, assustada. "Não passará um dia sem que você pense em mim?", perguntei.

Ela permaneceu em silêncio, seu rosto muito sério.

Ela se virou para não olhar mais para mim. Em vez disso, olhou para cima na direção do céu. O sol estava alto e brilhante, e ela disse: "Preciso mandar você para outro lugar".

Senti algo afundar dentro do meu peito.

Ela se virou e olhou para mim novamente. E continuou: "Dizem que Aba não está tão ruim quanto aqui, mas vai saber."

E como ela poderia ter certeza? Aba era bastante longe, não menos de três horas ao sul de Ojoto de automóvel, uma viagem que ela não fazia desde o início da guerra.

"Só vou saber quando chegar lá", disse.

Ela ainda precisava ver por si mesma as consequências da guerra em Aba. Se o lugar estava um desastre como Ojoto, explicou, então ela teria que encontrar outro lugar para ir, e que sentido havia em me levar com ela até que ela descobrisse? E se descobrisse que o lugar estava tão destruído quanto Ojoto? E se a situação dos mantimentos fosse tão ruim quanto a que estávamos vivendo em Ojoto? "Vou ter que mandar você para outro lugar, pelo menos até chegar lá e ver como estão as coisas."

Sua voz falhou, e havia pressa em suas palavras, como se ela estivesse se esforçando para pronunciá-las antes de ficar sem fôlego.

Eu já sabia o que estava fazendo com que ela se apressasse daquele jeito. Eu já sabia o que estava fazendo com que ela parecesse tão sem fôlego. Era um problema com suas palavras. Porque ela *não precisava* de fato me mandar embora. E, no entanto, ali estavam as palavras, saindo de sua boca, justificativas para o que era essencialmente uma mentira, embora um tipo honesto de mentira, um tipo de autoilusão não intencional. Ela não podia realmente acreditar no que estava dizendo. Dava para perceber pelo movimento de sua boca. A maneira como um canto dos lábios se contraía um pouco enquanto ela falava. Lábios pouco convincentes. Como se nem mesmo seus lábios acreditassem nas palavras. E os olhos dela. O modo como ela não conseguia olhar nos meus olhos.

Ela mal tinha terminado de falar quando comecei a implorar. Eu já havia perdido meu pai. Como suportaria perdê-la também?

Eu balancei minha cabeça. "Mamãe, por favor, não. Eu quero ir com você."

Mas ela estava determinada a continuar com a mentira. "É o que precisa ser feito", disse. "Será por pouco tempo, talvez apenas uns dias, e eu encontrei um lugar onde você pode ficar enquanto isso, um lugar onde sei que você será bem cuidada. Só até que eu possa ir buscá-la e eu mesma cuidar de você. Estou pensando na sua segurança, Ijeoma. Seria terrível para mim levar você comigo para Aba. Se fizesse isso, quem sabe o que poderia acontecer com você lá?"

Me esforcei para segurar as lágrimas, mas elas caíram mesmo assim.

"Pare de chorar", ela disse. *"Ebezina."*

"Mas, mamãe..."

Ela me puxou para perto dela, me abraçou forte. "É o que tem que ser feito", disse. "Você vai ficar em Nnewi com um amigo de seu pai. O professor da escola primária e sua esposa. Você os ajudará em casa e, em troca, eles cuidarão de você. Como eu disse, vai ser só por um tempinho. Acredite em mim, é o melhor lugar que posso imaginar para você agora."

"Mas mamãe, por favor", continuei a implorar.

Sua disposição mudou. "Você não está me ouvindo", ela disse, falando comigo agora de uma maneira diferente de antes: seus olhos se tornaram quase ferozes — olhos cortantes, como dentes triturando carne, dentes rasgando minhas entranhas. Minhas entranhas poderiam ter sangrado.

Ela me pegou pelos ombros e, com voz severa, disse: "Abra os olhos, Ijeoma! Você não vê que é tudo para o seu bem? Pelo amor de Deus, estou fazendo isso para o seu bem!"

Não importa o quanto ela tentasse me convencer, eu sabia a verdade: que ela estava fazendo aquilo para o bem *dela*. Pelo menos, era mais para o bem dela do que para o meu. Que ela estava fazendo aquilo porque estava esgotada: pela vida, pela guerra, pela ideia de ter que tentar sobreviver sem papai. E estava esgotada até comigo. Não importava que eu mesma estivesse esgotada. Meu mundo havia se reduzido a minha mãe, e agora minha mãe estava me traindo.

"E se a situação dos mantimentos em Aba estiver tão ruim quanto aqui?", ela repetiu. "O que você vai comer? Você está pronta para morrer de fome? Mais do que já está? Não existem mais milagres. Maná não vai cair do céu. Bombas, sim, a ponto de esburacar nossos corações, mas maná, não."

Olhei para ela com toda a súplica possível em meus olhos. Mas mesmo implorando, eu sabia que não havia nada a ser feito. Era óbvio que planos já haviam sido formados. De que outro jeito ela teria tanta certeza de que o professor da escola primária aceitaria a proposta?

Mesmo assim, implorei. Olhei ao meu redor, descontrolada, como se os possíveis argumentos a meu favor fossem partículas pairando no ar, como se precisasse apenas encontrar a certa para convencê-la a me levar com ela. Mas fui incapaz de identificar a partícula certa.

Ela sorriu para mim, um sorriso cansado. Sua voz estava baixa, séria. "Você se lembra do professor e da mulher dele?"

Eu assenti, mesmo que fosse apenas o esqueleto de uma memória, quase inexistente.

"Eu tenho certeza absoluta de que você ficará bem em Nnewi", ela disse. "Já fui até lá e me assegurei disso." Nnewi era muito mais perto de Ojoto, ela explicou; ao sul, como Aba, mas só a uns dez, doze quilômetros, o que ficava a menos de meia hora de carro, e dava para ir a pé em menos de duas horas. Diferentemente de Aba, ela tinha de fato viajado até Nnewi para ver com os próprios olhos, e para visitar o professor da escola primária e sua esposa. Só agora lembrei daquele dia. Um dia em que ela me disse que estava indo "tratar de uns assuntos". Desses "assuntos", aparentemente, ela tinha descoberto que Nnewi, apesar de muito próxima de Ojoto, estava, de fato, melhor do que Ojoto, pelo menos no que diz respeito à comida.

Não só meu rosto estava coberto de lágrimas agora, mas meu nariz também começou a escorrer. Mamãe enfiou a mão nas dobras de sua túnica, pegou um lenço de lá e gentilmente enxugou a água em meu rosto. "Chega de chorar", disse. Mas ela mesma estava chorando agora. Um choro suave, do tipo que quase nem afetava sua respiração. Mas as lágrimas estavam lá como prova. Naquele breve momento, ela parecia estar lutando contra seu próprio plano. Talvez ela mudasse de ideia. Naquele momento, ela talvez sacrificasse os próprios desejos pelos meus. Suspirei e esperei. Alguns instantes se passaram e então, em vez de voltar atrás em seu plano, como eu esperava, ela pegou minhas mãos e orou: *Querido Deus no céu, estou colocando minha filha sob seus cuidados. Por favor, guie-a e proteja-a, mesmo que eu não possa fazer isso. O sangue de Jesus tem poder. Amém.*

Ela enxugou as lágrimas do próprio rosto com as palmas das mãos e disse: "Prometo que o professor e sua esposa cuidarão bem de você".

9

Outro ataque aéreo aconteceu e demoliu nossa igreja, esburacou e depois destruiu completamente aquela construção sagrada que era responsável por manter intactas nossa fé e esperança. Na manhã do dia anterior à partida de Ojoto, a igreja e tudo dentro dela se desintegraram como cubos de açúcar na água: nada da estrutura original era reconhecível.

Os Ejiofors chegaram entre onze horas e meio-dia daquele penúltimo dia. Uma tigela de miniberinjelas e pasta de amendoim estava na mesa de centro, junto com um galão de água e alguns copos, para recebê-los. Isso foi o máximo que mamãe conseguiu reunir para a visita deles, o que não era realmente um problema, pois eles não ficariam muito tempo.

Mamãe foi até o jardim da frente para cumprimentá-los. Ela abraçou a Sra. Ejiofor primeiro. Assisti da janela da sala. "*Unu a biana! Nno nu!* Bem-vinda!" Ela deu um passo para o lado e fez o mesmo com o Sr. Ejiofor. Ela mal tinha acabado de trocar cumprimentos com os pais de Chibundu quando vi Chibundu correr para a casa, atravessar a varanda e entrar pela porta da frente.

"Ije!" ele gritou, seu apelido para mim.

Ele me encontrou parada perto da janela da sala.

"Por que você não pode ficar comigo e com minha mãe e meu pai?", ele perguntou.

Eu me virei para encará-lo. O aroma da pasta de amendoim estava forte na sala. "Mamãe diz que já é difícil para qualquer família cuidar dos próprios filhos, quanto mais cuidar dos filhos dos outros", respondi. Ela havia dito exatamente isso. Um dia depois de ela me contar sobre me mandar embora, fiz uma lista dos meus amigos da escola e da igreja com quem eu preferiria ficar, mas ela me deu essa resposta como uma razão pela qual nenhuma das famílias dos meus amigos era uma opção viável para mim.

"Não sei por que vocês duas não podem ficar em Ojoto", disse Chibundu.

"Eu quero ficar", respondi simplesmente.

O Sr. e a Sra. Ejiofor entraram na sala junto com minha mãe. Na parede entre as duas janelas da sala havia um espelho com detalhes prateados, todo danificado e cheio de rachaduras, mas ainda inteiro o bastante para que pudéssemos nos ver. Chibundu caminhou naquela direção, puxando-me com ele.

Ficamos juntos na frente do espelho. Seus pais se acomodaram no sofá, preparando-se para comer as miniberinjelas.

Chibundu disse: "Olha bem para o espelho, para a gente juntos. Olha bem de perto para nós, e nunca se esqueça que éramos amigos."

"Não vamos continuar amigos?", perguntei.

Ele estava olhando para mim agora, e de repente me lembrei da vez em que ele afrouxou o fio trançado em meu cabelo, puxou a ponta da trança para que o nó se desfizesse, de modo que o fio saiu em uma onda contínua e comprida. Quando comecei a gritar com ele — *Olha o que você fez com o meu cabelo!* — e quando a Sra. Ejiofor o repreendeu, ele ergueu as mãos, como se fosse parte de sua brincadeira de polícia e ladrão. Ele levantou as mãos, todo inocente, dizendo que não entendia qual era o problema, que só tinha feito aquilo porque precisava de um fio para um projeto que estava fazendo no quintal — um caminhãozinho de brinquedo que ele estava tentando construir com uns pedaços de madeira descartados.

O que aconteceu com o caminhãozinho, não consigo me lembrar agora, mas o que eu sabia mesmo então era que esse Chibundu parado ao meu lado na frente do espelho certamente não era o mesmo que havia despenteado meu cabelo. Havia algo de patético nele, e pensei que talvez fosse esse o efeito que a guerra estava causando.

Sorri para ele instintivamente. Ele sorriu desajeitadamente de volta, então desviou o olhar na direção da sala onde seus pais estavam sentados.

"Você não vai esquecer, né?", ele perguntou, mas não esperou que eu respondesse. Em vez disso, foi caminhando para o centro da sala, perto de onde estavam os sofás. Eu o segui. Ele foi direto para a mesa central. Lá, ele se serviu de um copo de água e me convidou para beber com ele, dizendo: "Entre amigos verdadeiros, até a água que se bebe junto é doce".

Nossos pais estavam conversando, sem prestar atenção em nós. Senti mais pena dele, do jeito que ele ficou ali, olhando cheio de expectativa para mim. Peguei a água da mão dele e bebi.

Lá fora, o ar estava pesado e, se você respirasse fundo, sentiria o cheiro da água da chuva, como se estivesse prestes a cair do céu. Chibundu e eu fomos até o jardim e nos empoleiramos em um galho da laranjeira do lado de fora do portão do complexo.

Lá embaixo, na estrada, uma mulher carregava uma bandeja de amendoins ou castanhas de caju e pães. Um homem com uma camisa branca passou de bicicleta, andando em zigue-zague e de forma imprudente pela estrada. Chibundu e eu sentamos juntos no galho, apenas observando.

"Ele vai bater nela!", Chibundu disse.

Imaginei todos os itens na bandeja caindo, a pobre mulher lutando para recolhê-los.

Mas o ciclista parou logo antes de bater na mulher. Ele desceu da bicicleta.

"Qual é o seu problema? Você está cego?" a vendedora gritou. Ela colocou a bandeja no chão e então, posicionando-se diretamente na frente do homem, ficou com as mãos nos quadris.

Era sempre sério quando as pessoas falavam em pidgin. Pidgin era a linguagem da diversão e relaxamento, mas também do conflito.

Ficamos lá sentados, assistindo de nosso lugar na árvore. Estávamos perto o suficiente para ver e ouvir, mas longe o suficiente para não sermos vistos facilmente pelos transeuntes.

O homem da bicicleta falou, "Desculpa", e depois tentou contornar a vendedora, mas cada vez que ele tentava, ela se colocava na frente dele, impedindo-o de passar.

"Me deixa passar", ele disse, impaciente para seguir seu caminho.

"Nada disso!", a vendedora gritou, balançando a cabeça de um lado para o outro. "Que pedido de desculpas é esse? Não vai se desculpar direito?"

"Eu já pedi desculpas", o homem da bicicleta disse, e tentou contorná-la novamente.

A essa altura, as pessoas estavam começando a se juntar. O homem pareceu respirar fundo e tentou pela terceira vez, apenas para se deparar com a voz trovejante da mulher e o corpo dela mais uma vez bloqueando sua fuga.

Era um pouco cômico o modo como a vendedora de quadris largos e bastante grande se recusava a deixar o homem passar. O homem era magro em comparação com ela e parecia que até precisava de um pouco de sua gordura.

Chibundu levou as mãos à boca, começou a rir baixinho de como aquela cena era tola, risinhos que fazia questão de conter com as mãos em concha.

O homem da bicicleta tentou o lado esquerdo da vendedora, depois o direito e novamente o esquerdo, mas sem sucesso.

Comecei a rir também. Pouco a pouco, Chibundu e eu nos aproximamos um do outro no galho, amontoados, tentando abafar o riso um do outro. Logo não estávamos mais ouvindo a discussão na estrada e não estávamos mais rindo. Chibundu estava me olhando, só me olhando.

"O que foi?", perguntei num sussurro.

Ele ficou em silêncio, mas continuou me olhando.

Olhei para a estrada. O homem e a mulher tinham se acertado. Estavam indo cada um para seu lado. Me virei e encontrei o rosto de Chibundu perto do meu, e logo a ponta de seu nariz estava quase tocando o meu.

Lá naquele galho, nossos narizes encostados, eu entendi que não podia mais ficar ali. Sabia que devia pular da árvore, e depois de aterrissar, sair andando, um pé na frente do outro. Um pé depois o outro, e o outro, e o outro. Era como tomar uma colher de cloroquina quando se tem malária. Não havia nenhuma outra opção, então era o que você fazia. A primeira colherada, depois a próxima, e mais uma. Se não, as coisas só pioravam.

Mas eu não fiz nada.

Passaram-se alguns segundos. Parecia tudo meio constrangedor. Eu sabia que Chibundu estava sentindo aquele constrangimento. Sabia que para ele estava até pior. Como deveria ser. Afinal de contas, ele era o responsável, muito mais do que eu.

Mas, por alguma estranha razão, senti que precisava equilibrar aquele constrangimento que pairava entre nós. Senti que precisava libertá-lo da responsabilidade pela sensação. Me senti angustiada por ele — senti a angústia dele como se fosse minha.

Então, depois de não mais que alguns segundos, me aproximei e dei o beijo que eu sabia que ele queria.

10

Ônibus eram poucos e raros, então acabamos na caçamba de um caminhãozinho de transporte.

Antes da guerra, meu pai fazia planos: ele era um projetista, a caminho de tornar-se um arquiteto. Durante o dia ele trabalhava no escritório da empresa, mas à noite e aos finais de semana, quando ele não estava trabalhando no escritório, ele podia ser encontrado à sua mesa em casa, traçando as pontas de grafite dos seus lápis sobre sofisticado papel azul e branco, medindo cuidadosamente a localização de linhas verticais e horizontais. Ele conversava comigo e com minha mãe enquanto trabalhava, sobre quando e onde a próxima casinha ou o próximo sobrado seriam construídos, sobre o tamanho e os cômodos que teriam. Às vezes ele brincava com a gente, falando que um dia ele projetaria uma casa para nós, tão grande que seria como um castelo. "Já imaginaram um castelo bem no meio de Ojoto?", ele perguntava. Mamãe ria e dizia que não estávamos na Inglaterra. Castelos não tinham lugar em Ojoto. Mas eu, eu dizia ao meu pai que queria um mesmo assim, mesmo que não tivesse lugar. Eu tinha meus sonhos de um castelo na aldeia, afinal de contas. Será que ele poderia projetar um que fosse tão extenso quanto o céu e que fosse tão alto que chegasse nele, tão alto quanto a mais alta árvore iroco? Um castelo da mesma cor da nossa casa: um amarelo vibrante.

Mesmo quando o céu escurecia, ele continuava trabalhando, sua lâmpada de querosene tremeluzindo e projetando a própria sombra na parede. Ele desenhava, e não dava nenhum sinal de que um dia pararia de desenhar.

Mas agora tantos prédios em Ojoto haviam caído com cada ataque dos bombardeiros. Agora ele, meu pai, se fora. Agora não havia nem uma centelha de qualquer sonho de castelos para agraciar nossa querida Ojoto.

Viajando na caçamba do gwon-gworo até Nnewi, não pensei em quase nada além de quanta falta eu sentiria da nossa casa em Ojoto, se por nenhuma outra razão, apenas pela memória de meu pai, o jeito como ele ficava sentado à sua mesa desenhando seus projetos. O jeito como ele ficava sentado no sofá lendo seus jornais.

Na caçamba do caminhão, havia bancos dispostos em fileiras. Nos espaços entre os bancos, as pessoas se amontoavam, agarradas às cordas que caíam do teto.

Mamãe e eu estávamos sentadas em um banco bem na abertura na parte de trás da caçamba. Tínhamos conseguido os assentos bem a tempo, o que foi muita sorte, mamãe disse, e tínhamos ainda mais sorte pois podíamos ficar olhando para fora enquanto o caminhão viajava. Pela traseira aberta, assistimos à cena da estrada. Soldados do Biafra estavam marchando, cerca de doze rapazes de regata e calças cáqui ou shorts, machados e armas pendurados em seus ombros. Eles cantavam ao marchar:

Ojukwu bu eze Biafra nine
Emere ya na Aburi,
Na Aburi!
Enahoro, Yakubu Gowon, ha enweghi ike imeri Biafra!

Biafra ganhará a guerra!
Carros blindados, máquina morteiro,
Caça e bombardeiro,
Ha enweghi ike imeri Biafra!

Cadáveres flanqueavam as estradas. Corpos decapitados. Corpos com membros perdidos. Havia um cheiro persistente de carne em decomposição. Mesmo que essas visões e cheiros não fossem novos para mim, o caso de papai sendo o primeiro a aparecer em minha mente, ainda assim senti um nó no estômago. Engoli, rápidas ingestões de saliva, a fim de me acalmar novamente.

Os soldados em marcha cruzaram a estrada, agora cantando uma nova canção:

Ayi na cho isi Gowon
Ayi na cho isi Gowon
Ayi na cho isi Gowon
Ka egbu o ya,
Ka egbu o ya, we gara ya Ojukwu.

Nosso caminhão continuou esperando sua passagem.

"Mas por que eles estão atrás da cabeça de Gowon?", perguntei à minha mãe.

"Para matá-lo", ela respondeu simplesmente.

"E por que eles querem matá-lo?", perguntei.

"Você não ouviu a última parte da música?", ela respondeu. "Querem matá-lo para entregar sua cabeça a Ojukwu."

Pelo resto da viagem, vimos mais do mesmo: mais cadáveres, mais soldados marchando, mais canções, as imagens e os sons típicos de um país em guerra.

O caminhão para Nnewi nos deixou na principal estrada Ojoto-Nnewi, não muito longe do mercado grande, na entrada da estradinha de terra que levava até a vizinhança onde o professor da escola primária e sua mulher viviam. Fomos a pé da estrada.

Já estávamos quase no portão do professor quando mamãe parou e disse: "Você vai sozinha daqui. Não é um caminho longo nem difícil; é a primeira casa que você vê quando essa estradinha cruza com a próxima. Tem um portão vermelho. Você não tem como perdê-lo. O professor vai estar lá esperando por você."

Esse tempo todo, ela estava levando a própria mala e também a minha. Na minha havia uma muda de roupa, mais um par de chinelos, um potinho de pomada, outro de hidratante, uns palitos de mascar para os meus dentes, uma garrafa d'água, um pequeno cobertor.

Olhei para o rosto dela. Havia rugas em sua testa. A expressão em seu rosto me lembrou de papai, naqueles momentos antes de o ataque acabar com sua vida.

Ela me entregou minha mala e ficou segurando apenas a dela em uma só mão. Com o braço livre, ela me puxou para perto. Ficamos daquele jeito, abraçadas, então senti os movimentos dentro de seu peito quando ela respirou fundo. Ela me abraçou por mais um instante antes de me largar.

Ela estava vestindo uma túnica multicolorida adire, e na cabeça um lenço preto simples. Seus pés, as partes que não estavam protegidas pela sandália estavam cobertas de poeira, e suas unhas pareciam cor de lama.

Ela disse: "Você vai ficar melhor assim. Uma mãe sempre sabe."

Eu poderia ter tentado argumentar, mesmo àquela altura, mas reconheci que não faria sentido. Nenhum dos meus argumentos anteriores tinha funcionado.

Eu assenti e baixei minha cabeça, de modo que agora via apenas nossos pés, os dela e os meus, cobertos de poeira até o tornozelo.

Mamãe levantou meu queixo em suas mãos. Olhei para seu rosto sério. "Anime-se", ela disse. "Lembre-se do que eu disse. Vou pensar em você a cada minuto que estivermos longe uma da outra. E vou mandar te buscar assim que for possível."

Ela acariciou meu cabelo, como se estivesse tentando arrumar qualquer fio que estivesse fora do lugar, como ela costumava fazer antes da guerra, de manhã cedo antes de me mandar para a escola. Era como se ela estivesse me aprontando para a escola mais uma vez.

"*Nee anya*", ela disse. "Você tem que ser respeitosa, faça tudo que eles mandarem. Está me ouvindo?"

"Sim, mamãe", respondi.

"Eles são amigos muito próximos do seu pai, praticamente família, então você pode chamá-los de tio e tia. Tenho certeza que eles vão gostar. Está me ouvindo?"

"Sim, mamãe", eu disse.

Ela remexeu sua bolsa, procurando alguma coisa dentro dela. Quando encontrou o que estava buscando, trouxe o objeto para fora. Era a antiga Bíblia do papai, a que ele lia todos os domingos na igreja. Ela me entregou o livro, e ficou segurando minhas mãos enquanto eu o segurava.

"Se Deus te dá uma cesta de arroz...", ela disse.

Eu sabia o resto do provérbio. "Não peça sopa", terminei.

Ela sorriu. "*Ngwa,*" ela disse. "*Gawazie.* Vá. Eles estão te esperando, e eu preciso ir, antes que o caminhão para Aba saia sem mim."

Eu me virei e saí andando, me forçando a segurar as lágrimas, me forçando a não olhar para trás, me forçando a resistir à tentação de correr, sem nenhuma vergonha, de volta para ela.

11

O professor da escola primária era corpulento e andava como um homem que sempre fora assim. A pele era quase tão escura quanto o cabelo, que não crescia muito acima da cabeça — era difícil dizer onde terminava o cabelo e onde começava o rosto. Sua barriga se projetava, redonda como um udu, aqueles feitos das cabaças mais arredondadas. Seu corpo parecia se inclinar para trás nos quadris, como se fosse difícil para eles seguir qualquer movimento dos pés.

A pele de sua esposa não era exatamente clara, mas também não era tão preta quanto a do marido. Mas seus olhos eram iguais aos dele, marrom-escuros. Ela tinha cabelos longos, alisados, não naturais como os meus. Ela os atava em um coque na nuca. Suas sobrancelhas eram desenhadas e formavam arcos perfeitos acima dos olhos. Os lábios eram de um tom escuro de vermelho. Onde o corpo dele se inclinava para trás, ela tinha tanto peito em uma estrutura tão pequena que parecia não ter escolha a não ser se inclinar para frente, seguindo o peso.

Eles me encontraram no portão.

Ela tinha um lenço nas mãos. "Por causa da minha asma", explicou, e começou a tossir. Quando parou tossir, perguntou: "Como você está?"

"Estou bem, tia", respondi.

O marido ficou apenas me olhando, então disse meu nome. "Ijeoma", ele proferiu com entusiasmo. E repetiu, como se estivesse o saboreando na boca.

Olhei para o chão, refletindo sobre a maneira como ele estava dizendo meu nome. Eu esperava que ele não o provasse apenas para se virar e cuspir. Pelo jeito, provavelmente não. Afinal, havia um calor em sua voz que me lembrou a de papai. Mas ele não era meu pai. Ele era gordo e se movia desajeitadamente, enquanto meu pai era magro e flexível. Será que ele seria caloroso como papai, ou esse calor em sua voz era apenas um truque? Iria derreter como uma vela se derrete com o fogo?

Eu estava de cabeça baixa enquanto ele pronunciava meu nome, mas enfim olhei para cima e encontrei seus olhos em mim. Ele disse meu nome novamente. "*Ijeoma, ke kwanu*? Bem-vinda! Como vai você?"

Minha boca estava seca, como se, de algum jeito, ela estivesse cheia de areia. Mas me forcei a falar. "Tudo bem, tio", respondi.

"Faz tanto tempo desde a última vez que a vimos", sua esposa disse.

"Sim, sim", ele disse, colocando a mão no meu ombro. "Faz muito tempo." Numa voz mais baixa, ele continuou: "Sinto muito pelo seu pai."

"Sim, nós dois sentimos muito pelo seu pai", a esposa repetiu.

Assenti, então olhei ao redor do jardim. Era um quintal limpo, mas era fácil ver os efeitos da guerra nele: uma cômoda destruída estava na frente da varanda. Ao lado, alguns galhos caídos e o que parecia ser vidro quebrado. Suas sebes estavam tão murchas quanto as nossas em Ojoto, e as folhas de palmeira que eles usavam para camuflar seu complexo pareciam estar perdendo o verde, assim como as nossas.

Ele quebrou o silêncio. "*Ngwa,* vamos lá", ele disse de um jeito animado, como se de repente tivesse lembrado dos planos que fizera.

"Sim, vamos", a esposa repetiu.

Ele nos conduziu do portão até uma pequena estrutura semelhante a uma casa no quintal atrás da casa principal. Era algo como um alojamento de empregados, mas um pouco pequeno demais para ser um. E, de qualquer maneira, não havia indicação de que o professor da escola primária e sua mulher algum dia tivessem tido ajuda doméstica. Enquanto caminhava, ele pedia desculpas: "Não temos espaço sobrando na casa, senão teríamos..."

"Sim, teríamos instalado você em casa conosco se tivéssemos espaço", a esposa disse.

"Tenho certeza que ela compreende", ele disse.

"Sim, com certeza", ela disse.

"Deixamos o espaço o mais confortável possível", ele continuou.

Havia um cadeado no topo da porta. Ele o destrancou com uma chave.

Eu e a mulher dele ficamos do lado de fora enquanto ele levava minha mala para dentro.

Quando ele voltou, disse: "Você vai ficar bem aqui."

Ela assentiu e disse: "Sim, você vai ficar bem aqui."

"Você vai ser boa para nós", ele disse.

"Sim", ela continuou. "Boa, com certeza. Vai nos ajudar com o que precisarmos. Essas coisas."

Ela parecia estar me examinando. Depois de um tempo, disse: "Pele amarelada, da cor de um mamão maduro. Isso é muita sorte para uma menina. Vai ser fácil para a mãe encontrar alguém para se casar com ela."

"Ainda temos muito tempo antes disso", ele completou. "Mas, sim, imagino que sim. Quando chegar o momento."

Ela assentiu.

Os dois me observaram por mais um tempo, de um jeito constrangedor, e foram embora.

Sentei-me no colchão de espuma amarela que seria minha nova cama, observando o lugar. Longe de ser uma minicasa independente, era um espaço aberto muito básico, um cômodo. Apenas quatro paredes de cimento remendadas com peças de zinco, piso de madeira e teto. Nem cozinha nem banheiro próprio. Talvez eles usassem o espaço para armazenamento antes da minha chegada. Seja como fosse, era uma construção rudimentar, mais casebre do que casa. Mas era resistente o bastante.

Depois de algum tempo, deitei-me e adormeci. Só acordei muito depois, quatro ou cinco horas deviam ter se passado desde a hora que cheguei. O fim de tarde havia se transformado em uma noite escura. Ninguém tinha vindo me chamar ou verificar como eu estava. Ou, se sim, talvez eu simplesmente não tivesse ouvido.

Na mesa que eu usaria como minha escrivaninha havia uma lanterna de querosene e uma caixa de fósforos. Risquei um e acendi a lanterna.

Do lado de fora da casinha havia um tanque de água. Um cano descia pela lateral do tanque, levando a uma torneira prateada. Havia um balde perto da torneira e uma barra de sabão.

Tirei meu vestido — minha túnica adire laranja e marrom. Enchi o balde com água da torneira. Perto do tanque havia uma laje de cimento. Eu me agachei na laje. Vaga-lumes, a lua e as estrelas, e a chama da minha lanterna de querosene eram as únicas luzes que brilhavam sobre mim. Afastei os insetos e bati nos pontos onde senti que moscas pousavam em mim. Me agachei bem, tentando me cobrir, porque embora devesse me sentir velada, escondida pela noite, havia aquele outro elemento da escuridão, aquele que me fazia sentir mais vulnerável, mais nua do que na luz. Além disso, havia a guerra — a possibilidade de um ataque noturno inesperado.

Banhei-me com cuidado e rapidez, ensaboando e enxaguando a espuma, contando o tempo todo para me distrair de todos os meus medos. Terminei de tomar banho quando minha contagem chegou a quinze.

De volta à casinha, vesti uma camisola velha, um dos antigos vestidos de algodão da mamãe, que me dera porque, anos atrás, me apaixonei por seu desenho floral e implorei pelo presente. Em algum momento esteve repleto de rosas, amarelos e azuis suaves, mas agora, se você olhasse de perto, veria buracos de traça nas mangas e no corpo, e era como se todas as cores tivessem chegado a um acordo e encontrado um meio termo em tons claros e escuros de bege.

Alguns meses antes da guerra, mamãe insistiu que a camisola era muito velha para continuar sendo usada e que eu tinha que deixar que ela a jogasse fora. Mas eu recusei.

Agora, ao vesti-la, lembrei-me de mamãe, de papai, de Ojoto, de paz e tranquilidade e de nossas vidas antes da guerra. Eu estava grata por tê-la. Quem se importava com os buracos ou as cores desbotadas? Minha vida tinha virado de cabeça para baixo, então talvez fizesse sentido eu ter uma camisola dessas — exatamente o tipo de coisa que um náufrago usaria. E eu era realmente um náufrago: sem a segurança do meu pai e da minha mãe. Eu poderia muito bem aceitar a situação e fazer o papel de uma criança abandonada.

Não voltei a dormir imediatamente. Em vez disso, sentei-me junto à porta aberta do casebre, nos pequenos degraus que davam para fora. A lua brilhava e o ar estava apenas um pouco frio. Os grilos cantavam. Segurei a Bíblia de papai em minhas mãos e olhei para o vasto céu, e me perguntei o que mamãe estava fazendo naquele exato momento.

Quando finalmente voltei para a casinha, fiquei algum tempo à porta, só para ter uma noção do lugar, mesmo na escuridão. Observei o quarto à luz da minha lanterna de querosene. Havia uma parte da parede de zinco onde o metal era claro e um pouco brilhante, de modo que parecia uma luz a mais. Examinei com olhos perplexos. Mais uma vez, o colchão de espuma amarela. A escrivaninha e mesa. O vazio do lugar.

Eu sobreviveria ali? Se sim, por quanto tempo eu precisaria sobreviver? Mamãe havia dito que eu ficaria com o professor da escola primária por pouco tempo, talvez apenas alguns dias. Quais eram as chances de serem apenas alguns dias? Quanto tempo era pouco tempo? Algumas semanas? Uns dois meses? Ela ia mesmo mandar me buscarem? E se ela de alguma forma esquecesse?

Não importa, decidi. Se era esse o arroz que Deus estava colocando na minha cesta… não adiantava pedir sopa.

Parte II

12

Às vezes penso no ano de 1970 — o ano em que as lições começaram — e parece que estou revivendo tudo de novo em minha mente: sentada com as costas rígidas à mesa da cozinha com mamãe, ou na sala, meu coração disparado dentro de mim, minha mente se esforçando para digerir os versos, virando-os do avesso e de cabeça para baixo e de lado, tentando muito entender.

Repetidas vezes tentei enterrar as memórias daquelas lições, agir como se não fizessem parte da minha realidade, porque aceitá-las seria como continuar lembrando daquela versão anterior da minha mãe, aquela que acreditava tanto que havia um demônio em mim.

Ainda assim, eu me lembro.

Falando na mamãe. Em 1970, cerca de um ano e meio havia se passado sem que eu a visse. Eu passara o final de 1968, todo o ano de 1969 e o início de 1970 na casa do professor da escola primária, período durante o qual mamãe nunca mandou me buscar. É verdade que ela não sabia por quanto tempo ficaríamos separadas. É verdade que uma parte dela realmente imaginou que minha estada em Nnewi seria por pouco tempo. Mas o tempo passou, e o professor e sua esposa ficaram cada vez mais confortáveis em me usar como empregada doméstica. Meu pai, afinal de contas, se fora, e não importava que ele nunca fosse tolerar me ver trabalhando como doméstica, não importava que ele fosse desaprovar ver os amigos usando sua filha como empregada doméstica. Mas ele se fora e, quanto à mamãe, ela se convencera de que estava apenas fazendo o que tinha que ser feito. De qualquer forma, a verdade é que, embora fôssemos uma família de classe média alta antes da morte de papai, com a morte dele e com a guerra, despencamos com força total para a classe mais baixa. O que mamãe estava fazendo não era nada diferente do que as famílias pobres às vezes faziam, enviando seus filhos para trabalharem como empregadas e criados. Fazia sentido. Alguma outra família poderia então assumir a responsabilidade pelas crianças — por sua alimentação, abrigo e, mais importante, pelos custos de sua educação.

Mamãe já me disse muitas vezes que estava indo me buscar quando recebeu a ligação do professor da escola primária. A princípio, pareceu-me desonesto. De jeito nenhum ela poderia ter jurado sobre uma Bíblia. Assim que ela colocasse as mãos sobre o livro, ele explodiria em chamas. Mas aí, com todas aquelas lições da Bíblia — todas aquelas vezes que ela segurou a Bíblia nas mãos —, ela teria explodido em chamas se estivesse mentindo, então é provável que realmente estivesse se preparando para me buscar no exato momento em que fiz o que fiz para que ela fosse obrigada a ir até lá. As coincidências às vezes são assim.

De certa forma, tudo deu certo. Como eu tinha sido boa para eles — com exceção daquele incidente final —, como eu tinha trabalhado duro para eles em casa e, principalmente, me comportado, o professor da escola primária e sua esposa, como ogas e madames honrados, concordaram em assegurar que eu tivesse uma educação adequada. Mamãe disse: "Lembra do que eu disse há muito tempo sobre usar o cérebro? Eles vão manter a parte deles do trato. Eles vão pagar as taxas escolares, comprar os uniformes, os livros didáticos, todo o material escolar, para que você possa estudar muito e se tornar alguém. É importante pensar no seu futuro. Eu só estava pensando no seu futuro...".

O bangalô que encontrei quando me juntei a ela em Aba era uma linda casinha cor de marfim, mas nem sempre fora assim — nem bonito nem marfim.

Do jeito que mamãe conta hoje em dia, é um pouco como um drama de Hollywood, ou talvez um filme de James Bond — muitas partes e até algumas surpresas. Mas acredito nela, nos mínimos detalhes, porque sua memória *daqueles* dias — mesmo das lições — permaneceu muito nítida e consistente ao longo dos anos.

De acordo com ela, ela voltou a Aba e encontrou buracos no telhado da casa, a grama crescida, chegando quase à metade das paredes do bangalô. A princípio ela não reconhecera o lugar. Ela havia passado por um campo de grama verde e amarela e, após cerca de seis quilômetros subindo a estrada, chegou a uma área onde o terreno parecia subir mais abruptamente do que antes. Ela pensou ter chegado perto de onde ficava a estrutura, porque sabia muito bem que ficava em uma pequena colina, quase com vista para a aldeia. Continuou a andar, mais dez minutos subindo a leve inclinação, mas a casa não estava à vista.

Ela largou a mala que carregava e descansou. Enxugou a testa com um lenço; ela se lembra disso, diz, porque era um dos antigos de papai, com a letra *U* bordada. *U* para Uzo. Ela se lembra de ter pensado em papai no momento.

Uma mulher estava passando carregando um balde de água na cabeça e, embora mamãe soubesse que seria inconveniente interferir em suas tarefas, ela o fez, por um sentimento de impotência, de perplexidade, de extrema desorientação, que foi um pouco como uma pancada na cara, pelo fato de estar numa cidade que julgava conhecer, uma cidade que julgava que sempre conheceria, porque Aba foi onde ela nasceu e cresceu.

Ela tinha acabado de abrir a boca para fazer a pergunta quando seus olhos caíram sobre ela. A casa estava ali afinal, quase fora de vista na ligeira inclinação à frente. Era um cubo frágil de cimento gasto e zinco, quase nem aparecia em meio a alguns arbustos crescidos.

Ela se desculpou com a mulher por incomodá-la. Enquanto a

outra prosseguia em seu caminho, mamãe olhou ao redor da área novamente, observando-a mais atentamente. Ela sabia que a guerra mudaria as coisas para pior, então raciocinou que talvez fosse exatamente isso: as janelas quebradas; as laranjeiras e goiabeiras infrutíferas, com folhas secas e rachadas, com aspecto de fome. Alguns animais estavam no local — ratazanas ou esquilos, cabras ou cães vadios. Ela podia ver as marcas de suas patas na terra.

Ela colocou a bolsa na entrada do bangalô. Tinha acabado de passar pela porta quando viu a pessoa, presumivelmente um homem, agachado no chão à sua direita. Ela gritou: "*Chi m o!*"

Ele era quase um esqueleto agora, se é que já não o era antes. Parecia que sua carne havia sido comida, provavelmente pelos mesmos animais cujos rastros ela havia visto do lado de fora.

Ela continuou a gritar e vários aldeões vieram correndo em resposta. Ela sentiu suas mãos sobre ela, suas tentativas de segurá-la, de acalmá-la. "*Rapum aka!*", ela gritou. Me deixe em paz! "*E metukwana m aka!*" Não me toque!

Ela decidiu naquele momento que Aba não era melhor do que Ojoto, pelo menos não do jeito que ela esperava, pelo fato de ela ter sido mais uma vez submetida à visão da morte.

O que isso tudo queria dizer? O objetivo de vir a Aba não era para escapar de todas as lembranças do que havia acontecido com papai? Mas ali estava esse cadáver na casa, sujando a energia do lugar, fazendo com que o lugar fosse marcado novamente por lembranças da morte.

Uma sensação de fraqueza tomou conta dela, e ela começou a suar. Agachou-se no chão para se firmar. Uma mulher próxima ofereceu a ela uma garrafa de água. Ela engoliu a água, jogou um pouco no rosto. Devolveu a garrafa para a mulher quando terminou. Então, olhou em volta para examinar melhor o local. No chão, não muito longe dela, cacos de vidro.

Ela gritou novamente.

"Senhora", disse a mulher ao lado dela com uma voz tranquilizadora. "Senhora."

Ela se virou para olhar para a mulher. Queria explicar que havia vindo de tão longe apenas para encontrar coisas tão ruins quanto de onde ela veio. "Não posso ficar aqui também", disse. Tremeu a cabeça e o corpo tão erraticamente que a mulher teve que abraçá-la para acalmá-la. Vários homens se prepararam para mover o cadáver. Quem era?, as pessoas perguntavam em voz baixa. Mas não ficaram muito tempo questionando. Os homens removeram o corpo com a resignação e a dor de quem já havia enfrentado a morte muitas vezes.

Um dos homens começou a recolher os cacos de vidro.

A mulher que a consolava a reconheceu então. "Você não é Adaora, filha dos falecidos Kenneth e Flora Amaechi?"

Mamãe assentiu.

A mulher chorou de emoção. "Bem-vinda, Adaora", disse. "*Nno!*"

"Esta não é uma casa para se voltar...", mamãe estava dizendo.

A mulher a interrompeu, dizendo: "Não se preocupe. A terra de seu pai a saúda. Estou dizendo, não se preocupe. Tudo ficará bem novamente. Juntas vamos arrumar esse lugar. Uma pessoa sozinha não consegue mover um elefante, mas uma aldeia inteira, isso é outra história."

"Não posso ficar aqui", mamãe gritou. "Como vou ficar aqui?" Mas no fundo ela já sabia que ficaria. Porque, se não, para onde mais poderia ir? E de qualquer maneira, ela não podia continuar correndo para sempre.

E foi assim que ela permaneceu em Aba. Os aldeões a ajudaram a reconstruir o bangalô, o telhado, as janelas, as portas. Eles pintaram as paredes de marfim. Eles cortaram a grama crescida com seus facões, e mamãe irrigou a terra com galões cheios de água. Para camuflagem, eles cobriram o local com folhas de palmeira. Lá dentro, varreram e lavaram o chão de ladrilhos.

Foram eles que a ajudaram a plantar um jardim e árvores em seu quintal depois que a guerra acabou. Outra goiabeira e uma laranjeira. Uma mangueira e um mamoeiro. Abacaxis, suas coroas projetando-se pontudas acima da superfície da terra.

Foram eles que ajudaram a erguer as quatro paredes da lojinha que ficava em frente ao bangalô, logo atrás do portão do complexo.

Tudo isso levou algum tempo. "É por isso que demorei tanto para ir buscar você", mamãe diz, como uma defesa, toda vez que conta a história. "Eu não tinha esquecido de você. As coisas foram muito difíceis por um longo tempo."

Era um pequeno bangalô com uma grande sala e dois quartos, um dos quais mamãe preparara para mim. O outro quarto era dela.

Na primeira semana em que estava de volta com mamãe, ela não fez questão de falar comigo. Todas as manhãs, eu saía do meu quarto, tomava meu banho matinal e me vestia. Ia até a cozinha, pegava um pouco de comida e voltava para o meu quarto. Para almoçar e jantar, saía de novo. Cada vez que saía, ela não estava lá. Já estava na loja ou fazendo outra coisa em casa.

Quase uma semana inteira se passou e nenhuma palavra entre mamãe e eu.

Finalmente, ao fim daquela primeira semana, encontrei-a na cozinha quando entrei para buscar o café da manhã. Ela estava usando um vestido preto, como se estivesse de luto. Também tinha um lenço preto amarrado na cabeça.

Parei na porta da cozinha e travei uma batalha mental sobre ficar ali ou sair. Ocorreu-me que o que quer que eu decidisse fazer, deveria fazê-lo com respeito, o que significava essencialmente que, seja o que for que eu fizesse, deveria primeiro cumprimentá-la.

"Mamãe, bom dia", eu disse.

Lá estava a mesa da cozinha com suas duas cadeiras onde já deveríamos estar compartilhando nossas refeições. Mas durante toda a semana, se não tínhamos sequer falado, então certamente não tínhamos comido juntas, e ainda faltava sentarmos juntas à mesa.

Esta manhã em particular, ela deve ter feito questão de estar lá esperando por mim. Ela estava sentada à mesa, mexendo uma xícara de chá com uma colher. Devia ter acabado de comer uma mexerica, porque o aroma cítrico das frutas recém-descascadas enchia o ar.

A cozinha era um cômodo amplo e bem iluminado com duas grandes janelas com persianas. As vidraças das janelas estavam abertas, deixando a luz do sol entrar.

Mamãe ergueu os olhos para mim e respondeu à minha saudação com muita solenidade. "Bom dia, Ijeoma", disse, e voltou a mexer o chá.

Eu permaneci na porta. Disse: "Desculpe por interromper você. Volto quando você terminar."

Ela balançou a cabeça. Ainda olhando para o chá, disse: "Você pode ficar. Eu só estava pensando que hoje pode ser um bom dia para falar com você sobre as coisas." E apontou para a cadeira vazia na mesa. "Venha, sente-se", convidou.

Aproximei-me da cadeira, puxei-a e sentei-me.

Mamãe voltou a falar. "Agora que você teve uma semana para se acomodar, vamos fazer um cronograma para você. Não há nada mais importante agora do que começarmos a trabalhar para limpar sua alma."

13

Nessas sessões iniciais, as lições aconteciam ali mesmo na mesa da cozinha, nós duas sentadas uma de frente para a outra. Elas aconteciam à noite, depois que mamãe fechava a loja, mas antes do jantar.

Naquela primeira sessão, mamãe abriu as páginas de sua Bíblia. Página um, capítulo um, versículo um. Ela começou:

> *1 Na mbu Chineke kere elu-igwe na uwa.*
> *2 Uwa we buru ihe toboro n'efu na ihe toboro nkiti; ochichiri di kwa n'elu obu-miri: Mo Chineke nerughari kwa n'elu miri.*

> *1 No princípio, Deus criou o céu e a terra.*[6]
> *2 Ora, a terra estava vazia e vaga; as trevas cobriam o abismo; e um sopro de Deus agitava a superfície das águas.*

A voz dela era gentil e calma. Havia uma cadência constante enquanto ela descia a página e depois subia para o capítulo dois. Segui em minha própria Bíblia, a velha de papai, enquanto continuávamos.

> *20 ... mas, para o homem, não encontrou a auxiliar que lhe correspondesse.*
> *21 Então Iahweh Deus fez cair um torpor sobre o homem, e ele dormiu. Tomou uma das suas costelas e fez crescer carne em seu lugar.*
> *22 Depois, da costela que tirara do homem, Iahweh Deus modelou uma mulher e a trouxe ao homem.*

---

6 Esta e as demais citações da Bíblia, em Português, foram retiradas da *Bíblia de Jerusalém.* Vários tradutores. São Paulo: Editora Paulus, 2022 (17ª reimpressão).

[23] *Então o homem exclamou:*

"Esta, sim, é osso de meus ossos
E carne de minha carne;
Ela será chamada Mulher,
Porque foi tirada do homem!"

[24] *Por isso um homem deixa seu pai e sua mãe, se une à sua mulher, e eles se tornam uma só carne.*

Ela repetiu a última parte:

[24] *N'ihi nka ka nwoke garapu nna-ya na nne-ya, rapara n'aru nwunye- ya: ha ewe gho otu anu-aru.*

Ela disse: "*Nwoke na nwunye*. Homem e mulher. Adão *na* Eva. *I ne ghe nti?* Está ouvindo?" Ela estava balançando o dedo, um lembrete e um aviso.

Eu assenti.

Ela disse de novo: "*Nwoke na nwunye*. Adão *na* Eva. Homem e mulher."

Fiz que sim com a cabeça, mas permaneci quieta, mantendo meus olhos fixos nela. O olhar em seu rosto era de uma pessoa observando um barco afundando gradualmente ao longe. Ela parecia prestes a gritar com o capitão do barco, mas também parecia entender que, se gritasse, o capitão não poderia ouvir. Não de tão longe. Em vez disso, falou baixinho, como se estivesse rezando, como se a oração pudesse ter o efeito que o grito não teria.

Eu a ouvi, observei sua testa se franzindo, seus lábios tensionando e relaxando, sucessivamente.

Antes do início da sessão, mamãe me entregou um lenço preto de oração e me instruiu a amarrá-lo na cabeça. "A marca da verdadeira penitência", disse. Eu puxei o lenço agora.

"*I ne ghe nti?*", ela perguntou. "Está me ouvindo?"

Assenti.

"I na aghota? Está entendendo?"

Assenti novamente.

Ela sorriu para mim, puxou meu lenço na cabeça, talvez para trazê-lo para a frente para cobrir mais do meu cabelo. E me deu um tapinha na cabeça.

"O ponto principal, Ijeoma, minha querida", disse, "é que se Deus quisesse que fosse de outra forma, Ele não teria incluído isso de outro jeito na Bíblia?"

Ela fechou a Bíblia e anunciou que pararíamos ali hoje. A sessão deve ter durado quinze minutos no total, mas o desconforto fez com que parecesse ter durado muito mais tempo.

Ela se levantou da cadeira. Junto aos armários, pegou dois pratos e foi com eles até o fogão. Serviu o arroz e o ensopado no fogão e os trouxe de volta à mesa para nós.

Jantamos em silêncio naquela noite. Depois, nós duas nos retiramos para nossos quartos.

14

Na manhã seguinte, encontrei mamãe na cozinha, na hora do café da manhã. Nos sentamos juntas à mesa, embebendo nossas fatias de pão no chá, quando seus olhos se estreitaram para mim e ela disse: "Não é fácil se assentar em um lugar. Você precisa entender que demorei todo esse tempo para deixar essa casa como ela está agora."

Respondi que entendia e agradeci, embora na época ainda não tivesse entendido, e ainda não estivesse no nível da gratidão, porque ainda sofria por ela ter me abandonado e pela lembrança de todo aquele tempo na casa do professor, quando minha mente se torturava com todas as possíveis razões pelas quais minha própria mãe tinha achado melhor me abandonar.

"Todo esse trabalho e agora estamos aqui em nossa própria casa. Uma vida nova, com novas memórias a serem criadas. Posso dizer que não estou mais tendo aqueles pesadelos terríveis."

Tinha alguma coisa desesperada e suplicante no rosto dela enquanto ela falava. Naquele momento era como se ela fosse a filha e eu fosse a mãe; ela estava buscando validação, tentando me convencer de por que eu deveria estar orgulhosa dela.

"Isso é bom, mãe", respondi. "Fico feliz que os pesadelos tenham acabado."

"É uma pena", ela disse, olhando desesperadamente para sua xícara de chá. "Se eu tivesse terminado de ajeitar as coisas um pouco antes, poderia ter evitado..." Sua voz esmaeceu no silêncio. Olhei silenciosamente para ela.

Ela ergueu a cabeça e, com uma vivacidade forçada na voz, disse: "Estava pensando em fazer sopa de quiabo para o jantar esta noite. Eu não vendo quiabo na loja. Você se importaria de buscar um pouco de quiabo no mercado para mim?"

Concordei com a cabeça.

"O mercado não fica longe daqui", ela explicou. "Na nossa rua mesmo, você vai virar à direita na estrada principal, e verá a torre da igreja. Caminhe na direção do campanário e, poucos quilômetros adiante, você começará a ver os sinais do mercado — os guarda-sóis abertos e os galpões de zinco, os itens pendurados nas barracas dos vendedores."

Já tínhamos terminado nosso chá e pão.

"*Oya,* estou indo para a loja", disse, levantando-se de seu assento. Sua bolsa estava na bancada perto de onde nos sentamos. Ela estendeu o braço para pegá-la.

Levantei-me com ela e limpei a mesa, recolhendo nossos pires e xícaras e colocando-os na pia.

Eu ainda não tinha começado a lavar a louça quando mamãe disse: "O que eu quis dizer antes é que sinto muito por ter deixado você lá por todo esse tempo".

Eu me virei para encará-la. Ela estava segurando a bolsa e procurando o dinheiro do quiabo. Quando o encontrou, ficou ali segurando a bolsa em uma das mãos e o dinheiro na outra. Finalmente, em vez de apenas me dar o dinheiro, ela deu alguns passos para mais perto e me puxou para um abraço. "Sinto muito, muito mesmo", disse.

Meu primeiro pensamento foi que era estranho estar nos braços de mamãe assim. Entre nós havia uma distância que não existia antes, nem mesmo no abraço inicial quando ela foi me buscar na casa do professor da escola primária. Havia uma tensão. Ela era minha mãe, e eu deveria ter me apoiado em seu abraço, deveria ter saboreado a sensação como no dia em que ela foi me buscar — e como em todos os dias antes de ela me mandar para lá. Mas as coisas eram diferentes agora. Nesse momento, ela parecia mais com outra guardiã do que minha própria mãe, mais como uma casca — mais como um emblema da maternidade do que a maternidade em si.

Lá fora, ao longe, um motor estava soando e pensei ter ouvido uma cabra balindo alto. Coloquei meu braço ao redor dela, mas não consegui cair no abraço. Fiquei lá, rígida como um poste.

Quando ela finalmente me soltou, tirou um lenço das dobras da túnica e enxugou os olhos com ele. "Se precisar de alguma coisa, estarei na loja. Não tenha medo de passar lá. É só entrar."

Concordei com a cabeça.

Ela se virou e se dirigiu para a porta dos fundos. Ali, parou, virou-se mais uma vez para mim e pareceu me estudar por um momento.

Ela disse: "Não se esqueça de que esta noite continuaremos nossos estudos bíblicos".

Eu já tinha esquecido, mas falei: "Não vou esquecer, mãe".

No caminho de volta do mercado, parei na igreja. Era uma sexta-feira; nem um domingo se passara desde o meu retorno, então ainda não tinha ido à igreja para uma cerimônia. Fazia sentido me familiarizar com o local, visto que estava por perto.

Entrei e me sentei em um dos bancos voltados para o altar, de onde pude ver todas as pequenas decorações nas prateleiras que cobriam a parede de trás: flores vermelhas e amarelas, vasos de barro e vidro, uma pilha de Bíblias e livros.

Na casa do professor da escola primária, Amina e eu apenas ocasionalmente íamos com ele e sua esposa à igreja. Nossas tarefas sempre tiveram precedência sobre as cerimônias de domingo.

Sentada na igreja de Aba naquele dia, não pude deixar de perceber quanta falta faziam as missas de domingo, quanta saudade eu havia sentido de apenas estar em uma igreja, mesmo sem nenhuma cerimônia.

Não havia mais ninguém por perto. O lugar parecia extremamente sagrado: uma espécie de santidade oca, o tipo de vazio que me fez pensar em uma voz ecoando. Isso trouxe à mente aquelas passagens da Bíblia nas quais se diz que Deus falou. Pensei: "Se Ele falasse comigo agora, o que diria?"

Seja o que for que Ele dissesse, Sua voz certamente ecoaria. Talvez esse fosse o motivo para a igreja ser oca. Para fazer crescer a voz de Deus em nossos ouvidos e em nós. Para que Sua voz ecoasse em nossos corações.

De repente, senti necessidade de orar. Queria pedir perdão pelas coisas que fiz em Nnewi. Não havia um dia em que eu não me lembrasse daquelas coisas. Não se passava um dia sem que eu ansiasse por elas, em que não desejasse repeti-las. Mas agora, sentada na igreja, pela primeira vez senti uma enorme sensação de culpa. Queria pedir a Deus que me ajudasse a desviar meus pensamentos de Amina, para me colocar no caminho da retidão. Queria pedir-lhe que me guiasse, que deixasse que a Sua palavra ecoasse no meu coração. Abri minha boca para orar, mas de alguma forma as palavras de oração não saíam. Era como se tivessem ficado presas na minha garganta. Tentei outras vezes. Não tive sorte. Depois de um tempo, levantei-me e voltei para casa.

Naquela noite, estudamos a Bíblia como havíamos feito na noite anterior, mamãe lendo em voz alta e eu acompanhando em meu próprio livro.

Não havíamos orado na sessão anterior, mas desta vez, quando terminamos de ler, mamãe disse: "Vamos orar".

Ela se levantou de sua cadeira e se ajoelhou na frente dela. Eu segui seu exemplo, ajoelhei-me no chão na frente da minha cadeira. Ela apoiou os cotovelos no assento da cadeira e eu fiz o mesmo.

"Deus Todo-Poderoso", ela começou, "proteja esta minha filha do diabo que veio para levar sua alma inocente. *Zoputa ya n'ajo ihe*. Proteja Ijeoma dos demônios que estão tentando mandá-la para o inferno. Não a deixe cair em tentação. *E kwela ka o kwenye na nlanye*. Dá-lhe forças para resistir e fazer a Tua vontade. Que seu coração se lembre das Suas lições, a lição de nosso começo, de Adão e Eva."

Eu entrava e saía da oração, meus pensamentos sobre o que havíamos lido, sobre Gênesis, Adão e Eva, e sobre mim e Amina, me distraíam.

Ela continuou assim, suplicando a Deus, pedindo Sua misericórdia e Sua proteção. Por fim, ela disse: "Seja feita a Tua vontade assim na terra como no céu. *Ka e mee uche Gi n'uwa ka e si eme ya n'eluigwe*."

Ela deu um suspiro. Suspirei com ela.

"Amém!", ela disse, muito firme, como um voto.

Naquele momento, senti uma fraqueza em meu corpo. Abri minha boca para dizer "amém", mas foi difícil falar, difícil pronunciar aquela palavra tão curta junto com ela.

15

"Você não percebe?", mamãe perguntou. "É o mesmo comportamento que levou à destruição de Sodoma e Gomorra, o mesmo comportamento que você e aquela garota — qual é mesmo o nome dela? — estavam tendo."

Ainda estávamos em Gênesis. Mamãe estava se demorando na história de Sodoma e Gomorra:

Dois anjos vieram visitar Sodoma, e Ló os persuadiu a hospedarem-se com ele. Mas então vieram os homens da cidade, batendo à porta de Ló, exigindo ver os convidados. *Traga-os até nós, para que possamos vê-los.* Mas Ló recusou. Em vez disso, ofereceu aos homens suas duas filhas virgens, para que eles fizessem com as filhas o que quisessem, desde que não prejudicassem os convidados, contanto que não fizessem o que quisessem com os convidados.

"Ló era um homem bom", mamãe explicou. "Hospitaleiro. Estava disposto a proteger seus convidados do pecado."

"Mas ele ofereceu suas próprias filhas para serem usadas como os sodomitas desejassem", respondi. "Como assim ele era um homem bom?"

"A questão é que Ló protegeu seus convidados de serem tratados daquela maneira terrível contra a qual a Bíblia adverte."

"Que maneira terrível?", perguntei.

"Um homem deitando-se com outro homem", ela respondeu, exasperada.

"E essa é a lição que devemos aprender com essa história?", perguntei.

Ela revirou os olhos, mas ficou em silêncio.

"Talvez seja uma lição sobre hospitalidade", eu disse em voz gentil, embora ela claramente tivesse me irritado. Ainda assim, eu não queria provocá-la mais do que já tinha feito. "A ideia de que ele estava disposto a colocar em perigo seus próprios pertences e que estava disposto a arriscar o bem-estar de seus próprios familiares para proteger seus convidados. Pode ter sido simplesmente uma lição sobre hospitalidade", eu disse.

"Não é", disse mamãe. "Todo mundo sabe qual é a lição que devemos tirar dessa história. Um homem não deve se deitar com outro homem, e se o homem o fizer, o homem será destruído. É por isso que Deus destruiu Sodoma e Gomorra."

"Não pode ter sido porque eles eram egoístas, desagradáveis e violentos?", perguntei. "Tem que ser aquela outra coisa?"

"Sim", mamãe respondeu. "Tem que ser aquela outra coisa. Não pode ter sido nada senão aquela outra coisa."

16

LEVÍTICO 18

[22] *Não te deitarás com um homem como se deita com uma mulher. É uma abominação.*

Nossas lições já haviam passado da cozinha para a sala. Estávamos sentadas no chão, entre o sofá verde-claro e a pequena mesa de centro de madeira, segurando nossas Bíblias.

"O que quer dizer 'abominação'?", perguntei.

"Simples: algo repugnante, vergonhoso, escandaloso."

"Mas o que é tão repugnante, vergonhoso ou escandaloso em deitar-se com um homem como se fosse uma mulher? A Bíblia explica?"

"O fato de a Bíblia dizer que é ruim é toda a explicação que você precisa", mamãe disse. "Além disso, como as pessoas podem ser fecundas e se multiplicar se fizerem esse tipo de coisa? *Isso* já é escândalo o suficiente — o fato de não permitir a procriação."

Eu tinha informação o suficiente para saber que o professor da escola primária e sua esposa não podiam ter filhos. Eu sabia que havia outros homens e mulheres, maridos e esposas como eles, que também não podiam ter filhos. "Mas mesmo com um homem e uma mulher, a procriação nem sempre é possível. Também é uma abominação?", perguntei. "E se não tiver nada que eles possam fazer sobre isso?"

"Deus desejava que fosse homem e mulher. E Deus desejava também que o homem e a mulher tivessem filhos. É assim que deve ser, então, sim, é uma abominação se não for um homem e uma mulher. E é uma abominação se o homem e a mulher não puderem ter um filho".

Minha cabeça parecia prestes a explodir. Ela não percebia o que estava dizendo sobre o professor da escola primária e sua esposa e casais como eles? Senti um milhão de perguntas se remexendo em minha mente, o tipo de pergunta que só teria deixado minha mãe ainda mais exasperada. Eu poderia ter feito as perguntas, mas elas eram como bolhinhas na minha cabeça. Eu as sentia flutuando, mas eram pequenas demais para formar qualquer coisa, ou estavam ocupadas indo de um lado para o outro; eu não conseguia decidir o que dizer.

Mamãe continuou.
LEVÍTICO 19

> [19] *Guardareis os meus estatutos. Não jungirás dois animais de espécies diferentes, no teu rebanho; não semearás no teu campo duas espécies diferentes de sementes e não usarás veste de duas espécies de tecido.*

"Você percebe como isso se aplica a você com aquela menina?"

Fiz que não com a cabeça.

"Está bem. Vamos ler mais uma vez e ver se você consegue entender sozinha."

Ela leu novamente.

"Alguma ideia agora?"

"Mãe, eu não tenho ideia nenhuma", respondi.

"Vou te dar uma dica. Você é Igbo. Essa garota é Hauçá. Mesmo se ela fosse um menino, você não vê que Igbo e Hauçá significariam a mistura de sementes? *Você não vê?* Seria contra os estatutos de Deus." Ela fez uma pausa. "Além disso, você está esquecendo o que eles fizeram conosco durante a guerra? Esqueceu o que fizeram com Biafra? Esqueceu que foi o povo dela que matou seu pai?

Ela colocou a Bíblia aberta na mesa de centro e se levantou.

Caminhou em direção à cozinha, entrou.

Olhei para a Bíblia dela aberta na mesinha. Havia notas escritas em todas as margens, tanto em Igbo quanto em Inglês. Havia pequenas folhas de papel enfiadas entre as páginas. Vi que ela também havia feito anotações nessas folhinhas. As anotações nas margens de sua Bíblia podiam ser antigas, mas percebi que as que estavam nos pedaços de papel eram novas, que serviriam de guia. Todas para meu benefício.

Ela voltou da cozinha segurando dois copos de água. Colocou-os na mesa de centro perto de onde estava sua Bíblia. Sentou-se e depois tomou um gole de seu copo e me ofereceu o meu.

17

Antes de a guerra chegar, papai contava histórias à luz de velas, contos populares sobre animais falantes e reinos antigos. Com sua voz noturna, áspera pelas horas de silêncio à sua mesa de desenho, ele falava de reis e rainhas, de tambores mágicos, de tartarugas e lebres ardilosas.

Certa vez, quando perguntei sobre as tartarugas e as lebres — por que elas não falavam ou pareciam não se comportar na vida real da maneira como faziam em suas histórias — ele caiu em um estado tranquilo de consciência; seu rosto ficou meditativo. Mas seus olhos estavam penetrantes e luminosos, refletindo toda a paixão e a energia que seu rosto retinha. Ele falou de alegorias e do literal versus o figurativo. Ele explicou que certas coisas eram símbolos de outras coisas e que alguns contos populares eram apenas alegorias de situações da vida.

"O que é uma alegoria?", perguntei.

O olhar em seu rosto tornou-se ainda mais reflexivo do que antes. Ele era um homem que gostava de mergulhar nos pensamentos. Às vezes, parecia se perder nas divagações de sua mente. Naquele dia, ele disse: "Uma pomba pode ser literalmente apenas um pássaro. Ou pode ser um símbolo de paz e, às vezes, um símbolo de mais do que paz. Uma alegoria é um símbolo. Uma coisa que representa outra coisa. Talvez seja algo pequeno, simples, como a pomba. Mas sempre é usado para representar algo muito grande, uma ideia maior, tão grande que muitas vezes não compreendemos totalmente o alcance de seu significado."

Chegamos ao livro dos Juízes. Capítulo 19.

Mamãe leu as palavras baixinho, como se Deus estivesse fisicamente conosco na sala, como se estivesse obedecendo a Ele:

> 1 *Naquele tempo — não havia ainda rei em Israel — havia um ho-*
> *mem, levita, que residia no fundo da montanha de Efraim. Tomou*
> *ele por concubina uma mulher de Belém de Judá.*
> 2 *Sua concubina cansou-se dele e o deixou para voltar à casa de seu*
> *pai em Belém de Judá, e ali permaneceu certo tempo: quatro meses.*
> 3 *O seu marido foi procurá-la para falar-lhe ao coração e trazê-la*
> *para casa; levava consigo o seu servo e dois jumentos. Ao chegar à*
> *casa do pai da moça, este vendo-o, veio alegremente ao seu encontro.*
> 4 *O seu sogro, o pai da moça, o deteve, e ele ficou ali três dias; co-*
> *meram e beberam e ali passaram a noite.*

O pai e o levita passaram a negociar um preço para a donzela, e a donzela foi forçada a voltar com o levita. No caminho de volta para sua casa, eles passaram pela cidade de Gibeá, onde a maioria dos cidadãos não fazia nada de bom. Um dos nobres da cidade, para proteger os viajantes, ofereceu-lhes abrigo em sua casa. Mas antes que a noite terminasse, os outros homens da cidade apareceram na porta do homem bondoso e exigiram estuprar o levita. O homem gentil implorou a seus concidadãos, até mesmo oferecendo sua própria filha para ser estuprada.

Em vez de se oferecer aos habitantes da cidade, o levita ofereceu a donzela para ser estuprada. Os homens da cidade a violaram durante toda a noite antes de finalmente deixá-la ir. Quando terminaram, ela desabou na frente da porta. De manhã, o levita saiu, encorajando-a a se levantar para que pudessem seguir seu caminho. Ela não respondeu. Irritado, ele a jogou sobre seu burro e assim a levou consigo. De volta a casa, ele a cortou em pedaços, membro por membro, e os enviou a todos os territórios de Israel.

Estávamos na sala, acomodadas no chão ao redor da mesa de centro.

"Pense nisso", mamãe disse quando terminou de ler.

Era uma história tão confusa. Eu não tinha certeza do que ela queria que eu pensasse. "Pensar sobre o quê?", perguntei.

"Você não percebe como isso se aplica a você?"

A resposta era não, mas só para tentar ver as coisas do ponto de vista dela, eu me forcei a pensar mais profundamente sobre a história. Imaginei tudo na minha cabeça. A terrível imagem do estupro, da pobre donzela deitada inconsciente na soleira da porta e depois sendo jogada sobre o burro pelo levita. A terrível imagem do levita cortando seu corpo em doze pedaços. Foi o que me veio à mente. Que parte disso poderia se aplicar a mim?

Estiquei as pernas sob a mesa de centro e disse: "Mamãe, não entendo o que você está perguntando. *A ghotaghi m.*"

"O que há para não entender?", ela disse. "Você não vê por que os homens ofereceram as mulheres em vez do homem?"

Eu disse: "Não, não vejo por quê".

Depois de um momento, percebi que eu *sabia* por quê. A razão de repente ficou óbvia para mim. Eu disse: "Na verdade, mamãe, sim, entendo por quê. Os homens ofereciam as mulheres porque eram covardes e o pior tipo de homem possível. Que tipo de homem oferece suas filhas e esposas para serem estupradas no lugar de si mesmos?"

Mamãe olhou para mim com os olhos arregalados, então, muito calmamente, disse: "Ijeoma, você não está entendendo a moral da história."

"Qual moral?"

"Você não entende? Se os homens tivessem se oferecido, teria sido uma abominação. Eles ofereceram as meninas para que as coisas fossem como Deus pretendia: homem e mulher em vez de homem e homem. Você entende agora?"

Uma dor de cabeça estava crescendo em minhas têmporas.

Meu coração disparou de perplexidade com o que mamãe estava dizendo. Foi a mesma coisa que ela disse com a história de Ló. Era como se estivesse obcecada com essa questão de abominação. Como ela podia acreditar que essa era a lição a ser tirada dessa história horrível? E a violência e o estupro? Certamente ela percebia que a história era ainda mais complexa do que apenas violência e estupro. Para mim, não fazia sentido.

Pensei: e se todas essas histórias fossem na verdade apenas alegorias para outra coisa, algo além do que entendíamos de cara?

Além das nossas lições, eu havia começado a acompanhar mamãe à igreja aos domingos. Por que essas perguntas nunca surgiam na igreja? Por que as pessoas nunca faziam perguntas na igreja? Em vez disso, todos assentiam e gritavam "Amém" depois de tudo que o pastor Godfrey dizia, e batiam palmas, ninguém pedia que ele explicasse nada. Desejei que papai estivesse ali para poder perguntar o que ele achava. Fiquei imaginando o que o pastor Godfrey diria se eu o confrontasse com essas perguntas. Ele ao menos saberia as respostas? Quanto os pastores fingiam saber?

Olhei para minha mãe e disse: "Mamãe, a Bíblia é cheia de histórias. Talvez sejam apenas alegorias de outra coisa."

"Shh", mamãe disse. "A Bíblia é a Bíblia e não deve ser questionada. O que lemos nela é o que devemos entender".

Mais cedo, mamãe havia se levantado no meio da lição para nos trazer copos de água. Os copos estavam agora na mesa, um para mim e outro para ela. Ainda não tínhamos tocado neles.

Abri a boca novamente para perguntar se ela sabia o que era uma alegoria. Mas dessa vez ela deve ter visto o momento em que minha boca se abriu. Ela estendeu a mão para a mesa, passou um dos copos para mim. "Aqui", disse. "Beba um gole de água."

Percebi que estava mesmo com sede. Peguei o copo e bebi.

Ela me observou. Quando terminei, ela disse: "Ótimo. Não temos tempo para parar. Temos que continuar. *Osiso-osiso.*" Ela tomou um gole apressado de seu copo, virou as páginas de sua Bíblia e continuou a ler.

18

Histórias da Bíblia e pensamentos sobre seu potencial como alegorias estavam começando a invadir minha mente. Uma noite, deitei-me na cama, sozinha em meu quarto, e pensei em tudo. Se minha mente fosse uma daquelas balanças antiquadas, a balança da justiça, com um prato de metal medindo o certo, e o outro o errado, ambos os lados estariam empatados. Acontece que todo aquele estudo não estava de fato levando a nada; na verdade, era uma questão entre o que eu sentia em meu coração e o que minha mãe e o professor da escola primária sentiam. A Bíblia estava começando a parecer quase insignificante, pois me parecia cada vez mais impossível saber exatamente o que Deus realmente queria dizer.

Mas eu queria saber. Levantei-me da cama e ajoelhei-me com os braços apoiados na beirada, porque também me pareceu, um tanto repentinamente, que talvez eu pudesse chegar às respostas se tentasse novamente orar a Deus sozinha. Talvez Deus falasse comigo. Talvez Ele permitisse que Sua voz ecoasse em mim, fornecendo-me as respostas.

Eu tinha acabado de sair de mais uma das minhas lições com mamãe. Meu lenço na cabeça, que sempre usava durante as sessões, já estava completamente desfeito, e minhas tranças pendiam soltas, sem rumo, sobre meus ombros. Eu estava juntando as tranças, amarrando o lenço em volta delas, quando minha mente voltou para Adão e Eva.

O pensamento me ocorreu: sim, era Adão e Eva. Mas e *daí* se era apenas a história de Adão e Eva que encontrávamos na Bíblia? Por que *isso* excluiria a possibilidade de Adão e Adão ou Eva e Eva? Só porque a história se concentrava em um Adão e uma Eva, não significa que todas as outras possibilidades estivessem proibidas. Só porque a Bíblia registrava um segmento específico de eventos, uma história específica, por que isso invalidava ou desacreditava todos os outros segmentos, todas as outras histórias? A mulher foi criada para o homem, sim. Mas por que isso significava que a mulher também não poderia ter sido criada para outra mulher? Ou um homem para outro homem? Possibilidades infinitas, e cada uma delas perfeitamente viável.

Eu me perguntava sobre a Bíblia como um todo. Talvez fosse apenas a história de uma certa cultura, específica para aquele tempo e lugar, o que tornava difícil para nós a entendermos agora, e que talvez até a tornasse não aplicável para a sociedade hoje. Como em Êxodo: *Não cozerás o cabrito no leite de sua mãe.* Deuteronômio disse o mesmo. Mas o que significa? O que isso significava *naquela época*? Cozinhar o cabrito no leite de sua mãe era uma metáfora para a insensibilidade, para a frieza de coração? Ou se referia a algum ritual antigo que ninguém mais realizava? Mas, ainda assim, lá estava na Bíblia, para receber qualquer significado que as pessoas decidissem dar a ela.

Além disso, e se Adão e Eva fossem apenas símbolos de companheirismo? E Eva, diferente dele, mulher em vez de homem, fosse simplesmente uma ferramenta pela qual Deus queria demonstrar que companheirismo era algo que você encontrava em uma pessoa distinta de você? E se fosse só isso? Por que não? Àquela altura eu já sabia o suficiente para entender que havia pelo menos algumas alegorias na Bíblia — aquelas que eram explicitamente identificadas como tal. Então, por que outras histórias da Bíblia, como a história de Adão e Eva, também não poderiam ser tratadas assim? Afinal, se fossem para ser interpretadas tão literalmente, com quem, então, Caim se casou, se apenas Adão e Eva e Caim e Abel existiam na época? Se fosse para ser lido literalmente, quem, então, estava Deus advertindo contra se vingar de Caim? Quem mais existia na terra para ser avisado, exceto Adão e Eva, os próprios pais de Caim, que, ao que tudo indica, não tinham intenção de matar o filho? Certamente deviam existir outros grupos humanos, outras possibilidades de existência, sendo Adão e Eva apenas uma instância, uma representação simbólica de todos eles.

Eu estava animada com minhas ideias. Desde o início de nossos estudos bíblicos, tive a sensação de ser uma pessoa vagando perdida, sem rumo e com sede no deserto. Mas agora eu tinha tropeçado em uma torneira de água. A alegria da minha descoberta tomou conta de mim. Meu primeiro impulso foi ir até minha mãe e apresentar meu caso. Isso poderia resultar em uma discussão, mas ela precisava saber que havia mais na Bíblia do que sua interpretação. Corri da minha cama em direção à porta.

Tinha acabado de chegar à porta quando percebi que seria melhor não tentar apresentar essas teorias para mamãe. De que adiantaria discutir sobre isso? Ela poderia acabar decidindo que eu estava sendo insubordinada a ela e a Deus, e então talvez aumentasse as lições para duas vezes por dia.

Parei na minha porta por um momento, então me virei e voltei para a cama.

19

Chegamos ao fim do Antigo Testamento, o livro de Malaquias. Mamãe tinha acabado de fazer a oração final. Estava apoiada na mesa de centro, os cotovelos cruzados. Ela tinha uma expressão feia no rosto, como uma carranca, como se o sol, através dos painéis abertos das persianas das janelas, tivesse de alguma forma descido dos céus para atacá-la.

Ela desviou o olhar de mim, o tempo todo mexendo nos cantos de sua Bíblia. Finalmente, virou-se para mim e falou. Sua voz era um sussurro, muito calma. Ela disse: "Você ainda pensa nela?"

A pergunta me pegou de surpresa. Abaixei a cabeça, pensando em maneiras de fingir que não tinha ouvido. Mas mamãe não me deixou fingir. Perguntou de novo, e mais especificamente: "Você ainda pensa nela *daquele jeito*?"

A resposta era simples: claro que eu ainda pensava em Amina. E, sim, *daquele jeito*. Como poderia afastar as lembranças de uma pessoa com quem compartilhei todo aquele tempo? Havia noites em que sonhava com ela, sonhos tão vívidos que quando acordava parecia que o despertar era o sonho, e o sonho, a realidade: Amina e eu resolvendo coisas na rua, lavando roupas e pendurando-as para secar, cortando lenha, buscando querosene.

Amina e eu tomando banho juntas no tanque, olhando uma para a outra. Amina e eu no colchão que dividíamos, nossas respirações quentes se misturando no pequeno espaço entre nós duas.

Não tive presença de espírito para dizer nada além da verdade. Olhei nos olhos de mamãe e assenti. "Sim, eu ainda penso nela", respondi. E completei: "Sim, ainda penso nela daquele jeito."

De repente, mamãe estava se levantando do chão, agitando as

mãos no ar, gritando sobre oração e perdão. Ela me puxou pela gola do vestido.

Ela gritou: "Fique de joelhos agora! Me escute, fique de joelhos!"

Ajoelhei-me como ela exigia, mas permaneci em silêncio, incapaz de dizer qualquer coisa. Minha mente estava muito ocupada para encontrar palavras — muito ocupada refazendo meus passos e decidindo e refletindo sobre o momento em que cometi a gafe. Refleti sobre minha tolice, sobre por que não fui mais inteligente — e muito menos sincera — sobre a resposta que dei.

"Ore!", ela gritou. "Você deve pedir perdão a Deus por todos os seus pecados, mas especialmente por esse pecado que você tem. Eu não acabei de dizer para você orar? Por que não vejo seus lábios se movendo? Por que não ouço nenhum som saindo de sua boca? Ore, estou dizendo! Filha minha não vai carregar esses desejos doentios. A mera existência deles é um desrespeito terrível a Deus e a mim!"

Ela continuou a gritar daquele jeito, e o tempo todo eu só conseguia olhar para ela com os olhos arregalados. Finalmente, fiz menção de me levantar, mas ela gritou para que eu me ajoelhasse. "Ajoelhe-se!", ela berrou, ofegando como se estivesse sem fôlego.

Eu fiz o que ela mandou.

Ela colocou as mãos na minha cabeça, pressionou-a para que eu virasse o rosto para baixo em direção à mesa de centro.

"Orar é o que pode salvar você agora. Tenho orado tudo o que posso por você. Agora você deve orar por si mesma! Só Deus pode salvar você!"

Levei as mãos ao rosto, fechando os olhos. Permaneci naquela pose, ainda perdida em meus pensamentos, ainda desejando que houvesse uma maneira de voltar no tempo e retirar a resposta que levou a essa explosão.

"Ore!", ela gritou.

Eu poderia ter orado naquele momento. Eu até *queria* orar, se a oração acalmasse os ânimos. Mas minha mente não conseguia pensar nas palavras para começar. Todos os gritos, todas as ordens, estavam se repetindo dentro da minha cabeça.

Ajoelhe-se!

Ore!

Pecadora!

Desrespeito terrível!

Só Deus pode salvar você!

Levei um tempo para perceber que não estava mais ouvindo sua voz. Só então abri os olhos. Mamãe não estava mais ali.

Fiquei ajoelhada por algum tempo. Esperava que ela voltasse logo, mas minutos se passaram e, quando algo como meia hora havia transcorrido, levantei-me, saí pela porta da frente, atravessei a varanda, contornei a casa e voltei para a cozinha pela porta dos fundos. Nenhum sinal da minha mãe.

Percorri o caminho que levava à loja. O portão estava trancado com uma corrente de metal. Eu sabia que mamãe não poderia estar lá.

Voltei para o bangalô. Sentei-me no chão onde ela havia me deixado e esperei.

Algo como uma hora se passou.

O barulho veio da direção da porta da frente. O tilintar de chaves, o giro da maçaneta, batidas e pancadas, objetos batendo na parede.

Mamãe entrou com uma garrafa de barro na mão. Era um frasco avermelhado com acabamento opaco, pintado à mão de tal forma que a tinta vermelha parecia ter escorrido em alguns pontos, como se fosse sangue respingado.

Ela se aproximou até eu vê-la acima de mim. Ajoelhou-se. Um cheiro de incenso emanava dela. Sua voz foi gentil, até mesmo um pouco pesarosa, quando ela disse: "Eu estive pensando. Não é você."

Ergui a cabeça e olhei para ela.

Ela continuou: "Não, não é você. Não tem nada de errado com você. É o demônio que faz você ser desse jeito."

Ela colocou os itens que estava segurando no chão, ao lado da mesa.

"*Ngwa*, ajoelhe-se", ela disse, de uma maneira muito mais controlada do que antes.

Fiquei de joelhos.

"Abaixe a cabeça e feche os olhos", ela disse, ainda calmamente.

Baixei a cabeça e fechei meus olhos.

Ela colocou as palmas das mãos na minha cabeça.

"Em nome de Deus Todo-Poderoso, eu ordeno que você saia dela", disse. Sua voz ficava cada vez mais alta a cada repetição, mas ainda estava controlada: "Em nome do Deus Todo-Poderoso, ordeno que deixe minha filha em paz".

Senti gotas de um líquido no pescoço e um pouco no rosto.

Sua voz saiu penetrante, quase como um lamento, causando arrepios nas minhas costas. "*Lagha chi azu! Lagha chi azu!*", ela berrou.

As gotas continuaram a molhar a pele do meu pescoço e do meu rosto e até dos meus braços. Me senti tonta, como se meu sangue tivesse sido drenado de mim. Ela estava falando com o diabo, gritando para ele dar as costas e me deixar em paz. "Eu ordeno que você saia dela. Eu ordeno que você a deixe em paz. *Lagha chi azu! Lagha chi azu! Asi m gi, Lagha chi azu!*"

Finalmente, ela soltou um longo suspiro de exaustão. Tudo ficou quieto. Eu não sentia mais as gotas em mim. Abri os olhos lentamente. Mamãe estava sentada no chão ao meu lado, com o rosto manchado de lágrimas. Seus braços pendiam sem rumo ao lado do corpo. A garrafa estava perto, no espaço curto entre sua mão e o sofá.

"É minha culpa," ela disse, fracamente agora. Sua garganta estava rouca.

Aproximei-me dela e encostei a cabeça em seu ombro. "Não é sua culpa, mamãe."

Ficamos em silêncio.

"É minha culpa", ela repetiu numa voz fraca.

"Não, mamãe. Não é culpa de ninguém."

"Sim", ela disse. "É claro que é minha culpa." Ela continuou e relembrou aquele dia na varanda em que implorei para acompanhá-la até Aba. Talvez ela devesse ter permitido que eu fosse junto, ela ponderou. Que tipo de mãe mandava a filha para ser empregada doméstica de outra pessoa, e por todo esse tempo? E, além disso, mandar para longe uma criança que acabara de ver o cadáver de seu pai deitado em todo aquele sangue. Afastar uma filha naquelas circunstâncias em que ela deveria ter feito qualquer coisa para mantê-la por perto.

Até aquele momento, eu ainda guardava rancor de mamãe por ter me abandonado na casa do professor da escola primária. Mas agora, ouvindo o quanto ela mesma havia pensado sobre o assunto, o quanto ela ainda estava atormentada com isso, todo o meu rancor se dissipou. "Mamãe", eu disse, "você não é a única pessoa do mundo que mandou sua filha para ser empregada doméstica." Eu sabia de outras famílias que também mantinham empregadas domésticas. Devem ter sido os pais das meninas que as mandaram trabalhar. Eu continuei: "Você não é a única. Muitas outras fazem o mesmo."

Ela assentiu. "Foi para o seu próprio bem", disse, baixinho.

Fiz que sim.

"Para sua segurança, para seu bem-estar."

Fiz que sim novamente.

"Ele e a mulher dele sempre foram bons com você?"

"Sim, mamãe. Eles nunca foram outra coisa além de bons."

"Sabe, algumas pessoas saem de casa só para ter o prazer de voltar."

"Sim, mamãe", respondi.

Ela colocou as palmas das mãos no meu rosto, segurou-o com força. Suas mãos estavam molhadas. O ar estava abafado, denso. "Não se preocupe", ela disse. "Não há pecado tão grave que não possa ser perdoado, nem transgressão tão terrível que você não possa se arrepender. Você se arrependerá e será perdoada pela glória e pelo poder de Deus".

Silêncio.

Ela disse: "Você será curada pela glória e pelo poder de Deus".

Permaneci em silêncio.

"Repita!"

"Serei curada pela glória e pelo poder de Deus."

Ela pegou a garrafa de onde estava, inclinando-a até que mais água caísse em sua mão em concha. Ela respingou a água sobre minha cabeça.

"Amém", ela disse.

"Amém", respondi.

Passamos para o Novo Testamento e avançamos rapidamente para o Apocalipse. Seis meses haviam se passado desde o início de nossas lições. Aproximava-se o momento de começar o ensino secundário.

No último dia de nossos estudos bíblicos, mamãe me chamou à sala de estar, e eu a encontrei segurando uma lista, escrita à mão por ela em um cartaz. Era um resumo — e um lembrete — do que ela decidiu serem os pontos importantes, os destaques do Antigo e do Novo Testamento. Ela ficou na frente da sala e pediu que eu me sentasse no sofá. Começou a ler como uma professora dando aula:

LEVÍTICO 18:22

Não te deitarás com um homem como se deita com uma mulher. É uma abominação.

LEVÍTICO 19:19

Guardareis os meus estatutos. Não jungirás dois animais de espécies diferentes, no teu rebanho; não semearás no teu campo duas espécies diferentes de sementes e não usarás veste de duas espécies de tecido.

LEVÍTICO 20:13

O homem que se deitar com outro homem como se fosse uma mulher, ambos cometeram uma abominação, deverão morrer, e o seu sangue cairá sobre eles.

MARCOS 10:6-9

Mas desde o princípio da criação ele os fez homem e mulher. Por isso o homem deixará o seu pai e a sua mãe, e os dois serão uma só carne. De modo que já não são dois, mas uma só carne. Portanto, o que Deus uniu o homem não separe.

ROMANOS 1:26-32

Por isso Deus os entregou a paixões aviltantes: suas mulheres mudaram as relações naturais por relações contra a natureza; igualmente os homens, deixando a relação natural com a mulher, arderam em desejo uns para com os outros, praticando torpezas homens com homens e recebendo em si mesmos a paga da sua aberração. E como não julgaram bom ter o conhecimento de Deus, Deus os entregou à sua mente incapaz de julgar, para fazerem o que não convém: repletos de toda sorte de injustiça, perversidade, avidez e malícia; cheios de inveja, assassínios, rixas, fraudes e malvadezas; detratores, caluniadores, inimigos de Deus, insolentes, arrogantes, fanfarrões, engenhosos no mal, rebeldes para com os pais, insensatos, desleais, sem coração nem piedade. Apesar de conhecerem a sentença de Deus que declara dignos de morte os que praticam semelhantes ações, eles não só as fazem, mas ainda aprovam os que as praticam.

1 CORÍNTIOS 6:9-11

Então não sabeis que os injustos não herdarão o Reino de Deus? Não vos iludais! Nem os devassos, nem os idólatras, nem os adúlteros, nem os depravados, nem as pessoas de costumes infames, nem os ladrões, nem os avarentos, nem os bêbados, nem os injuriosos herdarão o Reino de Deus. Eis o que vós fostes, ao menos alguns. Mas vós vos lavastes, mas fostes santificados, mas fostes justificados em nome do Senhor Jesus Cristo e pelo Espírito de nosso Deus.

1 CORÍNTIOS 7:2

Todavia, para evitar a fornicação, tenha cada homem a sua mulher e cada mulher o seu marido.

1 TIMÓTEO 1:10-11

Aos impudicos, pederastas, mercadores de escravos, mentirosos, perjuros e para tudo que se oponha à sã doutrina, segundo o Evangelho da glória do Deus bendito, que me foi confiado.

JUDAS 1:7

De modo semelhante, Sodoma, Gomorra e as cidades vizinhas, por se terem prostituído, procurando unir-se a seres de natureza diferente, foram postas como exemplo, ficando sujeitas ao castigo de fogo eterno.

APOCALIPSE 21:8

Quanto aos covardes, porém, e aos infiéis, aos abomináveis, aos assassinos, aos impudicos, aos magos, aos idólatras e a todos os mentirosos, a sua porção se encontra no lago ardente de fogo e enxofre, que é a segunda morte.

(Aqui, ela sublinhou "abomináveis" duas vezes para mim.)

Depois de ler em voz alta o conteúdo do cartaz, mamãe disse: "Você tem que entender que esse comportamento entre você e aquela garota é a influência de espíritos malignos. *I ne ghe nti?* Você está ouvindo?"

Fiz que sim com a cabeça.

"Satanás encontra maneiras de nos influenciar lá do inferno", ela prosseguiu. "Mas continuarei a orar por você, e você deve continuar a orar por si mesma. Não há nada que não possa ser conquistado quando aceitamos Jesus como nosso Senhor e nosso Salvador".

No final de todas aquelas lições, de todas aquelas orações, se alguém me perguntasse como eu estava me sentindo, eu diria que estava exausta. Nem zangada, nem confusa, nem mesmo penitente. Apenas exausta.

Uma semana antes de eu partir para o internato, dois ou três dias depois daquela última sessão de estudos bíblicos, mamãe virou para mim e perguntou: "Você ainda pensa nela daquele jeito?"

Olhei em seus olhos, sabendo que não devia dizer a verdade, mas não consegui mentir. Fiz que não com a cabeça. Obriguei-me a balançá-la com autoridade, certificando-me de não piscar. Foi a primeira vez que menti para minha mãe. Consolei-me pensando que pelo menos não havia *dito* a mentira em voz alta.

Mamãe sorriu e me deu um tapinha no ombro. "Muito bom, minha filha. Muito, muito bom." Ela suspirou e completou: "O poder de Deus! O maravilhoso poder de nosso Deus Glorioso e Todo-Poderoso!"

Parte III

20

No fim das contas, eu me tornei a mulher de negócios que minha mãe pensou que eu seria, visto que acabei assumindo o lado comercial das coisas para ela. Claro, eu não frequentei nenhuma escola especial para isso além do ensino médio, então talvez também possa ser que toda aquela conversa sobre comer proteínas e usar o cérebro realmente fosse válida, com ou sem estudo.

De qualquer forma, às vezes, enquanto estou vivendo minha vida além do trabalho com mamãe na loja, meus olhos caem em algo que me faz pensar naqueles dias na casa do professor da escola primária. Uma pilha de areia, por exemplo. Ou as sementes marrons de uma udala. Às vezes, simplesmente um balde de roupas sujas me lembra daqueles dias. Não importa o tipo de roupa no balde. Não importa que não sejam nada parecidas com as do professor ou de sua esposa. De repente, minha mente está lá, e não posso deixar de lembrar de todos aqueles anos atrás: o *toc-toc-toc* do professor na porta da minha casinha, a chama da lanterna de querosene tremeluzindo na mesa. Amina e eu nos encolhendo de medo.

No dia em que conheci Amina, ainda era meu primeiro mês na casa do professor da escola primária, e estávamos sem querosene. Uma chuva forte havia caído naquela manhã. O céu estava cinza. Então a manhã se transformou em tarde e o sol apareceu. Terminei minhas tarefas matinais e fui buscar o querosene assim que o sol começou a brilhar.

Durante todo aquele primeiro mês na casa do professor, parecia que estávamos sempre correndo para dentro e para fora do bunker. Mesmo voltando do mercado, eu ouvia os bombardeiros aparecerem lá em cima e tinha que correr e me esconder nos arbustos. Geralmente, não havia como saber se eram aviões inimigos ou não, então nos escondíamos nos arbustos para ficarmos seguros. Ficávamos lá até não ouvirmos mais os aviões lá em cima.

Certa vez, fiquei tão desnorteada depois de me esconder nos arbustos que o sol já estava se pondo quando voltei para a casa do professor da escola primária. Era o mais tarde que eu já havia retornado. Ele e sua esposa estavam tão preocupados que ele ameaçou me açoitar, treze golpes no meu traseiro — porque eu tinha quase treze anos — para me ensinar uma lição sobre nunca mais voltar tão tarde.

Quando fui buscar o querosene naquele dia, a princípio corri, para não arriscar me atrasar. As estradas estavam lamacentas por causa da chuva da manhã, com poças que pareciam riachos se acumulando intermitentemente por toda parte. Mesmo assim, eu corri. Não podia fazer muito tempo que eu estava correndo quando me senti ofegante. Parei para recuperar o fôlego.

Logo depois de um bosque de palmeiras murchas, alguns filhotes de cachorros jaziam em montes em forma de meia-lua, parecendo fetos, mordiscando a terra seca como se quisessem se enterrar nela. Não muito longe dos cachorrinhos estavam várias crianças kwashiorkor, carregando suas tigelas de esmolas.

Em um campo próximo à estrada, um policial se movia por entre uma fileira de cadáveres, usando uma longa bengala para cutucá-los ou marcá-los enquanto avançava. Era um oficial impassível, com um nariz meio enrugado e uma boca que parecia permanentemente virada para cima, de modo que seus lábios davam a impressão de cobrir suas narinas. Talvez ele carregasse essa expressão deliberadamente, devido ao odor que o trabalho exigia que ele suportasse.

Talvez ele estivesse contando os corpos, ou talvez os inspecionando em busca de alguma coisa. Observei enquanto ele os cutucava um por um.

Até aquele momento, eu tinha visto tantas imagens de morte — o cadáver de papai, por exemplo. Além disso, todos aqueles corpos decapitados que mamãe e eu vimos flanqueando a estrada a caminho de Nnewi. A morte estava por toda parte. Mas neste momento observei o seu oposto.

Mais pessoas se reuniram perto do campo: um homem descalço e de camiseta e calça cáqui, que parecia incapaz de parar de coçar a cabeça. Uma mulher magra segurando a mão de uma garotinha. Um menino que parecia não ser muito mais velho do que eu, carregando outro menino ferido nas costas. Uma velha de cabelos grisalhos com uma bengala de galho de árvore, respirando com dificuldade.

Todos eles ficaram observando enquanto um corpo — de um menino, nu — começou a subir do campo de cadáveres, como uma ressurreição. Quando ele se levantou, todas as pessoas ao meu redor exclamaram, uma inspiração coletiva perfeitamente sincronizada.

O menino tinha uma expressão assustada. Talvez ele tivesse adormecido entre os cadáveres, ou talvez de alguma forma tivesse ficado tão atordoado que imaginou estar morto. O policial, que havia saltado para trás quando o menino se levantou, rapidamente se recuperou do choque, ergueu a bengala e começou a brandi-la no ar como um aviso. O menino recuou, dando passos para trás, tropeçando nos cadáveres entre os quais tinha dormido. O policial levantou a bengala várias vezes, usando as duas mãos, levantando o chicote e batendo com tanta força que fez um som como o de um tiro de arma de fogo e, ao fazê-lo, o menino saiu correndo para longe, nu como no dia em que nasceu.

Okeke era um homem alto cujo rosto magro e duro pendia para o lado, como se metade dele estivesse sempre triste. O resto de seu corpo era como o rosto: franzino e de aparência um pouco triste.

Todos o conheciam por esse nome, e todos o chamavam assim: Okeke. Não fazia diferença se era uma criança ou um adulto se referindo a ele. Todos o chamavam de Okeke.

Eu também comecei a me referir a ele como Okeke, mas nunca na cara dele. Era algo que fui instruída a não fazer desde que me lembro: nunca me referir a um adulto pelo primeiro nome. Cada vez que ia até Okeke, o chamava apenas de "senhor".

Todo mundo devia estar sem querosene naquele dia, porque a fila estava longa, dando a volta na porta da lojinha de paredes de cimento e serpenteando até a ponta da estrada principal. Depois de mais de uma hora de espera, finalmente me aproximei da frente da fila, em terceiro lugar. O querosene era armazenado em grandes galões de plástico translúcido através dos quais a linha de líquido era visível. De onde eu estava, pude ver que todos os galões contendo o querosene, que ficavam atrás de Okeke, estavam vazios, nenhum líquido à vista. Ele tinha funis de diferentes tamanhos que usava para transferir o querosene dos recipientes maiores para os de seus clientes. Agora ele estava juntando todos os funis, como se fosse encaixotá-los.

Outro homem alto e seco à frente da fila gritou: "Irmão, por favor![7] Diga que ainda tem querosene!"

Okeke continuou a empacotar os funis. Sem se preocupar em responder ao homem, ele os colocou na bancada, perto de onde ficavam os galões.

"*Nawa-o!* Já acabou?", uma mulher atrás de mim perguntou. O jeito que ela disse "acabou" era como se tivesse dito "morreu",

[7] No original: "*Brother, abeg-o!*"

como se estivesse lamentando a morte de um familiar. "O que vou fazer agora?", ela perguntou. "Como vou cozinhar? Como vou acender as lanternas?"

Uma centelha de pânico se acendeu em mim. O que eu faria agora? Eu poderia voltar para casa e dizer ao professor da escola primária e sua esposa que não havia querosene, mas isso significava que haveria pelo menos mais um dia sem comida de verdade, sem óleo para acender o fogo para cozinhar. Havia garri, que podíamos deixar de molho em água fria e comer, mas quase nada além disso, nem mesmo alguns amendoins para misturar no garri. A essa altura não havia nem pão.

O homem que era o primeiro da fila levantou as mãos, num gesto de frustração e resignação, e se virou para ir embora. O segundo homem deu as costas e saiu também.

Olhei para trás. Todas as pessoas que estavam atrás de mim agora estavam saindo. Okeke estava movendo os galões vazios, levando-os um de cada vez pela porta nos fundos do galpão. Após a segunda saída, ele voltou e observou a área aberta da loja. Não sobrava ninguém além de mim. Ele me olhou.

Minhas mãos estavam cerradas em punhos apertados. Eu segurava, amassadas nas palmas das mãos, as libras biafrenses que o professor me dera para comprar o querosene.

"Ainda está aí", Okeke me disse, não exatamente em tom pergunta.

Papai costumava dizer, sempre que eu começava a implorar, choramingar ou reclamar de alguma coisa, que o caçador que faz muito barulho volta para casa de mãos vazias. E, de qualquer modo, eu já sabia, só pela experiência de ser criança, que as crianças que conseguiam o que queriam eram, na maioria das vezes, as que ficavam quietas e se comportavam melhor. Permaneci em silêncio e tentei me comportar da melhor maneira, o que não foi difícil, visto que não havia muito mais que eu pudesse fazer.

A última vez que estivera ali, cerca de duas semanas antes, mandaram-me buscar pão e uma lata de sardinhas Titus, junto com o querosene. Eu não trouxera dinheiro suficiente para as sardinhas, mas, mesmo assim, Okeke me dera a lata. "Fiado", ele dissera. "Da próxima vez que você vier, me traga o dinheiro da sardinha."

Percebi que havia esquecido o dinheiro que devia. Na verdade, não só esqueci de trazê-lo, como até mesmo de mencioná-lo ao professor da escola primária há duas semanas. Talvez fosse melhor, pensei comigo mesma, que o querosene tivesse acabado, porque que dinheiro eu teria usado para o óleo depois de devolver o dinheiro da sardinha?

Okeke olhou para mim como se estivesse me inspecionando. Seus olhos desceram para a garrafa vazia na minha mão.

A essa altura, eu sabia, por fragmentos de conversa entre o professor e sua esposa, bem como pelo que se dizia na aldeia, que Okeke tinha sua própria família — uma esposa, três filhas, um filho. O filho, Dubem, alguns meses atrás, havia se alistado no exército biafrense. Havia rumores de que ele poderia não voltar para casa, que Okeke logo ficaria sem um filho.

Por algum motivo, ocorreu-me contar a ele sobre a cena que acabara de testemunhar, a do menino morto ressuscitando. A coisa toda ainda estava fresca em minha mente.

Eu devo ter contado a ele para lhe dar esperança sobre seu filho. Dizer que talvez seu filho fosse como aquele menino, o único ressuscitado em um campo de pessoas mortas. Porque talvez fosse disso que se tratava a guerra: a morte das massas em troca da ressurreição de um só.

Antes que eu pudesse abrir minha boca para falar, minha mente começou a divagar. Dentro da minha cabeça era como se um gafanhoto estivesse pulando de um lado para o outro, sem saber onde queria parar. Ou talvez como se minha mente estivesse brincando de amarelinha na areia, o chão todo marcado com uma vara, profundas depressões formando caixas, cada uma numerada de um a dez. Minha mente estava pulando de uma caixa para outra, tentando chegar a dez.

Não tenho certeza se chegou aos dez e, mesmo que chegasse, não tenho certeza de quanto seriam esses dez, mas onde finalmente parou foi na história de Ogbuogu, uma das antigas histórias populares que papai costumava me contar. Talvez fosse ali o dez.

Era uma vez duas aldeias vizinhas que estavam em guerra uma com a outra em uma luta implacável pela terra. A primeira aldeia tinha um exército de guerreiros poderosos, guerreiros intimidadores, todos equipados com lanças e arcos e flechas sofisticados. A segunda aldeia não tinha nenhum dos poderosos guerreiros; nem tinha armas sofisticadas. O que ela tinha era um menino chamado Ogbuogu, que os deuses dotaram de grandes poderes para que ele sempre soubesse a melhor maneira de organizar seu povo para vencer todas as batalhas que surgissem. Os aldeões vizinhos sabiam disso, e ficavam irritados com a existência desse menino como obstáculo, diante do qual certamente perderiam todas as batalhas.

Sempre que os oponentes estavam prestes a batalhar com a aldeia de Ogbuogu, o pregoeiro da aldeia passava em todo lugar anunciando que *ndi iro abiawana,* que os inimigos estavam a caminho. Ele tocava seu opi do jeito específico que era o sinal de Ogbuogu para que se apresentassem para lutar. Além de tocar sua flauta, o pregoeiro cantava:

Ogbuogu nwa, Ogbuogu nwa,
Anyi agbarana ogu oso

Ogbuogu nwa, Ogbuogu nwa,
Anyi agbarana ogu oso

Ima na ofu nwa n'egbu ora nine!
Anyi agbarana ogu oso.

Criança guerreira, criança guerreira,
Não vamos fugir da guerra

Criança guerreira, criança guerreira,
Não vamos fugir da guerra

Imagine, uma criança matando uma aldeia inteira!
Não vamos fugir da guerra.

Um dia, quando a aldeia de Ogbuogu estava prestes a garantir que todas as terras pertenceriam a eles, a aldeia adversária descobriu o segredo do chamado do pregoeiro. Eles trouxeram seu próprio opi e o tocaram da mesma forma que o pregoeiro da aldeia de Ogbuogu. Claro, Ogbuogu respondeu.

Ele saiu preparado com seu arco e flecha, sem saber que era o adversário pregando uma peça. Chegou ao campo de batalha apenas para descobrir que nenhum de seus companheiros guerreiros estava lá com ele. Em vez disso, ele estava sozinho no campo de batalha cercado pelos inimigos.

A batalha começou. Ogbuogu lutou com afinco. Dificilmente alguém acreditaria que ele era um único homem naquele campo. Ninguém diria o quanto ele estava em desvantagem. Mas eventualmente ele ficou exausto. Já era tarde demais quando seus companheiros souberam o que estava acontecendo. Eles chegaram ao campo de batalha apenas para ver que Ogbuogu estava morto. Não havia nada que pudessem fazer a não ser carregar o corpo de Ogbuogu de volta para a aldeia. E ao fazê-lo, eles lamentaram e derramaram lágrimas. Não apenas haviam perdido um parente, mas essa perda em particular, eles sabiam, os deixaria vulneráveis a ataques. Essa perda poderia até levar ao fim de sua aldeia como a conheciam, porque a aldeia conquistadora poderia forçá-los a sair de suas terras.

Eles ainda estavam de luto por Ogbuogu quando o pregoeiro anunciou que a aldeia vizinha estava se aproximando para outra batalha. Essa notícia os deixou em pânico, é claro. Como poderiam lutar sem Ogbuogu? Que esperança tinham de sair vivos?

Realizaram uma reunião rápida em que consideraram suas opções. Quando chegou a hora da batalha, eles se reuniram e se organizaram, arcos e flechas preparados. Por sorte ou esperteza, eles tiveram a ideia de amarrar o corpo de Ogbuogu em um cavalo. Prenderam uma tábua em suas costas, para segurá-lo de modo que parecesse que ele estava vivo e montado no cavalo. Colocaram uma pequena colônia de formigas em sua boca para que de longe parecesse que sua boca às vezes se movia, que era ele quem fazia os movimentos, como os vivos fazem.

Eles chegaram ao campo de batalha dessa forma, com Ogbuogu no meio do grupo, cavalgando e parecendo muito orgulhoso sobre o animal.

Ao ver Ogbuogu sobre o cavalo, os inimigos se desesperaram, espalhando-se, exclamando que ali estava o espírito de Ogbuogu voltando para acabar com eles. Certamente, disseram, se tentassem lutar contra ele, como com qualquer membro do mundo espiritual, havia uma boa chance de que eles morressem em breve e fossem enviados para a parte mais terrível do mundo dos espíritos.

Foi assim que a aldeia de Ogbuogu permaneceu invicta.

O som do meu estômago roncando me tirou dos meus pensamentos. Naquela manhã, eu estava tão ocupada com as tarefas, tentando terminá-las cedo, que perdi completamente o café da manhã. E, na noite anterior, havia comido apenas um pedaço de pão no jantar — o último pão que sobrara, um pedaço muito pequeno, quase um bocado, mal dava para encher uma formiga.

Senti a pontada de fome em meu estômago. Por reflexo, levei a mão à barriga, como se para aliviar a dor dessa forma.

Os olhos de Okeke seguiram minha mão, pousando com ela em minha barriga. Então seus olhos viajaram de volta para o meu rosto.

"Quando foi a última vez que você comeu?", ele perguntou.

"Ontem, senhor", respondi. "Não temos querosene para cozinhar."

"E pão?"

"Eu comi o último pedaço de pão ontem à noite, senhor", respondi.

Apareceu uma expressão estranha em seu rosto, mas era difícil dizer se estava realmente lá ou se era apenas o efeito da metade caída.

Ele olhou para o recipiente em minha mão, o de vidro que viera encher. "Me dê sua garrafa", disse.

Fiz o que ele mandou.

Ele pegou a garrafa, dirigiu-se ao armário sob a bancada onde havia colocado os funis. Pegou um pequeno recipiente do que devia ser seu estoque pessoal de querosene e o colocou no balcão perto dos funis. Escolheu o menor funil, enfiou na minha garrafa e começou a despejar o querosene de seu recipiente no meu.

Quando terminou, ele trouxe a garrafa cheia para mim.

"Obrigada, senhor", eu disse, estendendo minha mão.

Eu me virei para sair, mas ele me parou: "Espere", disse. "Mais uma coisa."

Ele foi até um armário diferente. O pão que ele tirou de lá estava embrulhado em um saco de polietileno, então ele primeiro teve que desembrulhá-lo antes de rasgá-lo em dois, dividindo-o em duas metades desiguais. Ele me deu o pedaço maior e guardou o pedaço menor para si.

Ele caminhou até onde estava um banquinho alto, sentou-se nele, começou a comer sua porção do pão ali mesmo diante de mim. Ele a mordeu avidamente, pegando as migalhas que caíam e as engolindo também. Eu permaneci onde estava, mas segui seu exemplo e comecei a comer minha porção também.

Alguns momentos depois, parecia que ele estava prestes a falar, mas de repente ouvimos um estrondo alto do lado de fora. Eu me assustei, virei meus olhos arregalados para Okeke.

Ele franziu a testa, um olhar de preocupação, mas então um pensamento pareceu lhe ocorrer. "Não se preocupe", disse. "Eu me lembro agora. É só o exército biafrense. Práticas de guerra. Eles vão ter terminado dentro de uma hora."

Terminado o pão, ele passou as mãos bruscamente nas coxas. Ao dar a última mordida no meu pão, percebi que ainda não havia agradecido. Mal terminei de falar quando ele me disse: "O que você está esperando?", sua voz era gentil. "Vá em frente, você pode ir agora. É isso. Eu não tenho mais nada para dar. Vá. Você pode ir agora."

Eu disse: "Mas eu tenho dinheiro para o querosene".

Ele balançou a cabeça e me dispensou. "Pode ir", ele disse. "Guarde esse dinheiro. Use-o para comprar algo para você na próxima vez que ficar sem querosene para cozinhar. Seu oga não vai saber de nada a menos que você diga a ele."

Eu balancei a cabeça. Agradeci. Dei as costas e fui embora.

Voltando da loja de Okeke, as árvores brilhavam, tanto as nuas quanto as que conseguiam reter algumas folhas. Às vezes, quando uma folha pendia baixa o suficiente para cair ao meu alcance, eu virava o rosto para cima e batia nela, e a água que sobrara da chuva jorrava sobre mim como uma bênção.

Não fazia muito tempo que iniciara meu caminho de volta quando senti uma sombra me seguindo, uma sombra diferente da minha. Atravessou as estradas comigo, pulou as poças comigo. Parecia bater nas folhas comigo, ou pelo menos estava logo atrás de mim enquanto eu fazia essas coisas.

Parei para permitir que a sombra passasse por mim. Encontrei uma grande rocha perto de uma árvore de udalas e sentei-me ali. Esperei na rocha, aguardando que a sombra continuasse, mas isso não aconteceu. Em vez disso, sentou-se à minha frente, em outra pedra, com os olhos brilhantes, como um par de lâmpadas. Ela não era mais uma sombra.

Ela tinha a pele tão clara quanto a minha. Amarelada como um mamão maduro. Usava um avental verde esfarrapado que era aberto nas laterais. Seu cabelo pendia em longas mechas ao redor do rosto, como aquelas imagens de Mami Wata, as madeixas se contorcendo como serpentes. Mas não havia serpente nenhuma. Ela parecia muito atordoada ou desorientada, ou simplesmente exausta demais para falar.

Alguém havia jogado sementes de udala perto de onde eu estava sentada, formando um montinho no chão. As formigas abriam um caminho até o monte. Observei-as por algum tempo, a maneira como iam enfileiradas, uma após a outra, como se reuniam em círculos ao redor das sementes. Havia folhas esmagadas por toda parte. O sol pairava acima de nós, vigilante.

Movemos nossos chinelos de plástico pela terra lamacenta. Olhamos para o chão ao fazê-lo, mas dei uma olhada nela, e tenho certeza de que ela fez o mesmo. Um pássaro voou da árvore de udalas, suas asas batendo forte no ar. Levantamos nossas cabeças e observamos. Finalmente, reunimos coragem para olhar no rosto uma da outra. No momento em que nossos olhos se encontraram, eu sabia que não seguiria caminho sem ela.

Cheguei em casa, mas mais tarde do que nunca. Senti lá no fundo que seria açoitada. Estava resignada.

Levantei a trava de metal para destrancar o portão, empurrei-o para permitir que ela e eu entrássemos. Cortamos o quintal e percorremos o caminho que levava à casa. Paramos do lado de fora da porta da cozinha.

O professor da escola primária e sua esposa estavam encostados em lados opostos do balcão da cozinha. Havia frieza na cozinha e frieza em seus rostos. Os olhos dele estavam muito duros, os dela ainda mais.

Ela segurou o lenço contra o peito. Sua respiração de repente tornou-se alta e ofegante. "Você sabe que horas são?", ela perguntou, irritada.

"O que pode ter levado tanto tempo?", ele perguntou.

"Não tem desculpa para uma coisa dessas", ela interveio.

"Não, não tem desculpa", ele concordou.

Ela pigarreou e disse: "E agora já passou da hora do jantar e aqui estamos sem nada para comer." E tossiu levemente. Três tosses curtas.

A essa altura, estava claro para mim que a asma era apenas uma manifestação de sua aversão a tarefas domésticas.

"Eu poderia bater em você por isso", ele disse. "Doze golpes para cada um dos seus doze anos. Ou agora são treze? Seja como for, eu poderia até multiplicar esses anos por dois. Vinte e seis açoites para garantir."

"Sim, é verdade que poderíamos bater em você por isso", ela concordou. "Vinte e seis golpes, para garantir", ela repetiu.

Abaixei minha cabeça. "Sinto muito", eu disse.

"Você tem sorte", ele disse. "Muita sorte, pelo simples fato de eu estar cansado demais para açoitar quem quer que seja hoje. De qualquer forma, tenho certeza de que você entende como nos deixou chateados. Isso deve ser punição suficiente para você neste momento. Mas enquanto você viver sob o nosso teto, você nunca, nunca mais deve voltar tão tarde."

Fiz que sim com a cabeça e disse-lhes novamente o quanto estava arrependida.

"Felizmente, no tempo em que você esteve fora, seu oga conseguiu uns inhames com o vendedor na estrada", ela explicou. "Estão lá no armário. Pegue-os, descasque-os, corte-os e ferva-os. *Osiso-osiso*. Rápido, rápido. Mais um pouco e tenho certeza de que morrerei de fome."

Ela se virou e começou a caminhar na direção da sala de jantar. A princípio ele a acompanhou, mas depois parou. Ela parou com ele. Quase simultaneamente, eles se viraram e olharam para a menina ao meu lado. Pareceram estudá-la intensamente antes de se voltarem para mim.

"Quem é ela?", perguntou a esposa do professor da escola primária.

Um minuto se passou enquanto eu pensava em como responder. Limpei a garganta e respondi simplesmente: "Tia, é uma amiga."

"Ela parece uma criança de rua, uma pivete sem-teto", disse o professor.

"Uma amiga?", ela perguntou. Sua voz era rouca e áspera.

Agora o rosto da esposa do professor estava mais do que levemente pensativo. "Bem, menina de rua ou pivete sem-teto, não importa agora", ela disse. "Ferva os inhames. Ela pode ajudar. Quanto mais ajuda tivermos para o jantar, mais rápido ele sai."

Ele pareceu pensar sobre o que ela havia dito: "Sim, suponho que seja verdade. Sim, você certamente tem razão."

Finalmente, ouvimos seus pés no chão e, em seguida, a distância crescente entre nós e suas palavras.

Naquela noite, Amina e eu descascamos os inhames juntas, os lavamos juntas, nossos dedos roçando uns nos outros dentro da tigela. Joguei querosene na lenha e acendi o fogo para cozinhar, e ela colocou a panela de inhame em cima para ferver.

Depois que o professor da escola primária e sua esposa comeram, depois que nós mesmas comemos, depois que lavamos a louça e limpamos a cozinha, enchi o balde na torneira do lado de fora do meu casebre. Nós nos lavamos juntas na laje de cimento. Os grilos cantavam suas canções noturnas habituais, os mosquitos pousavam sobre nós e os vaga-lumes brilhavam verdes como gotas luminosas de grama.

No final de tudo, peguei minha lanterna e levei Amina para minha casinha, onde ofereci a ela metade de meu colchão.

21

Na semana seguinte à chegada de Amina, o professor da escola primária e sua esposa fizeram comentários sobre mandá-la embora. "O que você ainda está fazendo aqui?", ele perguntou. "Você tem que voltar para o lugar de onde veio. Melhor encontrar o seu caminho antes que eu faça você encontrá-lo."

Eu sabia por que o professor estava tão pouco à vontade com ela. Eu não ignorava as divergências entre etnias, especialmente entre Hauçás e Igbos. Provavelmente, se Amina fosse uma garota Igbo, ou mesmo do estado do Rio Cross, ele não teria ficado tão incomodado com a presença dela. Talvez mesmo se ela fosse Iorubá, ele ficaria mais à vontade com ela. Mas lá estava, uma garota Hauçá, uma inimiga do povo Igbo.

Foi a primeira vez que fiz amizade com uma pessoa Hauçá. Até então, eu os tinha visto apenas andando pelas estradas e nos mercados onde vendiam suas mercadorias. Foi a primeira vez que conheci uma Hauçá mais intimamente.

Fazia sentido que o professor e sua esposa estivessem preocupados. Dado o quão implacavelmente eles estavam nos matando, os Igbos, manter uma Hauçá por perto era um risco à nossa segurança. Se ela tivesse algum parente, eles poderiam vir procurá-la e acabar nos matando.

Amina sempre respondia olhando fixamente para ele.

Uma tarde, ele saiu para a varanda, com o rosto muito zangado. Amina e eu estávamos cortando lenha no lado esquerdo do jardim da frente. O céu estava nublado, mas a chuva ainda não tinha chegado.

Ele ficou lá nos observando, só olhando e parecendo muito

irritado. Meia hora deve ter se passado enquanto ele simplesmente ficou lá parado e nos assistindo. Finalmente, ele a chamou até ele.

Ela caminhou daquele lado do jardim, onde a lenha estava empilhada em pequenos grupos, até o lado da varanda onde ele estava.

"Você não tem outro lugar para onde ir?", ele perguntou.

Ela balançou a cabeça e disse: "Não, senhor".

"Tios? Tias? Primos?"

Ela balançou a cabeça novamente e disse não.

O professor da escola primária permaneceu em silêncio por um tempo. Amina estava diante dele, com a cabeça voltada para o chão.

Sua esposa saiu de casa naquele momento, juntou-se ao marido e olhou para Amina.

"Ela não tem família", o professor da escola primária disse à esposa.

Eles ficaram parados por um minuto inteiro, olhando um pouco mais para Amina.

"Pensando bem, ela não tem exatamente a aparência de uma Hauçá", a esposa do professor observou. "Na verdade, ela se parece mais com uma Fulani do que com uma Hauçá. O que significa que ela pode se passar por Igbo."

O professor da escola primária considerou as palavras da esposa. "É mesmo", concluiu. "Alguns Igbos e Fulanis têm certa semelhança em suas feições. A cor da pele deles, para começar."

"E ela parece ser uma boa trabalhadora", a esposa do professor disse.

O marido concordou.

"No fim das contas, ela provavelmente vai fazer mais bem do que mal se ficar."

"Sim", ele disse, assentindo.

"Sempre é útil ter mais um par de mãos", ela disse.

"Suponho que sim", ele concordou. "Mas ao primeiro sinal de problema, vou mandá-la embora."

"Faz sentido", ela disse.

"Está bem", ele disse.

***

Como tudo deu certo, Amina não tinha exatamente o hábito de falar muito, então havia pouco ou nenhum risco de ela se revelar ou ser descoberta como Hauçá. Durante todo o tempo em que cumprimos nossas tarefas juntas, ninguém nunca levantou a questão. Com o tempo, o professor da escola primária e sua esposa devem ter percebido que ela não era uma ameaça, pelo menos não do jeito que eles temiam que ela fosse.

22

Tarde da noite, Amina e eu, tendo terminado nossas tarefas do dia, tomamos nossos banhos noturnos, depois nos sentamos juntas, já em nossas camisolas, na varanda de nosso casebre, enquanto eu trançava seu cabelo com linha.

Do nada, ela disse: "Você ia à escola?"

Ela estava sentada um degrau abaixo de mim, e eu segurava uma mecha de seu cabelo em minhas mãos, penteando-o como se faz antes de enrolá-lo com linha. Eu tinha o fio entre meus lábios enquanto penteava a madeixa.

A essa altura, eu havia ficado sabendo que o motivo pelo qual ela não conseguia encontrar sua outra família era que quase todo mundo além de sua família imediata estava no Norte. Com a guerra do jeito que estava, todos deviam pensar que ela estava morta. Ninguém tinha vindo buscá-la, e ela não tinha ido até eles. De qualquer forma, ela não saberia como encontrá-los sozinha. Não sabia exatamente onde moravam.

"Me conta", ela repetiu. "Você ia à escola?"

Tirei o fio dos lábios. "Eu fui, até as escolas fecharem", respondi. "Até um pouco antes de minha mãe me mandar para cá."

Ela disse: "Oga diz que vai me mandar para a escola quando a guerra terminar".

Fiz que sim com a cabeça e disse a ela que ele havia concordado em fazer o mesmo por mim.

"Como era — sua escola?"

Eu estava no meio da trança, mas ela se desvencilhou de mim e se virou para me olhar.

Dei um tapa no ombro dela, mais como um cutucão. "Olha

o que você fez! Você estragou tudo e agora vou ter que começar tudo de novo!"

"Desculpa", ela respondeu numa voz muito distante.

"Bem, pedir desculpas é bom, mas não resolve nada." Exalei, exasperada, então disse: "Você precisa se virar para que eu possa voltar ao trabalho."

"Está bem", ela disse com indiferença, ignorando minha irritação. "Mas, primeiro, como era?"

"*Como era?*"

"A escola!"

"Como assim, como era a escola? Você não sabe como é uma escola?"

"Eu sei", ela respondeu. "Mas me conte mesmo assim."

Ela deve ter percebido um olhar confuso em meu rosto, porque riu baixinho e disse: "Pare de fazer essa cara. Vai me contar ou não?"

"Você parece alguém que nunca foi à escola", comentei.

Ela disse: "Claro que eu já fui à escola. Fui, sim." Lentamente, seu rosto ficou pensativo, então ela acrescentou, como se para esclarecer: "Eu ia à escola, mas só de vez em quando. Não o suficiente para aprender mesmo." Ela estendeu a palavra. *Meeeesmo*. Muito melancolicamente, como um suspiro.

"Ah", respondi.

"Minha mãe precisava de mim em casa, para ir ao mercado, para ajudar em casa, para ir para a rua vender. Esse tipo de coisa."

Eu perguntei: "Então, você sabe ler?"

Ela riu. "Claro que sei ler. Eu lia o Alcorão todos os dias. Mas eu sei mais do que apenas árabe. Minha mãe me deixava ler livros em inglês em casa. *Aladim* e *Ali Babá e os quarenta ladrões*. Livros assim."

"Talvez um dia você possa me ensinar árabe", eu disse.

Ela riu. "Talvez um dia."

Ficamos em silêncio por um tempo, e então ela disse: "Sabe, eu poderia estar casada agora."

Olhei para ela, assustada. "Mas você mal tem treze anos."

Ela riu. "Eu tinha meu dote, potes e tigelas de casamento, muitos presentes já. Mais um pouco e eu teria me casado e entrado no purdah, isolada, sem poder mais sair. Se as coisas tivessem acontecido assim, eu provavelmente nunca teria conhecido você."

Eu disse: "Que bom que as coisas aconteceram do jeito que aconteceram, para que pudéssemos nos encontrar".

Ela fez uma cara e imediatamente eu soube que havia dito algo errado.

"Você está feliz por terem incendiado a casa da minha família?", ela gritou. "Você está feliz que meu pai e minha mãe tenham morrido? Você está feliz que meu irmão esteja em algum lugar na guerra, ou provavelmente morto também?"

Eu balancei minha cabeça. "Não foi isso que eu quis dizer."

"E o que mais era para eu entender?", ela gritou. "Você não estava lá. Você não viu. Saio para comprar kosai. Não mais de trinta minutos depois, volto e a casa se foi e todos os que estavam nela se foram também."

Agora tudo que eu podia ver em minha mente era a casa dela pegando fogo e ela chegando e a encontrando. Eu a vi gritando, correndo em direção à casa em chamas, enquanto implorava por ajuda.

Ela estava chorando agora.

"Sinto muito", eu disse. "Eu sinto muito mesmo. Não foi o que eu quis dizer."

23

Não tínhamos como saber com certeza na época, mas no início de janeiro de 1970 a guerra estava chegando ao fim. Todos os rádios emitiam notícias sobre uma operação. Operação Tail-Wind, eles a chamavam. A última ofensiva nigeriana. Primeiro, falou-se que Owerri havia caído mais uma vez para os nigerianos. E havia rumores de que Uli também havia caído. Então, um dia, ouvimos o anúncio.

Amina e eu tínhamos acabado de voltar do mercado. Estávamos as duas na cozinha. Eu estava amassando inhame; ela estava na pia lavando pratos.

Mais cedo, fora do complexo, houve uma agitação incomum, uma espécie de comoção. Vários homens conversavam animadamente enquanto empurravam seus carrinhos de mão pela estrada. Duas mulheres falavam alto enquanto descascavam milho na frente de seus portões. Uma terceira mulher estava papeando vigorosamente com outra mulher enquanto alimentava seu filho pequeno com pedacinhos de um pão do tamanho de um punho. Várias meninas carregavam baldes de água na cabeça e, pela maneira como falavam, suas vozes cresciam e os braços gesticulavam tão amplamente quanto os baldes em suas cabeças permitiam.

Agora, enquanto eu estava na cozinha, Amina ao lado da pia, o rádio do professor da escola primária começou a tocar. Começou baixinho, mas logo aumentou tanto que mesmo da cozinha pudemos ouvir claramente quando o locutor da Rádio Biafra disse que Ojukwu havia fugido, que embarcara em um avião para a Costa do Marfim. Algo sobre explorar possibilidades de paz.

Mas todos nós sabíamos o que isso significava. Ojukwu havia se rendido.

O professor da escola primária gritou: "Traidor!" A palavra saiu como um palavrão.

"Covarde do jeito que é", a esposa disse, "ele teria matado todos nós se tivéssemos dado chance."

A transmissão de rádio continuou.

O inhame que eu estava amassando ainda estava no almofariz, o pilão ocioso em minhas mãos. Fiquei olhando para os pedaços e ouvindo, pensando em tudo que aconteceria agora que a guerra acabara. Por exemplo, ela acabara, mas isso não traria papai de volta. Acabara, mas nada poderia ser feito para trazer a família de Amina de volta. Os mortos não saltariam repentinamente de suas sepulturas. Era provável que nenhum deles ressuscitasse como Jesus ressuscitara dos mortos. Sem ressurreição para eles.

Junto à pia, Amina estava parada, muito alerta, ouvindo a voz esmaecida do locutor da Rádio Biafra.

Imaginei Ojukwu voando pelo céu naquele avião. Eu o imaginei pousando em um espaço aberto, um espaço tranquilo e pacífico, uma terra cheia de areia branca, areia cinza, areia marrom. Onde ele pousou não havia guerra. Lá, elefantes vagavam preguiçosamente, aqueles elefantes de cujas presas, eu li, de alguma forma saía marfim.

"Estar em um avião indo para outro lugar", eu finalmente disse a Amina, inclinando-me para o pilão, que estava apoiado no almofariz.

"Para quê?", ela perguntou. Ela se virou da pia para me encarar. Suas sobrancelhas se juntaram e seus olhos se estreitaram. "Qual seria o sentido de partir agora que a guerra acabou? Se você quisesse ir embora, não teria sido durante a guerra?"

"Eu sei, eu sei", respondi. "Mas e se você pudesse ir a qualquer lugar do mundo? Mesmo para *Obodo ndi ocha!* Ainda existem guerras nas terras do homem branco? Pense nisso! Qualquer lugar do mundo!"

Ela balançou a cabeça como se quisesse apagar a pergunta de sua mente.

O professor da escola primária entrou na cozinha então, pigarreando alto para anunciar sua presença. Voltei ao inhame que já devia ter acabado de amassar. Ouvi Amina suspirar ao sair pela porta.

***

Alguns dias depois, Gowon declarou o fim oficial da guerra. Novamente, ouvimos no rádio, da cozinha. Lá fora, o sol estava alto no céu, e Gowon disse:

Cidadão da Nigéria,

É com o coração cheio de gratidão a Deus que anuncio a vocês que hoje marca o fim oficial da guerra civil... O chamado Sol Nascente de Biafra se pôs para sempre. Será um grande desserviço para qualquer um continuar a usar a palavra "Biafra" para se referir a qualquer parte do Estado Leste da Nigéria...

Gowon não havia terminado ainda quando o professor da escola primária disse: "Esse imbecil!" A esposa se juntou a ele: "Assassino!"

... Esse capítulo trágico de violência acaba de terminar. Estamos no alvorecer da reconciliação nacional. Mais uma vez temos a oportunidade de construir uma nova nação...

Gowon seguiu assim.

Naquela noite, estávamos do lado de fora do portão quando os soldados chegaram, homens do exército nigeriano, soldados Hauçá, marchando ao longo da estrada.

"Uma Nigéria! Uma Nigéria!", eles cantavam. Erguiam as pernas ao marcharem, todos vestidos com uniformes verdes, boinas na cabeça, armas firmes contra o peito.

24

Diz o ditado que a madeira já tocada pelo fogo não é difícil de incendiar.

Tínhamos acabado de jantar, um pouco de garri e sopa de legumes. Saímos para o quintal, para a laje de cimento ao lado de nossa casinha, para tomar nosso banho noturno.

Perto do balde, no canto da laje de cimento, havia um banquinho que havíamos deixado ali de manhã cedo. No banquinho estavam o pente que dividíamos, alguns grampos de cabelo, nosso hidratante e um espelhinho. Tínhamos acabado de nos enxugar com as toalhas quando Amina ergueu o espelho. Nossas toalhas estavam amarradas em volta do peito, estendendo-se até as coxas. Ela se inclinou para que seu rosto chegasse perto da lanterna de querosene. O brilho iluminou seu rosto. Ela puxou as tranças frouxas em sua cabeça. "Está bom?", ela perguntou.

Aproximei-me dela, passei os dedos por suas tranças. Eram as tranças que eu havia feito para ela naquela manhã. Segurei seu rosto nas palmas das mãos e fingi inspecionar seu cabelo. Assenti e sorri. Ela sorriu de volta.

Ouvimos os sons noturnos habituais: gafanhotos pulando, vaga-lumes zumbindo, grilos cantando, folhas farfalhando na brisa. Passei minhas mãos para cima e para baixo pelas tranças de Amina um pouco mais, por seus braços. E Amina fez o mesmo comigo.

De volta à casinha, nossas toalhas caíram no chão.

No quase breu, nossas mãos se moveram sobre o corpo uma da outra. Agarramos com os dedos as curvas de nossa carne, as dobras. Nossas mãos, em vez de nossas vozes, pareciam falar. Nossas respirações se misturavam aos sons noturnos. Eventualmente, nossos lábios se encontraram. Este foi o começo, nossos corpos sendo tocados pelo fogo que era nossa carne.

25

"Podíamos muito bem ser casadas", Amina disse um dia.

Um momento se passou e um pensamento me ocorreu. Perguntei: "Uma com a outra? Ou você quer dizer com outras pessoas?"

Ela revirou os olhos para mim. "É claro que eu quero dizer uma com a outra. Quero dizer que seria bom ser casada com você."

"Seria bom ser casada com você também", respondi.

Silêncio.

"Mas não é assim que o casamento funciona, você sabe", continuei. "Além disso, ainda somos muito jovens."

Outro silêncio.

"Você já tinha beijado alguém antes?", perguntei.

Ela balançou a cabeça. "Não. Nem perto. Onde eu teria beijado alguém antes?" Ela olhou com ceticismo para mim. "E você? Você já tinha beijado alguém?"

Estava em minha mente, e foi por isso que toquei no assunto. Todo esse tempo aquilo estava me incomodando, parecia um pouco uma traição. Talvez ela me odiasse por isso, por ter feito o que fizemos, essa coisa que deveria ser especial e apenas entre nós, com outra pessoa. Mas eu devia a verdade a ela.

Respondi: "Alguém me beijou uma vez antes. Meu melhor amigo de Ojoto. Não foi como é com você."

"Seu melhor amigo?", ela perguntou.

"Sim", eu disse.

"Que melhor amigo é esse?"

"Só um amigo", respondi.

"Aconteceu só uma vez?"

"Aconteceu só uma vez."

"Você jura que não foi tão bom quando é comigo?"

Era uma pergunta engraçada porque a resposta era tão óbvia para mim, então dei uma risadinha. Depois, muito honestamente, disse: "Juro que não foi tão bom quanto é com você."

Depois de um tempo, ela perguntou: "O que você sente comigo?"

Pensei um pouco. Como eu poderia descrever a sensação? Não conseguia pensar nas palavras. Por fim, simplesmente disse: "É um formigamento bom, como se tudo fosse perfeito no mundo".

Ela sorriu. "Mas talvez você fosse jovem demais para sentir isso com seu melhor amigo", comentou.

"Talvez", respondi.

"Você acha que poderia ter se casado com ele?"

"Não", respondi. "De qualquer forma, se sou muito jovem para me casar agora, então eu era muito jovem para me casar naquela época."

"Você está sempre falando sobre ser jovem demais para se casar", ela observou.

"É, acho que sim", respondi.

26

Aconteceu no início de agosto, fim da estação chuvosa, dia do Festival do Novo Inhame.

Começaram a abrir butiques às margens das estradas, pequenas lojas dentro de galpões estreitos feitos de zinco. Os itens que ofereciam eram diferentes dos vendidos nas antigas barraquinhas. Incluíam batons, perfumes e sabonetes em embalagens verdes, vermelhas, azuis e roxas — todas as cores — embrulhados tão delicadamente em suas caixas sofisticadas que pareciam presentes preciosos. Além disso, pasta de dente em tubos de plástico para aquelas pessoas que estavam prontas para mudar de palitos de mascar para escovas de dentes.

Naquele dia específico, tínhamos comido mingau de inhame no café da manhã, inhame cozido com azeite de dendê no almoço e inhame amassado com sopa no jantar. A essa altura, a guerra já havia terminado há cerca de sete meses. As escolas ainda não tinham reaberto, mas as folhas das palmeiras recuperavam seu verde. O inhame não estava exatamente abundante, mas as pessoas comemoraram o festival do mesmo jeito.

Deve ter acontecido num sábado, porque era aos sábados que o professor da escola primária trazia suas camisas e calças sujas, junto com as blusas, roupões e batas sujas da esposa, em um balde para lavarmos. Ele sempre fazia questão de trazer o balde bem cedo, geralmente de manhã. Nunca depois das duas ou três da tarde.

Mas naquele sábado, ele veio mais tarde.

Se ao menos ele tivesse pensado em trazer o balde algumas horas antes. Então ainda estaríamos do lado de fora fazendo nossas tarefas, ou na cozinha cozinhando ou limpando, ou apenas sentadas nos degraus de nosso casebre, esperando que ele chegasse.

Se ele tivesse pensado, não haveria nada a ser descoberto: simplesmente teríamos pegado o balde, ido imediatamente lavar as roupas e depois pendurá-las ao sol para secar.

Papai falava muito sobre o infinito. Ele insistia que havia infinitas possibilidades de como qualquer coisa na vida poderia acontecer. Mesmo com um número limitado de tijolos, dizia, as possibilidades são infinitas.

Hoje em dia, quando penso naquele sábado, penso em papai e em suas infinitas possibilidades, na maneira como elas se aplicavam mesmo a algo tão rotineiro quanto a entrega de um balde de roupas sujas.

Já havia passado muito do jantar, e Amina e eu tínhamos terminado de limpar a cozinha.

Na torneira, tomamos nosso banho e voltamos para a casinha para dormir.

Estava escuro lá dentro, exceto pelo lampião de querosene que estava na mesa ao lado da velha Bíblia de papai. Nos acomodamos em nossas posições habituais no colchão: ela na parede e eu mais próxima da porta.

Ficamos de frente uma para a outra, prontas para cair no sono, mas ele se recusava a vir. À luz da lanterna, observei seus olhos piscando. Por muito tempo não falamos nada. Por fim, ela disse: "Todas as manhãs, enquanto tomávamos o café, minha mãe me perguntava o que eu tinha sonhado à noite".

Mamãe também fala muito sobre sonhos. Disse isso a Amina. Talvez essa fosse uma característica compartilhada por todas as mães, decidimos.

Pensei nos meus sonhos naquela noite. O primeiro que me veio à mente não foi aquele em que eu ficava paralisada, mas sim aquele em que meus dentes doíam, todos caíam.

Amina disse: "Você já teve aquele em que fica subindo do chão sem motivo algum, como um balão flutuando no ar, cada vez mais alto, e tudo que você quer é voltar para baixo, mas não consegue?"

"Sim, são meus sonhos mais assustadores", respondi. "O que você acha que um sonho assim significa?"

Ela respondeu: "Minha mãe me disse uma vez que significa que você vai continuar subindo, mas eventualmente vai cair. Coisas boas vão acontecer com você por algum tempo, e depois virão as coisas ruins."

Quase desejei não ter perguntado.

Tentei me lembrar da última vez que tivera aquele sonho. Não conseguia me lembrar. Bem, talvez eu já tivesse caído. Talvez estar aqui, trabalhando como empregada doméstica para o professor da escola primária, talvez fosse minha queda.

"Um dia antes da minha casa pegar fogo, sonhei com uma flor amarela crescendo sozinha em um campo", Amina disse. "Eu teria contado para minha mãe quando voltasse de buscar o kosai, mas não pude."

"Sinto muito", eu disse.

O lençol estava puxado até nosso peito, mas agora ela puxou o lado dela mais alto, até os ombros. Ficamos deitadas em silêncio. Nenhuma de nós falou.

Por fim, eu disse: "Os sonhos nem sempre são tristes. Ou pelo menos não precisam ser. Nem mesmo os assustadores precisam significar algo ruim."

Mexi meu corpo, me levantei e me virei para não ficar mais de frente para ela.

A chama da lâmpada de querosene tremeluziu. A Bíblia de papai estava ao lado da lanterna. Tentei pensar em algumas histórias da Bíblia que mencionassem sonhos. Quase imediatamente, a história de José apareceu na minha cabeça. Eu me virei para Amina:

"Você já ouviu falar de José e seus sonhos?"

"Quem é José?", ela perguntou.

"Sabe, José do Antigo Testamento."

Ela balançou a cabeça, me disse que não sabia quem era José.

Eu contei sobre ele. Como Deus lhe deu um sinal por meio de seus sonhos. Como, em um sonho, José e seus irmãos estavam amarrando trigo em feixes quando de repente o feixe de trigo de José ficou reto, bonito e alto. Enquanto isso, os feixes de trigo de seus irmãos dobraram-se, curvando-se ao feixe de trigo de José. Em outro sonho, o sol, a lua e as estrelas se curvaram a José.

Eu disse: "A princípio, quando José contou a seus irmãos sobre o sonho, eles ficaram zangados porque pensaram que José estava tentando dizer que era melhor do que eles. A princípio parecia que o sonho só acabaria causando problemas. Seus irmãos o venderam como escravo porque estavam com muita raiva dele. Mas muitos anos depois, tudo deu certo. José se reuniu com seus irmãos. No final, eles descobriram que os sonhos, e tudo o que vinha dos sonhos, faziam parte do plano de Deus para eles. Imagine, tudo aquilo fazia parte do plano o tempo todo. Porque deles vieram as doze tribos de Israel".

Ela suspirou e encostou o corpo em mim. "Não entendo por que Deus os fez primeiro passar por todo aquele wahala. Por que seus irmãos o venderam como escravo por todos aqueles anos? É como andar em círculos em vez de seguir em linha reta para casa. Não faz nenhum sentido para mim."

Eu disse: "Talvez às vezes valha a pena andar em círculos. Talvez você aprenda mais lições assim."

"Não sei", ela respondeu. "Mas pode ser que sim."

Amina estava tão perto de mim agora que senti vontade de me aproximar e beijá-la. Comecei pela testa. Dei uma parada no nariz dela. Logo eu estava em seus lábios, então na curva de seu pescoço, que estava exposto por sua camisola larga.

Ela se levantou de modo a ficar acima de mim, montando na minha cintura, de joelhos. Havia uma tristeza no jeito como ela se movia, na maneira como seus lábios se demoravam na curva do meu pescoço. Ela podia ter parado com toda aquela tristeza, mas continuou, como se estivesse determinada a lutar assim contra o sentimento.

Lentamente, ela fez seu caminho até meus peitos. Nunca tínhamos ido além do peito. Mas agora ela gentilmente tirou minha camisola, e depois a dela. Ela colocou as mãos em concha em volta dos meus seios, revezando entre um e outro, alisando-os, afagando-os e acariciando-os com a língua. Senti o roçar suave de seus dentes na ponta do meu peito. A euforia tomou conta de mim.

Ela continuou, deixando um rastro de beijos em seu caminho até minha barriga. Ela viajou mais longe, além da barriga, mais longe do que jamais havíamos ido. Eu gemi e me entreguei a ela. Não sabia até então que uma boca poderia me fazer sentir daquele jeito quando colocada naquela parte do corpo onde eu nunca tinha imaginado que uma boca deveria estar.

A batida nos trouxe de volta à realidade. O professor da escola primária já havia batido assim muitas vezes antes. Mas sempre esperou permissão para entrar. Somente quando respondíamos ele entrava e nos encontrava relaxando — conversando, trançando nossos cabelos ou talvez comendo um lanche.

A porta se abriu antes que pudéssemos colocar nossas camisolas de volta. Ele entrou agitado, falando sobre como havia perdido a noção do tempo. Explicando que ele deixaria o balde para nós do lado de fora da porta e que deveríamos lavar as roupas logo pela manhã.

E então seus olhos caíram sobre nós. Amina estava deitada no colchão, de costas, minha cabeça pairando logo acima de suas pernas. Tínhamos feito o possível para nos afastarmos uma da outra quando ele entrou na casinha. Mas não tínhamos conseguido nos afastar muito. Só consegui levantar a cabeça e Amina só conseguiu juntar as pernas.

Aquela visão deve tê-lo assustado, porque ele inspirou como um moribundo dando seu último suspiro.

Aproximou-se imediatamente do lampião sobre a mesa, ergueu-o em nossa direção, aproximou-se, perscrutando com os olhos, como se quisesse certificar-se de que o que estava vendo era mesmo o que estava diante de seus olhos.

A visão o assustou novamente, e ele exclamou mais uma vez.

O incidente foi surpreendente para mim também, e deve ter sido surpreendente para Amina, não apenas por termos que aguentar o desconforto de ele nos olhar daquela maneira, mas também por termos de suportar o infortúnio de sermos forçadas a ver a nós mesmas através de seus olhos.

Ele se aproximou, nos puxou para fora do colchão, uma de cada vez, e nos deu um tapa no rosto. Em mais de um ano com ele, às vezes ele ameaçava bater, mas nunca tinha batido mesmo, até então.

Ele deve ter notado a Bíblia sobre a mesa quando pegou a lanterna, porque voltou para lá, colocou a lanterna de volta na superfície e pegou a Bíblia. Apontando para o livro, ele gritou: "Uma abominação!"

A palavra reverberou na minha cabeça.

Ele olhou diretamente para mim. E gritou: "É isso, se há um nome a ser dado! É assim que a Bíblia chama!"

Agora ele se virou para Amina. Ele gritou com ela também. "O Alcorão também condena isso. Não conheço muito sobre o Islã, mas o suficiente para saber que o Alcorão e a Bíblia concordam nesse assunto!"

Ele andava de um lado para o outro enquanto falava, fazia gestos frenéticos com as mãos enquanto nos dizia que seríamos responsabilizadas por nossas ações. Ele tinha ouvido falar de casos assim, em que os acusados eram apedrejados até o rio. Apedrejados mesmo enquanto se afogavam nas águas do rio. Claro, era raro que se falasse desses casos. A coisa toda era tão tabu, anátema, censurada, não merecia nem um nome.

Amina e eu começamos a chorar, lamentos profundos que faziam nossos ombros tremerem. Nossas roupas estavam espalhadas pelo chão, espalhadas como sementes descartadas. Estávamos nuas, e sentíamos nossa nudez como Adão e Eva devem tê-la sentido no jardim, naquela brisa da tarde. Nossos olhos se abriram e também procuramos nos esconder. Mas primeiro tivemos que suportar os sermões do professor da escola primária. Lá estava ele, andando de um lado para o outro em nosso casebre, falando sem parar sobre nossa vergonha, os olhos furiosos, a boca cada vez mais aberta.

Ele proferiu sermões e sermões e sermões. Como Deus deve ter feito com Eva.

27

Foi assim que mamãe voltou para mim. Quase dois anos haviam se passado, e então aquele incidente, e finalmente ela acabou voltando para me buscar.

A primeira coisa que fiz quando a vi foi correr e abraçá-la. Fiz isso quando ela estava entrando pelo portão. Apesar das circunstâncias infelizes em que ela havia me mandado embora, e apesar das circunstâncias infelizes em que estávamos nos reunindo, fiquei genuinamente feliz em vê-la. Tanto tempo se passara, e eu sentia falta dela.

Mamãe nunca fora uma mulher rechonchuda, mas parecia ainda menos agora, um pouco murcha.

Quando saí do abraço, ficamos cara a cara, olhando uma para a outra.

Ainda hoje, lembro-me de como as roupas dela cobriam seu corpo sem forma perceptível, como ela cheirava a suor velho — não muito estranho, mas um pouco desconcertante.

Permaneci com ela, levantando-me e arrumando delicadamente suas roupas, daquele jeito irracional que às vezes fazem as pessoas que se conhecem bem. Puxei a dobra de cima de sua túnica.

Finalmente me afastei da túnica e deslizei minha mão até a dela. A pele de sua mão estava enrugada, como se tivesse sido lavada demais. Ou por uso excessivo. Ou por causa da idade. Senti um tremor, o que parecia ser um tremor em sua palma. Meus olhos estavam baixos o tempo todo, mas agora levantei minha cabeça e vi umidade nos olhos de minha mãe: lágrimas brilhando diante de mim como gotas de chuva prateadas na estação chuvosa. Suas bochechas pareciam encovadas. Naquele momento, desejei poder rastejar de volta para seu ventre, nem que fosse apenas para engordá-la, para colocar carne em seus quadris, em seus seios, para devolver vida às suas bochechas encovadas.

Ela começou a cantarolar, como se não percebesse, e enquanto cantarolava, ela ria de nada, uma risadinha, um som baixo. Cheguei perto dela e coloquei meus braços em torno de suas pernas, rezando para que não chegasse o dia em que ela escaparia completamente de mim: encolhendo, encolhendo, encolhendo até não restar mais nada dela nesta terra.

O professor da escola primária devia estar assistindo o tempo todo. Depois que mamãe e eu terminamos nosso último abraço, ele pigarreou, sinalizando que era hora de começar a reunião.

Banquinhos foram montados no quintal da casa do professor, na área perto de onde a grama verde e exuberante cobria a terra, a área entre o bangalô e a casinha. Era o final da manhã e nos sentamos em círculo, como uma reunião do conselho de uma aldeia, mas sem todos os floreios e as saudações jubilosas que marcavam o início de uma dessas ocasiões.

O sol estava brilhando intensamente. Senti o peso de seus raios em meus ombros. Pela parede de cimento que formava a cerca do complexo, lagartos corriam.

"Então, me diga do que se trata", mamãe começou.

O professor respondeu: "Vou permitir que Ijeoma conte ela mesma. Diga", ele disse, virando-se para mim. "Vamos. Diga a ela."

Permaneci em silêncio, minha garganta dormente.

A esposa do professor da escola primária tinha estado em silêncio até este ponto, mas agora falou: "Não temos todo o tempo do mundo", ela disse severamente.

Mamãe olhou para mim. "Ijeoma", disse. "O que é que você fez?"

Amina estava sentada conosco desde o início, e mamãe não tinha dado nenhuma atenção a ela, mas agora pareceu notá-la.

Mamãe sorriu e falou com ela em Igbo, uma série de perguntas incoerentes: Como você está? Quem é você? O que exatamente você está fazendo aqui?

Às quais Amina respondeu com silêncio, porque embora ela tivesse aprendido algumas saudações básicas em Igbo, que a salvavam com transeuntes e outras pessoas, ela não sabia Igbo o suficiente para entender tudo o que mamãe havia perguntado, muito menos saber como responder.

O professor da escola primária interveio e explicou quem era Amina, ao que mamãe fez uma careta e expressou sua insatisfação com o fato de ele ter permitido que uma Hauçá entrasse em sua casa, e não apenas isso, mas por ter permitido que ela dividisse os aposentos comigo, a filha dela. Ele não via como isso era perigoso? Não sabia que fora o exército Hauçá que matara seu marido, o mesmo povo Hauçá que destruiu Biafra?

Ele respondeu que Amina nunca havia sido um problema até agora e que, de qualquer maneira, ela era apenas uma menina inofensiva.

Ainda assim, mamãe não disfarçou sua insatisfação. Continuou carrancuda.

A situação toda era muito estressante para mim e estava fazendo meu estômago dar cambalhotas assustadoras. Me vi desaparecendo em meus pensamentos. Imaginei-me afastada daquele momento e lugar. Ou melhor, imaginei-me em um lugar onde nada havia acontecido no passado e nada estava acontecendo no presente, e no futuro nada seria consequência de todos os nadas anteriores.

Acordei com a voz da mamãe. "Ijeoma, você está me ouvindo?" Suas palavras eram estridentes, irritadas. "Você está me ouvindo ou estou falando com o ar?"

Eu respondi: "Sim, mamãe. Estou te ouvindo."

"Então, vamos lá. Me diga o que aconteceu."

Eu gaguejei, minha língua tropeçando em uma série de palavras, antes que algo coerente saísse. "Amina e eu não achávamos que tinha problema", comecei.

"Vocês não achavam que o que era um problema?", ela perguntou.

"O que estávamos fazendo", respondi.

"E o que exatamente vocês estavam fazendo?"

"Nossas roupas", eu disse.

"Suas roupas?"

Fiz que sim com a cabeça, mas não consegui continuar.

De repente, percebi algo em seus olhos que parecia dizer que ela estava entendendo. Seus olhos e boca se arregalaram. "*Chi m o!*", ela exclamou em um sussurro. Meu Deus! Ela ainda estava sentada em seu banquinho, mas agitava as mãos e depois as retorcia como às vezes faz um ladrão pego em flagrante.

"Nós não sabíamos que tinha problema, mamãe", eu disse novamente.

Mamãe estava lamentando baixinho agora.

"Mamãe, me desculpa", eu disse, indo até ela, ajoelhando-me diante dela, passando os braços em volta de seus joelhos. Quando me levantei, vi que Amina estava ao meu lado, com o rosto coberto de lágrimas. Ela disse: "Senhora, eu também sinto muito. Por favor, não fique com raiva de nós."

Mamãe parecia ainda menor agora, menor do que antes. Ela balançou a cabeça devagar. Então, levou as mãos lentamente à boca, cobrindo-a, uma débil tentativa de conter o choro.

Fiquei ali assistindo-a chorar e imaginei o castigo que o professor havia descrito: todos os aldeões reunidos na foz do rio, Amina e eu sendo arrastadas para dentro da água, pedras atiradas em nós até ficarmos doloridas e machucadas e fracas por causa daquele bombardeio. Nos imaginei sendo deixadas lá para nos afogar.

Foi assim que finalmente deixei a casa do professor da escola primária. Quanto a Amina, como ela não tinha família, nem para onde ser mandada, ficou lá. Ele e sua esposa fariam sua parte para endireitá-la, e mamãe faria sua parte para me endireitar.

Mamãe me conduziu pela estrada até o ponto de ônibus sem dizer uma única palavra. Apenas segurando minha mão. Naquele silêncio rígido e enervante, embarcamos no ônibus. Seu aperto era firme, doloroso até. Soltem-se, imaginei dizer para ela, para seus dedos. *Soltem-se*. E imaginei a resposta mais ou menos assim: *Isso é raiva. E ela faz o que bem entender.*

Parte IV

28

A escola secundária, Colégio para Meninas Obodoañuli — Colégio para Meninas Terra da Alegria — ironicamente tinha uma atmosfera humilde e submissa, quase austera, como um lugar aonde as meninas iam para se tornarem freiras. Com base apenas nas aparências, não havia nada de alegre ali.

A escola não ficava em Nnewi propriamente dita, mas fora dela e a oeste, na comunidade próxima de Oraifite, onde o rio Ekulo cortava o território. Perto do rio, e também em alguns pontos dele, cresciam os manguezais, encostados na água como velhos permanentemente curvados, encolhidos como que para evitar o sol.

Era um pequeno enclave cercado por arbustos e árvores, principalmente bananeiras e palmeiras. A única estrada livre de arbustos e árvores era a que se tomava para chegar à escola. Era um caminho lamacento e esburacado, no final do qual havia um portão que levava ao complexo escolar.

O complexo era grande, com vários prédios — entre doze e quinze —, todos pequenos, como grandes cabanas. As salas de aula ficavam nos menores edifícios, cada uma enfeitada com um escasso par de janelas, espaços abertos com apenas venezianas de madeira como cobertura, a maioria das quais permanecia escancarada.

Os outros prédios — maiores que os de salas de aula — serviam de dormitórios, lavatórios e lavabos, bibliotecas e salas dos professores e da diretora. Às vezes, as alunas do último ano ficavam nas salas com os professores — especialmente à noite, mas nunca nos fins de semana. Nos fins de semana quase não havia ninguém ali. Muitos dos professores e alunas iam para casa.

Do lado de fora da entrada de cada prédio de dormitórios havia uma varanda. Luzes fluorescentes pendiam do teto das varandas; elas acendiam à noite. Internamente, os dormitórios eram cômodos abertos forrados de catres, com espaços iguais entre os leitos. Cada dormitório continha seis camas, duas ou três meninas por quarto. Ao lado de cada cama havia uma mesinha e uma cadeira onde nos sentávamos para ler e fazer as tarefas. Em cada mesa ficava uma lâmpada. Não havia muito mais nos dormitórios além do que cada garota trazia para si.

"Chega daquele absurdo entre você e aquela menina", mamãe disse antes de me mandar para a escola. "Lembre-se, você é uma pessoa renovada agora. E, para sua sorte, o professor da escola primária ainda está disposto a cumprir sua parte no acordo, mandando você para a escola, apesar da maneira vergonhosa como você se comportou sob os cuidados dele. Agora, olhe aqui. *Nee anya*. Não importa o que fizer, fique longe daquela menina!"

"Se vocês estão tão preocupados que eu vá atrás dela de novo, por que nos mandaram para a mesma escola?", perguntei.

"É a única escola que o professor consegue pagar para enviar vocês duas. Se não, pode acreditar, eu teria providenciado para que vocês duas fossem mandadas para escolas tão distantes uma da outra quanto o céu e o inferno."

A escola era composta majoritariamente de meninas Igbo. Havia duas garotas Efik, nenhuma Iorubá e, além de Amina, havia apenas uma outra Hauçá, que era quase Igbo porque havia crescido em terras Igbo e, por mais improvável que fosse o casamento, um de seus pais era Igbo.

Nós nos juntávamos com nossas iguais. As Efiks com as Efiks, as Igbos com as Igbos. E, especialmente durante aquelas primeiras semanas, toda vez que eu via Amina, ela estava sozinha ou com a outra garota Hauçá/Igbo.

Mais ou menos no terceiro dia depois de chegar à escola, encontrei Amina a caminho da aula. Ela estava sozinha, e eu a abracei e tentei conversar, perguntando o que ela estava achando da escola e como estava se adaptando. Mas Amina ficou rígida em meu abraço, e depois mal olhou para mim, nem mesmo enquanto andava ao lado dela. Respondeu às minhas perguntas com palavras únicas.

Estávamos indo para duas aulas diferentes. Eventualmente, eu a deixei e caminhei na direção da minha classe. Tentei novamente depois que meu período acabou, esperando por Amina fora de sua própria sala de aula. Assim que ela saiu pela porta, fui até ela, mas, ao me ver, ela resmungou algo sobre ter que ir, e lá se foi, seus passos apressados, como se quisesse se afastar rapidamente de mim.

Nos dias que se seguiram, por mais que eu tentasse me aproximar dela, ela continuava mantendo distância de mim. Aqueles foram dias em que me perguntei se tudo o que havia acontecido entre nós na casa do professor da escola primária não tinha sido fruto da minha imaginação. Como é que ela podia ser tão fria comigo?

Depois de várias tentativas sem sucesso em fazê-la voltar ao que era antes, fiz questão de manter distância. Houve encontros inesperados, é claro, aqueles momentos em que não podíamos deixar de estar perto uma da outras — assembleias matinais, aulas de educação física, refeições no refeitório da escola —, mas na maior parte do tempo nos mantínhamos fora do caminho uma da outra. Ugochi, minha colega de quarto, tornou-se a pessoa com quem contava como companhia.

Ugochi estava sentada em sua cama.

Ela era uma menina Igbo de pele escura a quem chamávamos de panla, ou bacalhau, porque era muito magra e, pela aparência de seu corpo, era como se toda a carne estivesse tão seca que grudava nos ossos. Mesmo em seu rosto, ou os ossos eram muito proeminentes ou a pele estava tão esticada ao redor do crânio que, à primeira vista, ela parecia ter uma expressão séria, quase zangada.

Mas pelo menos ela era dotada de uma bela silhueta — belos seios, quadris curvilíneos, proporções muito boas. Junto com a cor tão rica de sua pele escura, ela não era de todo feia.

Ela estava dobrando seu lenço. Eu a observei de onde estava sentada na minha própria cama. Era um lenço bege macio, bordado com pétalas de flores espalhadas por sua superfície.

Ao contrário do resto de nós, que viera para a escola com muito poucos itens pessoais, todos os quais usávamos no dia a dia, Ugochi tinha coisas que raramente usava: um grampo de cabelo cor-de-rosa chique que eu ainda não tinha visto nela, um carretel de fitas de cetim que eu ainda não tinha visto amarradas em suas madeixas, sandálias amarelas com um grande laço dourado na frente. E o lenço. De vez em quando, ela ficava sentada na cama o admirando, depois o dobrava e guardava. Às vezes eu a via colocando os itens numa sacola e saindo com eles. Mas, além daquelas vezes em que ela os empacotava, seus pertences permaneciam em seu cantinho, do lado dela do nosso quarto.

Era uma tarde, logo depois das aulas da manhã. "Gosto do seu lenço", eu disse. "Posso vê-lo?"

Ela pareceu considerar o pedido, então me chamou para mais perto. "Sim, venha ver. Mas lembre-se, você pode vê-lo, mas não pode tê-lo. É o meu lenço especial."

"O que o torna especial?", perguntei.

Ela o colocou em minhas mãos abertas, permitindo que eu o segurasse e o examinasse. As pétalas tinham um contorno rosa. O tecido era liso e macio, como seda.

"Especial significa que é para ocasiões especiais."

"Que ocasiões especiais?", perguntei, olhando interrogativamente para ela.

Ela riu. "Ah, vai", disse ela. "Não me diga que você não sabe?"

Fiz que não com a cabeça.

Ela falou em pidgin agora. "Você *sef*, você não sabe dessas coisas. Que tipo de garota é você? Uma moça amarela assim que nem você, você não tem um amigo especial?"

Não pude evitar: uma risada escapou da minha boca. Um amigo especial era a última coisa na minha cabeça. Fiz que não e disse a ela que não tinha um amigo especial.

Agora Ugochi olhou para mim com o que parecia ser uma mistura de perplexidade e pena. "Ah, bem", continuou, "talvez um dia você encontre um. Mas, de qualquer forma, a questão é que os homens gostam dessas coisas. Eles querem *ocho mma, nwa nlecha, asa mma, asa mpete.*" Ela deu uma risada breve e feminina, quase zombando de si mesma. "Sabe, lindas, lindas. Nada de insignificante! Eu guardo as minhas coisas bonitas para quando vou passar um tempo com meus amigos especiais. Coisas especiais para pessoas especiais. Sabe?"

O sinal tocou, chamando-nos para as aulas vespertinas. Lá fora, o som de passos e o aumento das vozes. "Hora de ir", ela disse, estendendo a mão e pegando o cachecol.

29

Certa manhã, bem cedo, sentei-me à escrivaninha vestida com meu uniforme escolar, uma blusa xadrez verde e branca e a saia verde-escura que combinava. Eu estava estudando e, nos intervalos entre meus estudos, pensando em Amina e ouvindo a voz de mamãe em minha cabeça dizendo: "*Nee anya*. Não importa o que fizer, fique longe daquela menina!" Se mamãe soubesse que não havia necessidade desse aviso, pensei.

Durante toda a noite e toda a manhã, eu não tinha visto Ugochi, mas agora ela escancarou a porta e entrou com sua confiança habitual.

Eu me virei e a observei entrar. Sua maquiagem e suas roupas estavam desgrenhadas. Seu cabelo estava preso com uma das fitas, mas também estava desgrenhado. Toda aquela bagunça e ela ainda estava com um grande sorriso no rosto.

"O que você está fazendo aí na sua mesa?", ela perguntou.

"Estudando", respondi.

"Estudando?"

"Temos uma prova de História hoje. Esqueceu?"

Ela olhou fixamente para mim, como se estivesse revisando mentalmente uma pilha de blocos de notas. Por fim, disse: "Ah, é. Bem, tenho certeza de que não preciso estudar para isso. Tenho certeza de que vou me sair bem mesmo sem estudar."

"E como você vai conseguir isso?", perguntei.

Ela estava desamarrando a fita do cabelo. Gaguejou um pouco, então disse: "Bem, você sabe. A maioria das coisas que aprendemos agora tem músicas para acompanhar." Ela começou a cantar: "Existem sete rios na África: Nilo, Níger, Senegal, Congo,

Orange, Limpopo, Zambeze. Azikiwe, Awolowo, Tafawa Balewa. *Onye ocha, sepu aka n'opu eze.*

Prontinho!", ela acabou, esticando os braços como se para dizer *Ta-dá*. "Tudo em uma música, você tem os sete rios e os três primeiros pais fundadores."

"Boa", respondi. "Mas, sabe, *isso* só vai te ajudar até certo ponto. Não há uma música para todos os conteúdos. E, de qualquer forma, se uma das perguntas for por que a música termina com aquela última parte: 'Branco, tira a mão do chapéu do chefe'? Você sabe essa resposta?"

Ela riu. "A mão de ninguém deveria estar no chapéu de ninguém. Não sem permissão, de qualquer maneira. Mas o que quero dizer com a música é que saberei algumas das respostas na prova. Mesmo um pouco é melhor do que nada, *abi*?"

"E *Things Fall Apart*[8]? Você já leu? Provavelmente teremos que escrever um ensaio sobre o livro."

Ela acenou com a mão para mim como se para afastar a pergunta. Ao fazer isso, tirou a saia e disse: "Todo mundo conhece a história de Okonkwo".

Eu estava olhando para ela enquanto ela falava, seguindo seus movimentos com meus olhos, mas quando sua saia caiu, me virei para não olhar. "Vou me virar muito bem nessa", ela dizia, e pelo canto do olho percebi que agora ela estava desabotoando a blusa.

Continuei desviando o olhar por um sentimento de constrangimento, também pelo desejo de ser respeitosa com ela. Levantei os olhos apenas quando tive certeza de ter dado a ela tempo suficiente para terminar de se despir e vestir o uniforme escolar. Mas quando voltei a olhar para ela, ela ainda não tinha vestido o uniforme. Em vez disso, estava enrolada na toalha e segurando o balde e

---

[8] Em Português (Br.): *O mundo se despedaça*, de Chinua Achebe.

a tigela de banho. Ela disse: "Vou tomar um banho rápido. Espere por mim. Não saia sem mim, ok?"

Assenti.

"Quanto a estudar", ela disse, numa mistura de Inglês e Pidgin, "realmente, não será um grande problema. Eu vou me dar bem. Vejo você em alguns minutos."

Sua voz foi sumindo, e momentos depois a porta estava se fechando atrás dela.

30

“As aulas realmente atrapalham a vida”, Ugochi estava dizendo enquanto se abaixava para colocar algumas roupas na mala novamente. “Imagine o incômodo de ter que voltar só para fazer as malas e partir de novo!”

Eu ri.

“Mas, falando sério”, ela disse, “não posso deixar de esperar ansiosamente pelo fim de semana. Nada como um tempo ilimitado com meus”, ela piscou para mim antes de continuar, “com meus amigos especiais.”

“De quantos amigos especiais estamos falando? E se são tantos, como podem ser todos especiais?”

“Queriiiida”, ela exclamou, arrastando a palavra. Recentemente, ela começara a me chamar de “querida” porque percebeu, segundo me disse, que eu era o tipo de amiga próxima que ela sempre desejara. Agora ela estava me chamando assim de novo, dizendo, com uma voz piegas: “Queriiiida, isso é para eu saber e para você nunca descobrir.”

Uma risada escapou dos meus lábios. “Um dia desses você vai ser pega”, eu provoquei. “Esgueirando-se para entrar e sair do câmpus como você sempre faz. Não fique surpresa quando finalmente for pega.”

Ela balançou a cabeça. “Você tem pouca fé”, ela disse. “Não se preocupe comigo. Eu sei o que estou fazendo. Tenho tudo arranjado.”

Quando bateram na porta, ela tinha acabado de terminar de fazer a mala. Ela fechou o zíper e foi atender.

Pela janela ao lado da minha cama, percebi pelo farfalhar das folhas que soprava uma brisa.

A porta se abriu com a força da brisa. Alguém deu um passo para dentro. A princípio, tudo o que vi foi a silhueta de uma garota com um vestido longo escuro. Não consegui distinguir suas feições e, se ela tinha cabelo na cabeça, não saberia dizer. Ela deu mais alguns passos para dentro do dormitório. "Estou procurando por Ijeoma", disse. Era a última voz que eu esperava ouvir.

Ugochi deu um passo para o lado e apontou à menina minha direção, e então ela voltou para a cama, pegou a mala e atirou-a sobre o ombro. "Vejo você mais tarde, queriiiida", disse, provocando. "Tenho algumas coisas importantes para resolver, como você sabe, mas voltarei." E piscou.

Acenei para ela, mas fiquei assustada com uma súbita consciência de mim mesma e de tudo ao meu redor. Por um lado, senti vontade de explicar, até mesmo de pedir desculpas, a Amina por Ugochi ter me chamado de "querida", porque e se Amina pensasse que isso significava algo mais do que apenas uma palavra? Eu não queria que ela tivesse a impressão errada, qualquer que fosse essa impressão.

Amina olhou ao redor do quarto, sem dizer uma palavra. Finalmente ela falou, muito tímida: "Como você está?"

A essa altura, algumas semanas haviam se passado desde minhas tentativas iniciais de voltar a ter contato com ela.

Seu cabelo estava trançado frouxamente e as tranças caíam sobre seus ombros. Lembrei-me dos tempos em que costumava trançar suas madeixas.

"Estou bem", respondi. "E você?"

"Também estou bem", ela disse. Depois de um breve silêncio, continuou: "Senti sua falta".

Senti um aperto no peito e respondi, com muita sinceridade: "Também senti sua falta".

Naquela noite, saímos juntas para caminhar pelo terreno do câmpus. Andamos devagar, ziguezagueando e traçando círculos pelo gramado.

Quando falávamos, era apenas sobre a escola, sobre os métodos rígidos da diretora, a maneira como ela nos fazia estender as mãos durante as assembleias matinais, a maneira como ela andava inspecionando-as em busca de sujeira, inspecionando nossos uniformes em busca de rasgos, vincos e manchas. Você já levou uma surra na palma da mão com a régua da diretora por suas unhas não estarem limpas o suficiente?, perguntamos uma à outra. Caminhamos separadas. Não demos as mãos nem permitimos que nossos corpos se tocassem. Conversamos sobre nossas colegas de classe, de quais gostávamos e de quais não gostávamos. Conversamos sobre os livros que estávamos lendo e o que estávamos achando de nossas aulas.

No tempo em que estivemos separadas, ela manteve a esperança de que talvez algum familiar aparecesse para buscá-la. Não que o professor da escola primária e sua esposa fossem cruéis com ela, mas que ela ansiava por sua própria família mais do que nunca. Devido a isso, o professor e sua esposa fizeram esforços para ver se conseguiam localizar algum de seus parentes. Mas o boca a boca tinha limites. De qualquer forma, talvez o resto de sua família, como seus pais, também tivesse sido vítima da guerra.

Não falamos sobre o que aconteceu em Nnewi. Nem sobre ser pegas, ou as represálias que se seguiram, nem o encontro com mamãe, ou nossos estudos bíblicos.

Pelo jeito, ela ainda era a mesma Amina de que me lembrava, quieta e séria, apenas um pouco mais contemplativa do que antes.

31

Chegou o primeiro feriado do semestre. Muitas alunas fizeram as malas e voltaram para casa. Amina e eu estávamos entre as poucas remanescentes.

Certo dia, durante aquele feriado, com a permissão das monitoras do portão, saímos do câmpus e seguimos pela estrada além da escola.

O rio Ekulo, na ponta da estrada onde o encontrávamos, era estreito, mas de onde estávamos, um ponto ligeiramente acima da água, parecia ficar cada vez mais largo. Ondas fracas surgiam de vez em quando, banhando a terra marrom-avermelhada que ladeava o rio em suas margens.

Caminhamos mais e nos sentamos em um pequeno trecho gramado sob uma das palmeiras. A terra estava quente embaixo de nós, absorvendo os raios do sol. De vez em quando, uma brisa fresca soprava, e as folhas das palmeiras faziam sons de chicotes ao se baterem umas nas outras. Aquelas folhas que antes haviam caído caíram na areia.

Ao longe, uma mulher lavava suas roupas. Pardais voavam. O ar cheirava a terra e água de rio.

A princípio havia algum espaço entre nós, mas fui me aproximando dela. Ficamos sentadas em silêncio por um tempo e, depois de alguns momentos, estendi a mão por trás e cobri os olhos dela. "Está ouvindo?", perguntei.

"Ouvindo o quê?"

"A água. Não te acalma?"

"Não", ela disse. E se virou para mim. Rugas se formaram em sua testa. "Inquieta", respondeu. "Me deixa inquieta."

As lições da Bíblia com mamãe voltaram à minha cabeça. Inquieta, pensei. Imagens de gado e de répteis e de animais selvagens e de pássaros. Deus criou todos eles e no sétimo dia Ele descansou. Até Deus descansou. Mas ali estava Amina, afirmando estar inquieta — sem descanso.

Vi um pedaço de pau no chão perto de onde estávamos sentadas. Peguei-o e, sem pensar, comecei a limpar a areia à nossa frente dos pedregulhos maiores.

"Por que você está inquieta?", perguntei.

"Não sei", ela respondeu. Mas pareceu pensar por um momento, então disse: "Por várias razões."

"O que seria necessário para fazer você não se sentir mais inquieta?", perguntei.

"Não sei", ela respondeu.

Acima de nós, os pássaros cantavam. Com o bastão desenhei um pássaro na areia. "Os pássaros são felizes e livres", eu disse. "Escute... eles não fazem você se sentir feliz e livre? Poderíamos vir aqui sempre que possível, apenas para ouvir os pássaros."

Amina puxou as coxas até o peito e envolveu as pernas com os braços.

Espalhei a areia, apagando o desenho do pássaro. Larguei o bastão.

Para minha surpresa, ela o pegou e começou a desenhar na areia. Desenhou duas figuras que estavam de mãos dadas. Nuvens feitas de círculos estavam acima delas.

Ela sorriu quando terminou, um meio sorriso.

"É uma bela imagem", eu disse, olhando para ela.

Ela estendeu a mão e a colocou sobre a minha. "Talvez apenas dar as mãos seja o suficiente", ela disse. "Talvez apenas dar as mãos seja o suficiente."

Ela estava pegando punhados de areia com a mão livre agora, deixando os grãos escorrerem entre os dedos. Eu respondi: "Sim, talvez apenas dar as mãos seja o suficiente."

Na manhã seguinte, bem cedo, ela bateu na minha porta e eu atendi.

Sobre seus ombros havia um pequeno cobertor. Ela o segurava com força. Debaixo dele, ela já estava pronta para o dia em um vestido florido que eu nunca tinha visto. Suas tranças estavam reunidas em um coque frouxo na nuca. Ela parecia esgotada.

"Você não dormiu ontem à noite?", perguntei.

Ela balançou a cabeça. "Minha cabeça estava pensando tanto que eu não consegui dormir. Eu fico preocupada às vezes."

"Com o que você está tão preocupada?"

"Não sei", ela disse. "Tudo." Ela fez uma pausa. "Nós."

"Não se preocupe", eu assegurei. "Não há nada com que se preocupar."

Ela ficou apenas olhando para mim por um momento, então disse: "Enfim, eu vim porque queria saber se você gostaria de ir novamente até o rio. Eu gostaria, se você pudesse."

"É claro", eu respondi. Não havia nada que eu quisesse mais.

32

As aulas ainda não haviam recomeçado. Tinha sido um dia normal, e agora Amina e eu estávamos sentadas nos degraus da varanda de seu dormitório, prestes a comer. Das tigelas de arroz e feijão exalava um cheiro de cinzas.

"Está muito queimado", eu disse.

Foi ela quem tinha preparado a refeição. Mas, enquanto cozinhava, ela lia *The Drummer Boy* que, antes das férias chegarem, ela pegara emprestado da biblioteca da escola. O feijão estava no fogo e ela se empolgou com o livro. Como ela estava encarregada de fazer a comida, eu estava feliz e distraída, ou teria ido verificar por ela. Agora era tarde demais.

Ela se sentou de frente para mim, parecendo muito pesarosa.

"É como comer cinzas", provoquei, levando uma colherada de feijão à boca.

Ela baixou um pouco a cabeça. "Não acho que esteja tão ruim."

Provoquei um pouco mais. "Ainda pior do que comer cinzas. Não sei, isso pode muito bem nos envenenar, carbonizar nossas entranhas como torradas queimadas e destruir nossos pulmões."

Ela se levantou com raiva e começou a juntar os pratos de comida e as colheres, batendo tudo. Barulho aqui, barulho ali.

"Eu só estava brincando", eu disse, estendendo a mão para pará-la.

Ela parou um pouco de recolher as louças.

"Eu só estava brincando", eu disse novamente.

Já era tarde da noite. O céu estava escuro. Com tantas alunas ainda longe, não havia ninguém por perto. Aproximei-me dela, tirei os pratos de suas mãos e coloquei-os no chão. Peguei-a pela mão e levei-a até o canto mais afastado da varanda, junto à parede.

Eu a empurrei suavemente até que suas costas estivessem apoiadas. Acabamos em um emaranhado, nossas mãos ao nosso redor, então parando em nossas cinturas. Coloquei meus lábios na curva de seu pescoço, e ela gemeu, me segurando mais forte no quadril. Quando nossos lábios finalmente se encontraram, ela me beijou avidamente, como se estivesse esperando por aquilo o tempo todo. Inspirei o cheiro dela, profundamente, como se para absorvê-lo em excesso, como se para construir uma reserva para o dia em que ela iria embora.

33

No começo, mamãe vinha pelo menos a cada dois finais de semana me visitar na escola, como se estivesse de olho para que eu não caísse em tentação com Amina. A escola ficava a três horas de seu bangalô em Aba e, como agora ela administrava a loja, que funcionava todos os dias da semana, fechar tudo e ir à escola era um sacrifício em termos de renda, mas ela o fazia de qualquer maneira.

Sempre que ela visitava, trazia mantimentos para mim: biscoitos, conservas de sardinha Titus, garri, açúcar, leite Peak, uma lata de Milo, um pedaço de pão e um pouco de arroz e ensopado. Nós nos sentávamos na varanda do prédio do meu dormitório e comíamos o arroz e o ensopado.

Ela ficava comigo por várias horas. Amina sabia que devia se manter afastada nessas horas.

Era assim que acontecia:

Eu, comendo uma colher para cada cinco da mamãe.

"Coma mais", ela dizia.

"Mamãe, não estou com fome", eu respondia.

"Como pode sendo tão tarde, você não almoçou e me diz que não está com fome?"

Eu apenas dava de ombros.

Quando ela não conseguia me persuadir a comer mais, ela balançava a cabeça e dizia algo como: "Essa criança, não sei o que vou fazer com você!"

Nós sempre ficávamos lá sentadas por um tempo depois, enquanto mamãe me perguntava sobre as disciplinas e sobre meu bem-estar. Às vezes, dávamos um passeio fora do complexo da escola antes de ela se preparar para ir.

"Faça o favor de comer o resto da comida", ela dizia. "Não me deixe ficar sabendo que você a jogou fora ou deixou estragar. Lembre-se de Biafra." Quase sempre, a mesma lembrança da guerra e de como era difícil conseguir comida naqueles dias.

"Não vou jogar fora nem desperdiçar", eu sempre respondia. O que era verdade, porque depois de acompanhar mamãe até o portão da escola e me despedir dela, voltava para o meu quarto apenas para pegar o resto da comida e levá-la ao dormitório de Amina. Ela era a razão pela qual eu tomava cuidado para não comer demais com mamãe. Era com Amina que eu desejava compartilhar minhas refeições.

34

"O diabo voltou e lançou suas garras sobre você", mamãe certamente diria sobre o que eu estava fazendo. Ou "Adão e Eva, não Eva e Eva". Mas mesmo com essas palavras na minha cabeça, não pude evitar.

Continuei a ver Amina. À noite, depois das aulas, fazíamos as refeições juntas, se não no refeitório, na escada da varanda ou dentro de nossos dormitórios, em nossas escrivaninhas.

Nos fins de semana, quando tínhamos permissão, ou quando chegavam mais feriados, aqueles feriados em que não íamos para casa, passeávamos juntas até o rio. Às vezes, caminhávamos de mãos dadas, o mais discretamente possível, certificando-nos de nos movermos mais como alunas do que como duas meninas que se amavam.

Mas nos amávamos, ou pelo menos eu acreditava que a amava completamente. Eu ansiava pela presença de Amina por nenhum outro motivo além de tê-la. Certamente era amizade também, esse companheirismo íntimo com alguém que me conhecia de uma forma que ninguém mais conhecia: era um degrau além da amizade. Talvez também fosse um pouco de paixão. Mas o que eu sabia com certeza era que também era amor. Talvez o amor fosse uma combinação de amizade e paixão. Uma afeição profundamente sentida, acompanhada por um certo tipo de reverência. E pela gratidão. E pelo desejo de uma vida inteira juntas.

35

A descoberta começou como apenas um boato e ocorreu bem no nosso segundo ano na escola.

Nos dias de visita, que geralmente caíam aos sábados, vinham os alunos da escola masculina vizinha. Os professores andavam de bengala nas mãos, acompanhando a visita. Por todo o câmpus, meninas e meninos se reuniam nas varandas em frente aos prédios. Ninguém tinha permissão para levar um menino para dentro do dormitório. Mas na segunda-feira seguinte à visita dos meninos no sábado, os rumores começaram a se espalhar.

Diziam que muito antes deste último dia de visita, um menino havia entrado furtivamente no câmpus e até mesmo dentro do dormitório de uma menina — ou talvez a menina tivesse escapado de seu dormitório para ficar com ele. De qualquer maneira, agora ela estava grávida, e os rumores sugeriam que já fazia algum tempo.

O nome de Ugochi foi o primeiro a surgir em minha mente. Há quanto tempo eu a observava entrando e saindo furtivamente do câmpus à noite, encontrando um amigo e outro. Fazia sentido para mim que fosse ela.

A manhã e a tarde de segunda-feira chegaram e passaram, e eu não vi ou tive notícias de Ugochi. Ela não apareceu no dormitório.

Então, na noite de segunda-feira, o sinal tocou quando uma das monitoras apareceu anunciando que a assembleia matinal do dia seguinte seria mais cedo do que o normal. "Não cheguem um minuto atrasadas ou haverá consequências!", ela advertiu.

Pensei na pobre Ugochi. Onde ela estava agora? Como estava lidando com tudo o que estava acontecendo? Como devia ser terrível para ela ter pessoas cochichando a seu respeito pelas suas costas.

A manhã de terça-feira chegou. Ficamos em fila, com nossos uniformes verdes e brancos, no local da assembleia.

"Muitas de vocês conhecem Ozioma", a diretora começou. "E agora muitas de vocês já ouviram que ela está grávida de um certo menino de Nonso." Houve um suspiro coletivo com a revelação dos nomes. Suspirei de alívio por não ser Ugochi, e então demorei um pouco para entender o fato de que a quieta Ozioma, que todos sabiam ser a queridinha da diretora, de alguma forma havia cometido um deslize e, no processo, acabado grávida.

"Quietas com essa surpresa toda", a diretora estava dizendo. "Agora, eu pergunto a todas vocês, por que vocês estão surpresas? É uma surpresa? Não é verdade que as más companhias corrompem o bom caráter?

"Mas que fique claro que isso não foi resultado de qualquer negligência por parte de seus professores ou de minha parte. Entre assembleias e missas aos domingos e encontros, vocês certamente aprendem o certo e o errado. Aquelas de vocês que têm o hábito de fugir do terreno da escola, tomem nota."

Ela finalizou: "Para o sábio, meia palavra basta. Que isso seja um aviso. Cuidado para não acabar como Ozioma, para não permitir que seu bom caráter seja maculado por más companhias."

Foi assim que a terça-feira virou quarta-feira, e a quarta-feira, quinta-feira, e assim por diante até o fim de semana chegar. Muitas das alunas fizeram as malas e foram para casa passar o fim de semana. Amina e eu ficamos novamente, só que desta vez com o aviso da diretora em mente.

36

Por ser uma escola majoritariamente Igbo, também era uma escola cristã e, por ser uma escola cristã, todas as alunas eram obrigadas a frequentar as missas de domingo e os encontros de domingo, bem como as reuniões devocionais de quarta-feira à noite. Isso era uma exigência até nas férias, para quem ficava. Se Amina não havia questionado a decisão do professor da escola primária de conduzir estudos bíblicos com ela — não havia indicação de que ela tivesse protestado —, ela agora não estava questionando ter que frequentar os cultos e praticar a fé cristã. Comparecia e participava como qualquer outra aluna, incluindo a garota Hauçá/Igbo.

Cedo num domingo, Amina e eu fomos ao culto com todas as meninas que não tinham ido para casa. Depois, passamos o tempo lendo na biblioteca.

Agora estávamos mais uma vez no rio, sentadas em nosso lugar de sempre, observando o céu mudar de azul brilhante para cinza. Depois de um tempo, o sol pareceu se dissolver e observamos o céu adquirir um tom cinzento mais profundo.

Amina pegou minha mão e me puxou para cima, sorrindo o tempo todo. Ela segurou minha mão assim por alguns momentos, então se afastou de onde eu estava, soltando minha mão. Ela rodopiou então, tão rápido que sua saia plissada se ergueu em volta dela, como um prato de cabeça para baixo. E riu, como se envergonhada por sua saia subir tanto. Ela a empurrou de volta para baixo com as mãos, olhando nos meus olhos, procurando, como se quisesse descobrir exatamente o quanto eu tinha visto.

Rodopiei também, um desafio, tão rápido que a saia larga do meu vestido subiu tão alto quanto a dela, só que não fiz nenhum movimento para empurrá-la de volta para baixo. Logo ela estava rodopiando comigo. Eu a ouvi rir, e ri com ela, e logo estávamos caindo de tanto rir, de uma piada que nenhuma de nós conseguiria explicar direito.

Nos sentamos no chão para recuperar o fôlego, apenas olhando uma para a outra. As alças de seu vestido haviam caído por seus ombros. Puxei-as, as coloquei para baixo, olhei ansiosamente para ela.

"Você vai...", ela começou num sussurro.

"Vou?"

Ela se aproximou de mim.

"Isso?", perguntei, puxando as alças para baixo.

Ela suspirou, como um arquejo, mas se aproximou, seus olhos fixos em mim.

Permiti que meus dedos traçassem a parte superior de seu vestido, o corpete, onde a bainha de renda encontrava sua pele. Ela puxou minha mão para baixo, logo acima de seu seio. Senti as batidas de seu coração. Ela se aproximou de mim e suspirou novamente. Ficamos um momento assim. De repente, ela desviou os olhos de mim, olhou para baixo, como se estivesse subitamente constrangida. Seu vestido ainda cobria seu corpo, tudo menos os ombros, mas ela deve ter se sentido mais nua do que isso, porque envolveu os ombros com seus braços.

Voltamos para o câmpus no escuro, sem dizer uma palavra, caminhando pelos caminhos ladeados por palmeiras e bananeiras, o vestido amarelo dela e o meu creme ondulando na brisa.

De volta ao terreno da escola, comecei a ir em direção ao meu dormitório, mas ela segurou minha mão e nós duas caminhamos na direção do dela.

Em seu dormitório, tiramos os sapatos e nos sentamos em lados opostos da cama. Sua colega de quarto tinha ido passar o fim de semana em casa. Meu coração disparou, uma mistura de terror e excitação com a possibilidade de finalmente chegar a uma coisa que há algum tempo comecei a pensar que era um sonho vão.

Ela se levantou da cama e parou ao meu lado. Depois de um tempo, nos deitamos no colchão. O quarto estava escuro, mas a lua brilhava através das frestas horizontais das persianas.

Olhamos uma para a outra à luz da lua. Adormecemos assim.

Deve ter sido em algum momento no meio da noite que ela acordou sobressaltada, me perguntando se eu tinha visto, se eu tinha ouvido. "Granizo," ela deixou escapar, "e fogo, caindo e formando crateras onde pousavam." Seu corpo tremia enquanto ela falava, quase como se estivesse febril.

Ela descreveu o sonho, algo sobre uma carruagem no céu puxada por cavalos dourados sem cavaleiros. As pessoas faziam fila, marchando em direção à luz brilhante que circundava a carruagem no céu.

Não era minha intenção, mas me peguei rindo na cara dela. "Vejo que você tem lido a Bíblia", eu disse. "Parece o livro do Apocalipse." E ri um pouco mais.

"As crianças," ela gritou, sua voz trêmula agora. "Crianças pequenas, suor escorrendo de suas cabeças. Tanto suor que suas roupas estavam encharcadas." Andando por tanto tempo, ela disse, aquelas pobres crianças deviam estar cheias de dor, à beira da exaustão, algumas delas provavelmente até além disso, porque de vez em quando uma caía no chão e as outras simplesmente passavam por cima dela.

Talvez fosse um sinal, ela disse. Talvez fôssemos as crianças caídas, os pecadores sem forças para continuar no caminho da retidão.

"Não", eu respondi, levando o sonho mais a sério agora. Balancei minha cabeça, disse a ela que era apenas um sonho. Eu a puxei para perto de mim e a segurei, meu rosto na curva de seu pescoço. Era o cheiro dela que me dava uma sensação de alegre delírio? Eu a beijei, do pescoço ao queixo, e depois nos lábios. Seu vestido estava desabotoado na frente, e eu corri minhas mãos até seu peito, acariciei seus seios. "Estamos longe de ser crianças caídas", eu disse. "É só um sonho."

Sua mão estava úmida em meu colo. Ela se inclinou para mim, acariciou meu rosto, retribuiu meu beijo cheio de desejo, com mais profundidade e anseio do que o meu. Mas eu já a tinha perdido. Assim que ela se separou do beijo, levantou-se da cama. Ela abotoou o vestido, pegou as sandálias e as amarrou. Caminhou até a porta e a abriu. O ar frio vinha de fora. Ela ficou parada no batente da porta, seu corpo vacilando um pouco, como uma sombra prestes a desaparecer. Depois de algum tempo parada ali, ela saiu do quarto, fechando a porta suavemente atrás de si.

37

Por algumas semanas depois daquele incidente do sonho, Amina e eu não comíamos juntas, não nos encontrávamos para ir ao rio, mal nos falávamos no caminho para as aulas.

Por volta do terceiro sábado depois do sonho, eu estava ficando farta de como as coisas estavam, farta por tudo entre nós ter mudado de repente de novo, e tudo por causa de um sonho idiota.

Fiquei na biblioteca o dia todo naquele sábado, esperando que Amina aparecesse, mas ela não apareceu.

Agora o sol estava se pondo e, embora não estivesse lá fora com o resto das alunas, eu sabia que os professores estavam anunciando o fim do horário de visitas. Pelas janelas abertas perto de onde eu estava sentada, pude ver que um por um os meninos estavam se afastando. A música *highlife* do cardeal Rex, *Ibi Na Bo*, estava tocando, vindo de uma varanda perto do prédio da biblioteca. Algumas pessoas cantarolavam enquanto passavam a caminho do portão da escola.

Decidi então que iria resolver as coisas. Fechei o livro que estava lendo e me levantei. Era como se houvesse fogo nos meus pés, impulsionando-me a me mover, a fazer alguma coisa.

Bati na porta dela, três batidas firmes que eu sabia que ela ouviria, se estivesse lá dentro para ouvir. Não houve resposta.

À distância, pude ouvir que *Ibi Na Bo* havia terminado de tocar e agora *Love Mu Adure* havia assumido os alto-falantes.

Bati de novo. *Toc. Toc. Toc.* Nada ainda.

Assim que me virei para ir embora, ouvi o barulho da maçaneta.

Ela saiu, fechou a porta atrás de si. "Minha colega de quarto está dormindo", ela disse em voz baixa. "Ela não está se sentindo bem hoje."

"Ah", eu disse. "Lamento que ela esteja doente."

"Está tudo bem", ela explicou. "Apenas uma dor de estômago. Peguei um pouco de capim-limão e fervi para ela beber."

"Foi legal da sua parte fazer isso", eu disse. "Espero que ajude."

Ela assentiu.

Eu disse: "Faz tempo que não te vejo".

"Eu sei", ela disse. "Ando ocupada."

"O que está te deixando tão ocupada?"

"Não sei", ela respondeu. "Escola. Leituras. Colega de quarto doente."

Estávamos frente a frente. Eu me aproximei dela, peguei sua mão. "Perdemos a música e a dança hoje", eu disse.

"Eu sei", ela respondeu, puxando a mão da minha. "Quem sabe na próxima."

Eu disse: "Não precisamos esperar até a próxima vez. Podemos ouvir a música daqui." Peguei sua mão novamente, puxei-a para perto de mim. Ela não se afastou desta vez; em vez disso, ela segurou com força. Mas estava com os olhos arregalados e sem sorrir. Aproximei-me, levantei as mãos para segurá-la pela cintura. Minhas mãos mal tocaram seu corpo quando ela gritou: "Por favor, pare!"

Ela disse de novo, desta vez mais baixinho: "*Por favor. Pare.*"

Eu a larguei.

Ela levou a mão à testa e disse: "Sabe, na verdade, estou com dor de cabeça. Acho que preciso dormir. Espero que você tenha um bom resto de dia. Nos vemos por aí."

Ela se virou e entrou no quarto, fechando a porta atrás de si, sem se preocupar em esperar minha resposta.

38

Ao final daquele segundo ano, nenhuma persuasão, bajulação ou racionalização direta tinha conseguido acabar com o distanciamento que Amina estabelecera como resultado daquele sonho.

Se eu dissesse: "Deus ama a todos igualmente", ela dizia: "Não aos ladrões, aos mentirosos e aos trapaceiros, nem aos assassinos, nem aos desobedientes. Não tem como ele amar a todos do mesmo jeito."

Uma vez, cheguei até a citar João 3:16: "Porque Deus amou o mundo de tal maneira que deu o seu Filho unigênito, para que todo aquele que nele crê não pereça, mas tenha a vida eterna." E eu disse: "Veja, Deus ama a todos do mesmo jeito. Ele deu Seu único filho para salvar a todos nós. Todos nós, até os ladrões, mentirosos e trapaceiros, até os assassinos e os desobedientes. Mesmo aqueles de nós acusados de cometer abominações." A essa altura, grande parte de mim já não acreditava que eu tivesse cometido qualquer tipo de abominação, mas disse assim mesmo. Só para mostrar a ela que Deus nos amava a todos. Só para mostrar a ela que Ele não colocava nenhum qualificador em Seu amor. Nem mesmo quando Ele disse para amar o próximo como a si mesmo. Ele não disse para não amar os próximos que são ladrões, ou não amar os adúlteros, ou não amar os mentirosos, os trapaceiros ou os filhos desobedientes. Ele disse apenas: "Ame ao próximo como a ti mesmo".

Toda essa explicação. Mesmo assim, Amina não cedeu.

Em nosso terceiro ano, era como se ela tivesse se tornado uma versão nigeriana de Margaret Thatcher em idade escolar, a dama de ferro por completo.

Então, um dia, como que por milagre, em um domingo em meados de nosso terceiro ano, a diretora anunciou a visita de um pastor *onye ocha*, que prometia realizar maravilhas por meio da oração. Eu era toda ouvidos.

Ele seria o convidado especial em nosso encontro de reavivamento no domingo seguinte, disse a diretora.

Durante a guerra, alguns dos aldeões de Ojoto diziam que os trabalhadores *ndi ocha* da Cruz Vermelha haviam sido enviados a Biafra por Deus para nos salvar. Certa vez, observei vários aldeões erguerem as mãos e exclamarem: "Glória a Deus! Os *ndi ochas* podem até trazer de volta os mortos!" Não tenho ideia do que os levou a dizer isso — talvez uma das enfermeiras da Cruz Vermelha tenha tratado com sucesso um moribundo, devolvendo sua saúde. Seja qual for o caso, a ideia de um pastor *onye ocha* vindo à nossa escola para realizar milagres imediatamente me lembrou o que os aldeões vinham dizendo durante a guerra, de modo que, para mim, a visita iminente passava a sensação de um remédio. Na minha cabeça, era como se tudo o que eu tivesse que fazer fosse comparecer ao reavivamento, tomar um regime dominical completo de comprimidos de oração *onye ocha*, e, assim, tudo seria consertado.

No domingo do reavivamento com o ministro, choveu. As monitoras mais velhas foram na frente. Nós seguimos, todas caminhando sob a chuva torrencial, por pântanos e trilhas cobertas de lama.

Chegamos a um campo aberto a vários quilômetros de nosso câmpus, reunidas em um grande círculo ao redor do ministro e sua pequena equipe de *ndi ochas*, a chuva caindo sobre nós.

O ministro usava uma camisa branca de manga curta e uma calça marrom, ambas ensopadas e coladas ao corpo. Ele era pálido como qualquer outro homem branco, mas também era moreno, bronzeado de sol, tanto que a pele de seu rosto e de seus braços me lembrava um cinto, ou um couro de boi, por causa de seu aspecto.

Ao seu lado, uma *onye ocha* de cabelos grisalhos estava sentada em uma cadeira de rodas prata e preta. Ela era aleijada, explicou o ministro, falando em seu jeito *onye ocha* divagador, uma palavra se fundindo com a seguinte.

Outro *onye ocha* estava ao lado da mulher aleijada, segurando uma longa vara. "Olhem para ele e testemunhem o poder de Deus!", o ministro anunciou. "Olhem e maravilhem-se com um homem que passou toda a sua vida privado da visão. Mas hoje, meus irmãos e irmãs em Cristo, hoje ele verá!"

Ao redor, ouvi o "Amém" coletivo das colegas.

O ministro começou com a mulher aleijada. Ele a empurrou para o meio da multidão e pediu que nos posicionássemos no campo para que pudéssemos ver direito. A oração começou:

"Deus Senhor Todo-Poderoso no céu, estamos reunidos aqui hoje para pedir Sua misericórdia. Viemos a Ti para pedir-Te que nos fortaleças e nos conduzas à luz, para que não possamos, por nossas fraquezas, permanecer nas trevas. Ó fonte de vida, sangue e água, reconhecemos que existimos neste mundo apenas para permitir que exerça sobre nós Tua admirável graça e poder divino. Pai Eterno, nós Vos suplicamos que derrame sobre nós Teu terno amor para que possamos ver em nós mesmos as mudanças que buscamos..."

Ele continuou assim por algum tempo quando, abruptamente, suas palavras se transformaram do Inglês em algo que eu não conseguia entender. Ele continuou em algo como: *"Devetium nahalesh divium namaha selelehakim danashanka levan balaton zaphan alatay fakani..."* Ele balançava os braços enquanto falava. Seus olhos se fecharam.

"Ushku bilani arakesh rushki rohush ekeleledu skuda wudswia..." Ele continuou e continuou, tanta baboseira que, quando finalmente consegui entender o que estava acontecendo, ele já estava chegando ao fim. O final, pelo menos, foi polvilhado com palavras

que eu reconhecia. Por alguma razão, ele terminou com as palavras “Hananias, Misael e Azarias.”

Ele se inclinou sobre a mulher na cadeira de rodas, ajudando-a a se levantar para que ela parecesse estar em pé. Começou a puxar a cadeira de rodas lentamente. A mulher continuou de pé depois que a cadeira de rodas estava a poucos metros de distância. Passou-se um minuto durante o qual ela pareceu se estabilizar sobre os dois pés. Ela se firmou um pouco mais e então, inesperadamente, começou a andar.

A multidão rugiu, erguendo as mãos para o céu. “Louvado seja o Senhor!” Por todo o campo, vozes se levantaram coletivamente, agradecendo a Deus e ao Senhor Jesus pelo milagre que testemunhamos diante de nossos olhos.

“Vocês estão prontos para o que Deus reservou para vocês?”, o pastor gritou.

“Nós estamos prontos!”, a multidão respondeu.

“Vocês estão prontos para testemunhar o próximo milagre de Deus diante de seus olhos?”

“Sim, pastor, estamos prontos para testemunhar o próximo milagre de Deus!”

O ministro aproximou-se do cego, segurou-o pelo braço. A chuva havia parado. Brevemente, o ministro orou, palavras distorcidas e de som não natural saindo com força de sua boca, palavras tão duras quanto pedras.

Ele pegou uma pequena garrafa do chão e derramou seu conteúdo na palma da mão. Respingou o líquido na cabeça do cego, nos ombros, no rosto. Por fim, borrifou o líquido na direção dos olhos do cego.

“Agora, irmãos e irmãs, testemunhem mais um milagre!”

A multidão aplaudiu.

O ministro levantou dois dedos. “Quantos dedos?”, perguntou ao cego.

"Dois!", o cego gritou.

O ministro levantou os dedos mais uma vez, agora quatro. "Quantos dedos?"

"Quatro!", o cego gritou.

"Pela glória de Deus, este homem foi curado! Pela glória divina de Deus, ele pode ver novamente!"

Mais uma vez, o levantamento coletivo de mãos para o alto e o grito coletivo de "Louvado seja o Senhor!"

Nossas vozes eram como águias, e nossosaméns voavam alto.

Mais tarde, fizemos fila para obter nossos próprios milagres, todos em linha reta atrás de um balde de metal cinza onde o pastor estava. Mas primeiro a doação, sem a qual o milagre não poderia ser realizado. O pastor supervisionava enquanto jogávamos nosso dinheiro no balde, as moedas tilintando ao se amontoarem, uma em cima da outra.

As notas de naira ele mesmo pegava, dobrava e colocava cuidadosamente na bolsinha que usava na cintura.

Eu tinha vindo com algumas notas de naira, dinheiro que tinha para minhas refeições e material escolar. Tirei algumas do bolso e as entreguei ao ministro. Expliquei-lhe que minha doença era do coração. Ele assentiu, compreensivo, seus lábios se curvando para baixo para demonstrar empatia. Em seguida vieram as borrifadas de água benta na minha cabeça e em todo o meu rosto, sobre meus ombros. Ele começou a rezar novamente, uma oração apressada, sua voz como um murmúrio, mas de alguma forma ainda bem alto.

Por fim, ele disse: "Vá em paz, minha filha". Ele parecia estar um pouco ofegante, esforçando-se para respirar. Que trabalho árduo, realizar milagres, sua respiração entrecortada parecia dizer.

"Quanto tempo até minhas orações serem atendidas?", perguntei.

Ele pareceu surpreso com a pergunta, mas respondeu rapidamente: "Quando você voltar para a escola, vai começar a ver mudanças". Por um momento, ele olhou para mim com olhos de escrutínio, então disse: "Não se preocupe. Como emissário de Deus, posso dizer que suas orações serão atendidas. Seu coração ficará bem."

Até aquele momento, Amina e eu tínhamos conseguido ficar fora do caminho uma da outra. Mas quando olhei para cima descobri que ela era a próxima na fila. Ao caminhar até o pastor, ela mal olhou na minha direção. Seu rosto estava sombrio e, embora na época eu não tivesse a menor ideia do milagre que ela estava pedindo ao *onye ocha,* às vezes acho que sei. Às vezes, imagino que ela deve ter conseguido exatamente o que pediu. Mas, na época, parecia que seria eu quem realizaria meu desejo. Talvez seja assim quando as pessoas se aproximam de Deus com pedidos opostos. Como Deus escolhe qual pedido atender? Será que Deus trava uma batalha de vontades em nome dos pedidos? Deus tem favoritos? Humanos enganam. Se é verdade que fomos feitos à Sua semelhança, então Deus engana também?

39

Ugochi estava de camisola, sentada na cadeira ao lado da cama. Em sua mesa, a chama da lamparina bruxuleava, lançando sombras como cicatrizes errantes sobre seu rosto. Ela não estava em sua mesa há muito tempo, porque antes estivera no rio, em uma canoa com um rapaz. Durante toda a noite, ela também estivera com o rapaz. Eles ficaram apenas boiando no rio, ela disse, bebendo Fanta e Coca-Cola e observando os bandos de andorinhas voando no céu azul.

"Só flutuando e bebendo refrigerantes e observando os pássaros?", perguntei. "Por quanto tempo vocês dois ficariam assim naquele rio, sendo que nem é tão grande, é mais como um riacho estreito com margens de terra irregular? Aliás, lá tem espaço para uma canoa?"

"*Na wa-oh*", ela disse, revirando os olhos acusadoramente, como se quisesse me declarar culpada por ousar fazer a pergunta. "Senhorita Inocente, o que você sabe sobre essas coisas? Você deve saber mais do que eu penso." Ela franziu os lábios de modo que formassem um círculo apertado com apenas uma pequena abertura no meio. Ela sugou o ar na boca de modo a emitir um som entre um shh e um assobio.

Revirei os olhos para ela. "Eu sei o bastante para saber que você não estava apenas boiando e bebendo refrigerantes", respondi.

Lentamente, seus lábios relaxaram em um sorriso travesso. "*Ngwa*, eu vou te contar", disse. "Mas, *nee anya*, você não pode contar para ninguém. Ninguém mesmo, está me ouvindo? Não quero me tornar alvo de fofocas como a Ozioma."

"Se você não tomar cuidado, é exatamente isso que vai acontecer, só que pior do que Ozioma: você não vai saber nem o nome do pai do seu filho."

Ela riu e disse: "Sabe, *sha,* decidi me livrar de todos aqueles amigos e experimentar uns meninos mais novos. Sabe, meninos do ensino médio, da minha idade. Os homens são bons com dinheiro, mas não querem se casar. Tudo o que querem é uma namorada por fora. Tenho que começar a pensar no meu futuro, mais cedo ou mais tarde."

"Então você estava com um dos meninos mais novos hoje?"

Do nada, apareceu um olhar tímido em seu rosto.

"Desde quando você é tímida?", perguntei.

Ela deu uma risadinha. "Os jovens, eles têm suas vantagens. Ele é muito bom, sabe," ela disse baixinho. Eu nunca a tinha visto agindo assim antes. Se ela tivesse pele clara, seu rosto estaria avermelhado.

"Você gosta dele tanto assim?", perguntei.

Ela assentiu. "Eu gosto demais dele."

"O suficiente para se casar com ele se ele pedisse?"

Ela riu. "Casamento ainda está muito longe. Você não me ouviu? Eu disse 'experimentar uns meninos mais novos'. Meninos. Plural. Por que devo escolher um, e tão cedo?"

Havia um olhar distante em seus olhos. Ela disse: "De qualquer forma, meninos e homens fazem exatamente isso o tempo todo: eles têm várias ao mesmo tempo. Por que eu não posso?"

Ela permaneceu sentada em sua cadeira, mas seus braços agora estavam dobrados e apoiados na mesa. "E mesmo que eu precisasse escolher, não é como se eu soubesse por onde começar. Eu gosto desse, sim. Mas tem outros também. O que fala pouco ou o que fala um pouco demais? O muito alto, ou o que não chega na minha altura?" Ela portava um olhar de falsa confusão. "Decisões difíceis. Essa vida... não é fácil, hein!"

"Bom, na pior das hipóteses", eu disse, "você pode colocar todos numa fileira e cantar *tumboko tumboko beskelebe ti ti alaba bust*. Aquele onde seu dedo cair é eliminado. Simples. Você se casa com o que sobrar."

Ela riu alto agora, os ombros chacoalhando. "Amanhã *sef*, estarei com outro rapaz. Talvez possamos ir ao rio e pegar emprestada a mesma canoa de hoje, ou talvez a gente tente outra coisa. As possibilidades são infinitas. Mas posso dizer que foi muito bom passar um tempo com o moço de hoje. Alguns desses alunos do ensino médio sabem mesmo como tratar bem uma garota. É uma pena que muitos deles acabem se tornando uns traidores trapaceiros."

Eu poderia ter dito que ela estava no caminho para se tornar exatamente como os homens que condenava. Mas segurei minha língua e, em vez disso, imaginei-a no rio com o rapaz da escola secundária. Na minha cabeça, observei enquanto eles subiam na canoa, enquanto a luz do sol batia em seus braços e pernas nus. Na minha cabeça, eles estavam preparados com equipamentos de pesca e estavam prestes a lançar suas linhas atrás de alguns peixes — talvez *okpo isiukwu*, o peixe-gato de cabeça grande, ou afor, o peixe-lua, corvina ou pargo. Não que houvesse qualquer indicação de que o rio continha algum desses animais. Fiquei imaginando mesmo assim. Por fim chegava a noite e, cansados, ela e o menino caíam naquelas coisas que meninos e meninas fazem quando estão sozinhos no escuro. No final de tudo, ele colocava a mão no bolso e tirava uma linda pulseira para ela. Imaginei tudo desse jeito.

Eu mantive um diário naquele ano, primeiro escrevendo em folhas de papel soltas, que dobrava em quartos e depois em oitavos e guardava na caixa de madeira onde ficavam minhas canetas e meus lápis. Por fim, encontrei um caderninho. Guardei-o na caixa também.

Naquela noite, peguei o caderno e, enquanto Ugochi tagarelava sobre meninos, escrevi para Amina. Apenas a promessa de um bilhete. Nada que eu pretendesse mesmo entregar a Amina, pelo menos não naquele momento. Era simplesmente para fins de catarse.

Escrevi:

Tudo que os meninos fazem, eu prometo fazer melhor.

De todos os jeitos que eles podem amá-la, eu prometo amar melhor.

40

Um dia, ainda no terceiro ano, fui além do rio, onde as rochas se erguiam como morros e cresciam as bananeiras. Além das rochas havia um caminho estreito. Uma ponte de corda levava a mais bananeiras, com algumas no meio do caminho. Parei na entrada da ponte, na parte da floresta onde pendiam corações de bananeiras, flores roxas penduradas em caules grossos. Ao longe, ratazanas-do-capim e outros animais do mato mexiam-se. Alguns passos à minha frente, o chão despencava. O desfiladeiro que se formava era profundo, estreito e muito rochoso. Fiquei ali parada e pensei: Se eu caísse e morresse, ela viria me buscar?

Aquele era novamente um dia de visita. O sol já havia começado a se pôr quando voltei para o terreno da escola e, ao retornar para o meu dormitório, descobri que a festa que eu havia tentado evitar antes ainda estava acontecendo na varanda. Havia música tocando, como era de costume naqueles dias. Moças e rapazes se moviam ao som da batida, seus braços e quadris balançando como extensões do ritmo.

Eu me espremi pelo meio do primeiro grupo de alunos que encontrei, aqueles que estavam alguns passos na frente da varanda. Atravessei o espaço e caminhei apressadamente até a porta. Ali, perto da entrada, eu a encontrei. Eu nunca a tinha visto de maquiagem, mas agora seus lábios estavam pintados de vermelho, seus olhos delineados em preto. Ugochi e um grupo de outras meninas estavam perto dela. Lá estava ela, Amina com uma blusa de renda com o ombro caído. Amina de saia justa e sandálias de lantejoulas. Amina com brincos que eu nunca tinha visto antes. Eles balançavam como lágrimas, pesados na parte baixa. Bastava virá-los de cabeça para baixo e as pontas estreitas se transformariam em algo afiado, como a ponta de uma faca. Lá estava ela, Amina tentando ser bonita, mesmo que já fosse.

Aproximei-me dela. Ela não sabia que eu estava lá. Observei enquanto ela colocava os braços ao redor dos ombros de um dos meninos. Os braços dele envolveram sua cintura.

Bati no ombro dela. Deve ter sido um toque muito leve, porque ela apenas se inclinou para o menino, e logo suas cabeças se encontraram. Com medo de que seus lábios logo fizessem o mesmo, passei meus braços em volta da cintura dela e a puxei para mim. Senti uma fragrância vindo dela, algo doce e floral, como o cheiro de uma roseira.

Ela me olhou no rosto, muito chocada. Os braços do menino envolveram sua cintura novamente, como se não tivesse notado que eu estava ali. Ela se virou para ele.

"Amina", eu disse, minha voz sem qualquer entonação, seca.

Ela se virou para mim. "Sinto muito", disse. Sua voz era um pouco mais pesarosa do que a expressão em seus olhos. Ela repetiu: "Sinto muito". E novamente, repetiu. Se pedidos de desculpa fossem carne, eu poderia ter cozinhado uma panela de sopa.

Se eles finalmente se beijaram ou não, eu não fiquei para ver.

41

Em nosso quarto e quinto anos, Amina e eu nos distanciamos ainda mais. Compartilhamos a mesma sala de aula quando prestamos nossos simulados WAECs, sem dizer uma palavra uma a outra, nem antes nem depois dos exames. Quando os verdadeiros WAECs começaram, eu já havia me resignado à desesperança. A possibilidade de qualquer tipo de relacionamento entre nós agora parecia uma causa perdida.

O professor da escola primária e sua esposa continuaram em contato com mamãe e, por meio deles, eu recebia pequenas e raras atualizações sobre Amina, nada significativo o suficiente para me interessar. Mas então nosso último ano chegou ao fim e, com ele, o grande anúncio.

Aconteceu no último dia que poderia ter acontecido, no encerramento da nossa festa de formatura, quando os pais já haviam chegado para buscar as filhas. No terreno da escola, as cadeiras ainda estavam enfileiradas. Mas ninguém mais estava sentado. Em vez disso, os pais se juntavam em torno das filhas como formigas em cima de pedaços de doces. Alguns estavam ao longo do perímetro das cadeiras, balançando ao lado de seus filhos ao ritmo de algum tambor invisível e inaudível. Outros estavam apenas conversando.

Mamãe e eu conseguimos encontrar o professor da escola primária e sua esposa no meio da multidão. Como Amina ainda estava sob seus cuidados, ela estava com eles quando mamãe e eu nos aproximamos.

O professor estava sorrindo maliciosamente. Mal houve uma saudação antes que ele deixasse escapar: “Amina tem notícias maravilhosas. Já estão sabendo?”

Ao seu lado, sua esposa permanecia séria. Se sabia da notícia, não estava tendo o mesmo efeito sobre ela que estava tendo sobre ele.

Ele se virou para Amina. "Vamos", ele disse. "Diga a elas."

Amina pigarreou. Ela olhou para mim enquanto falava. Foi uma declaração simples: "Um rapaz Hauçá quer se casar comigo."

Não era nada característico, mas, naquele momento, deixei escapar um "rá!", a vocalização do meu choque.

Mamãe olhou feio para mim, então se virou para Amina. "Parabéns, querida", disse, mas de uma forma que parecia, se não rancorosa, pelo menos ressentida. "Ele é Hauçá, você disse?"

"Sim, Hauçá", Amina respondeu.

"OK. Muito bem, então", mamãe continuou. E agora ela parecia tranquilizada por Amina pelo menos ter tido a consciência de se casar com alguém da própria etnia. "Você estará com seu próprio povo, de volta para onde você pertence, aprenderá um pouco sobre seu sangue. Ficar entre iguais."

O professor da escola primária assentiu com o entusiasmo excessivo de uma pessoa que se esforça para manter o clima simpático. "De fato. Com seu próprio povo. Não poderia ser melhor", disse.

"Então me fale sobre ele", mamãe pediu a Amina. "Ele estuda?"

Amina assentiu. "Sim", respondeu. "Ele terminou o ensino médio no ano passado e foi aprovado no JAMB com distinção. Vai entrar na universidade no Norte este ano. Ele quer estudar engenharia civil."

Os olhos de mamãe foram se arregalando, pouco a pouco, enquanto Amina falava. Agora suas mãos se juntaram, como se fossem bater palmas, e ela se virou para olhar para mim. "Você ouviu isso, Ijeoma? Um jovem estudante! Por favor, melhor se apressar e encontrar alguém assim antes de acabar ficando para trás. Mas", ela acrescentou, "um Igbo, é claro."

Fiquei encarando Amina. Ela parecia evitar meu olhar.

"Claro, ele vai fazer tudo do jeito certo, não é?", mamãe estava perguntando. "Vai fazer um pedido formal?"

Amina assentiu. O professor da escola primária ainda estava todo sorridente. Sua esposa permaneceu séria.

"É sempre bom fazer as coisas do jeito tradicional", mamãe continuou. "Um casamento tradicional é necessário. Da tradição Hauçá, é claro. O vestido branco, tanto faz." Ela estendeu a mão e deu um tapinha nas costas de Amina. "Ah! A ovelha perdida do pastor, desviada, encontrando agora o caminho de volta para o seu povo, para o seu próprio rebanho de ovelhas."

O professor da escola primária assentiu. "Um verdadeiro milagre. Certamente um motivo de comemoração."

Sua esposa tinha estado em silêncio o tempo todo, mas agora se virou para mim. Mamãe e o professor ainda falavam sem parar sobre Amina. A esposa olhou para mim. Havia alguma compreensão em seus olhos, e quando ela falou, foi com gentileza. "É assim que as coisas acontecem", ela disse. "Você entende, né?"

Minha cabeça estava um pouco abaixada, mas ela segurou meu queixo, levantou meu rosto para que eu olhasse em seus olhos. Ela disse: "Não se preocupe. De um jeito ou de outro, tudo se ajeita."

Não muito tempo depois, enquanto os adultos conversavam entre si, encontrei Amina sozinha, encostada numa árvore de udalas atrás de um dos prédios da escola.

Me aproximei dela debaixo da árvore.

Ela estava com a cabeça baixa, recusando-se a olhar para mim.

A princípio nenhuma de nós disse uma palavra, mas depois de algum tempo limpei a garganta e perguntei: "Você vai mesmo se casar com ele?"

Ela assentiu, ainda sem olhar para mim.

"Você quer se casar com ele de verdade?"

Novamente ela assentiu, ainda desviando os olhos.

"Você e eu sabemos que não é o que você quer", eu disse.

Ela olhou para mim agora, seus olhos estreitos. "É, sim", ela disse.

Nesse ponto, parecia que estávamos nos encarando. Quando não consegui mais sustentar seu olhar, desviei o meu para o chão. Havia ervas daninhas amareladas crescendo na terra marrom que circundava o tronco da árvore. Na grama ao redor daquela mancha marrom, um gafanhoto saltitava. Ao longe, ouvi a voz do professor da escola primária, chamando o nome de Amina, depois o nome de mamãe, depois o meu.

"Eu quero me casar com ele. Eu o amo de verdade", Amina repetiu.

Uma brisa agitava as folhas acima de nós no momento em que o professor da escola primária, sua esposa e mamãe vinham até nós.

Parte V

42

Por todo lado havia uma variedade de cores: vermelhos, azuis e verdes vivos. Laranjas e roxos. Tons intermediários. Todas as vitrines — e todos os itens nelas — cintilavam. Cores e mais cores, dançando harmoniosamente sob o brilho do sol forte da tarde. Mas as estradas ainda estavam molhadas de uma chuva matinal, *poto poto* em toda parte.

Uma moça com uma bandeja na cabeça gritava: "*Akara oku!* Acarajé quente! *Akara oku!*"

Pairava um cheiro forte de fufu e lagostim moído no ar. Acima das vozes do mercado, os rádios tocavam música e espalhavam notícias. Alguns simplesmente sibilavam estática.

Um velho sem camisa, com a pele tão flácida que parecia estar derretendo de seu corpo, disse: "Menina linda, veja como até o sol te segue! Até o sol sabe que você é linda! Bela, bela. *Omalicha*! Pode seguir!"

"Mineral! Mineral! Água mineral!", um ambulante gritava.

Uma mulher de meia idade cantava: "*Agidi, Agidi, Agidi, Agidi jollof!*"

Subi a rua até chegar à banca de bananas-da-terra assadas — boles —, onde a vendedora — Nnenna era seu nome — estava descascando algumas frutas.

"Duas", eu disse. "O de sempre."

Nnenna ficou ali parada, descascando uma banana da maneira mais lenta possível. Enquanto ela tirava a casca, cantava bem alto: "*Onye ihe m n'ewiwe, ya biko wegbuo ya, osukosu nwa mpi, ya biko sugbuo ya, selense.*" Sempre que ela chegava em *selense,* ela movia os quadris bruscamente de um lado para o outro, fazendo caras e bocas, como se estivesse pronta para tirar uma foto.

Havia algo de zombeteiro na maneira como ela fazia as coisas. Ela recentemente começara a me provocar sobre as cantadas estúpidas de alguns dos vendedores. "Deve ser bom ser tão bonita!" Se ela soubesse que toda a beleza do mundo quase não tem valor quando se trata de muita coisa na vida. Todos aqueles homens declarando seu amor como se jogassem trocados na lata de um mendigo, dizendo que queriam se casar comigo daquele jeito descuidado como as pessoas jogam as coisas no lixo. Do jeito que a vida muitas vezes desafiava sua própria lógica, do jeito que muitas vezes nos confundia, uma garota linda poderia muito bem ser tão feia quanto a mais horrível das máscaras ojuju.

Mamãe estava me esperando na loja. "*Biko,* vamos, preciso ir!", eu disse a Nnenna. Ela não percebia que, se me fizesse esperar mais, poderia perder a cliente?

Eu tinha acabado de fazer dezenove anos e Nnenna era alguns anos mais nova.

"Uhum", ela disse, balançando a cabeça de um lado a outro. "Então você acha que é a única *selense* por aqui? Eu vou te mostrar!" Ela cantou ainda mais alto agora e fez a coisa com o rosto e os quadris novamente. A maneira como ela segurava o rosto me lembrou um pato, então caí na gargalhada. Mas ela estava tão empolgada com a dança que demorou um pouco para registrar o som da minha risada. Quando finalmente o fez, fez um olhar de falsa tristeza, e imediatamente seu riso se misturou ao meu.

"*Oya, biko,* me dá logo a banana para eu sair daqui", eu disse.

Os negócios estavam indo muito bem na loja da minha mãe, agora que o estoque não incluía só o básico. Além de pães e tortas de carne, azeite de dendê e alguns vegetais, vendíamos bolachas, gomas de mascar, balas de hortelã. Pasta de dentes e escovas de dente, palitos de fósforo, velas, jornais, linha. Agora havia bebidas além do vinho de palma. A loja tinha engradados de refrigerantes cuidadosamente empilhados ao longo das paredes. Garrafas de vidro de Fanta e Coca-Cola e Sprite, de Guinness e Gulder, Heineken e Star.

Mamãe havia me responsabilizado por estocar e limpar as prateleiras. Ainda tinha muito a ser feito no estoque naquele dia, então eu estava com pressa para voltar.

Finalmente, Nnenna parou de brincar e pegou duas bananas-da-terra já assadas. Ela as abriu e derramou óleo de palma nelas, polvilhando pimenta moída sobre o líquido.

Era uma tarde abrasadora, e o calor da grelha de carvão, combinado com a multidão de pessoas, só fazia com que parecesse ainda mais quente.

Peguei as bananas-da-terra embrulhadas e voltei correndo para a loja.

Foi assim que as coisas aconteceram naquele início da tarde. A coisa toda com Nnenna — a provocação-surpresa seguida por nossas risadas compartilhadas. E então, não muito tempo depois, naquele mesmo dia, haveria outra surpresa.

Tudo começou com mamãe e eu comendo nossas boles. Mamãe estava sentada em seu lugar habitual, um banquinho na parede dos fundos da loja. A caixa registradora estava no balcão à sua frente. Mal tínhamos começado a comer — nem tínhamos dado três mordidas — quando uma cliente entrou. Era uma moça alta, vários centímetros mais alta do que eu. Ela parecia ter a minha idade, certamente não mais do que um ou dois anos mais velha. Seu cabelo estava preso no alto da cabeça em um coque redondo. Um conjunto de argolas de ouro amarelo brilhante pendia dos lóbulos de suas orelhas. Ela se parecia um pouco com Amina, o jeito como seu rosto era longo e sério, mas sua pele era mais escura, algo entre a cor de uma caixa marrom e a cor da Guinness. Seus lábios eram vermelhos, de um jeito que me lembrou um pouco os da mulher do professor da escola primária, ou os de Amina naquele dia trágico na varanda com o menino. Mas os lábios dessa moça eram de um tom de vermelho mais claro. Ela usava um macacão Ankara cuja barra descia até o meio das panturrilhas. Seu decote caído de um lado revelava um ombro. Nos pés, ela usava um par de sandálias de tiras.

Ela foi até o caixa. Seus olhos pareciam examinar meu rosto.

"Vocês têm Mentholatum?", ela perguntou.

Era a estação chuvosa, e muitas pessoas vinham pedindo Mentholatum, e estávamos sem. Balancei a cabeça. "Desculpe", eu disse. "Devemos receber mais em alguns dias, talvez até amanhã."

Mamãe agora estava ao meu lado, muito perto do balcão. "Se você precisa de alguma coisa imediatamente, temos Rub", ela explicou. "É a mesma coisa, talvez um pouco mais forte que o Mentholatum. Deve funcionar ainda melhor."

A moça balançou a cabeça. "Obrigada, mas eu prefiro Mentholatum."

Minha banana-da-terra assada estava na bancada, sobre o papel-alumínio de onde eu estava comendo. A moça olhou para ele e depois de volta para mim. "Hmmmm. Bole. Eu estava mesmo indo lá comprar uma."

Eu respondi: "Ninguém faz melhor do que a Nnenna".

Ela assentiu e por um momento ficou ali sorrindo para mim. Passou pela minha cabeça que talvez ela estivesse esperando que eu oferecesse a ela um pouco da minha banana, o que teria sido estranho, essa cliente aleatória parada ali, espichando o olho para a minha comida.

Eu estava usando um vestido azul marinho de bolinhas que formava uma linha em V na junção entre meus seios, e vi o momento em que seus olhos desceram para aquela área e fizeram uma pausa, antes de voltar para cima e encontrar os meus.

Ela deu um sorriso envergonhado, quase pedindo desculpas,

quando seus olhos encontraram os meus.

"Vou voltar para buscar o Mentholatum em alguns dias", disse.

Eu fiz que sim com a cabeça.

Ela examinou meu rosto mais uma vez, muito rapidamente, antes de se virar e sair.

43

Fim de tarde de um sábado, quase noite. Em uma hora mamãe e eu estaríamos nos preparando para fechar a loja. Ela estava lendo o jornal atrás do balcão. Fela Kuti tocava no rádio.

Eu ainda estava contando o troco de uma venda anterior quando olhei para cima e vi o professor da escola primária e sua esposa entrando. Puxei mamãe pelo braço. Ela olhou para cima e os viu também, e exclamou com surpresa: “Oga! Senhora! O que os traz aqui hoje?”

Ela saiu de trás do balcão para cumprimentá-los com um abraço.

Terminei a contagem, coloquei o dinheiro na caixa registradora, saí de trás do balcão para cumprimentá-los também.

“Tio e tia, boa tarde. Bem-vindos,” disse.

Mamãe se virou para mim. “Ijeoma, traga as cadeiras dobráveis”, ela pediu.

Fui até o estoque, peguei duas cadeiras dobráveis e as coloquei no canto da frente da loja.

Quando estavam todos sentados, o professor disse: “Ah. Há quanto tempo não nos vemos. Como você está?”

“Nós estamos bem, graças a Deus”, mamãe disse muito alegremente. Ela já havia puxado seu banquinho de trás do balcão para se juntar ao casal. “Então, o que traz vocês dois para Aba?”

“Estávamos indo visitar a família”, disse o professor da escola primária.

Sua esposa completou: “Minha irmã se mudou para cá com o marido há cerca de um mês. Decidimos que era hora de conhecer a casa nova. No caminho, pensamos em parar e ver vocês. Matar dois coelhos com uma cajadada só.”

"Bem-vindos!", mamãe exclamou. Ela me chamou: "*Oya*, Ijeoma, traga cerveja e refrigerante para nossos convidados." Voltando-se para eles, disse: "Temos Guinness, Coca-Cola, Fanta, Sprite..."

A esposa pediu uma Coca-Cola. O professor da escola primária pediu uma garrafa de Guinness.

Quando estavam lá sentados, bebendo refrigerante e cerveja e conversando sobre amenidades há cerca de vinte minutos, surgiu o assunto de Amina. Senti meu estomago revirar.

"Foi exatamente como se espera", disse o professor. "A família do noivo veio e pediu nossa permissão. Acho que eles chamam de *Na gani ina so*. Não demorou muito para chegarmos ao *Sa rana* — isto é, marcarmos a data."

"Olha só você!", mamãe riu. "Você está bem entrosado entre os Hauçás, usando até as palavras deles!"

"Eu tento", o professor da escola primária disse, rindo também. Sua esposa juntou-se à risada.

"Então, como foi?", mamãe perguntou quando o riso foi passando.

"Foi um casamento lindo", a esposa do professor de gramática contou. "Muito simples e íntimo — só a família —, mas lindo. Você tinha que ter visto a Amina, com enfeites de tinta nas mãos, nos braços, desenhos de flores. Muito bonita."

"Que maravilha", mamãe suspirou.

Aquele tempo todo eu estava atrás do balcão, ouvindo a conversa deles, lutando para conter minha raiva. Eu queria gritar "Traidora!" pela maneira como Amina agiu comigo. A última coisa que eu queria naquele momento era ouvir falar de seu casamento. Senti vontade de sair dali, mas seria rude ir embora com os convidados ali; e se um cliente aparecesse enquanto mamãe ainda estivesse conversando com eles?

A próxima coisa que o professor da escola primária disse enviou uma onda de tristeza que apagou totalmente toda a raiva que eu estava sentindo.

Ele disse: "Depois, eles se mudaram para o Norte".

Até então, era um pouco reconfortante pensar que ela não estava muito longe. Às vezes eu gostava de fantasiar sobre nós nos encontrando acidentalmente. Imaginava o velho clichê da reunião de amantes: braços envolvendo uma à outra, beijos, declarações de amor.

Mas, sinceramente, o anúncio não deveria ter sido uma surpresa. Na festa de encerramento ela tinha mencionado que o noivo ia para uma universidade no Norte.

"Onde exatamente no Norte eles foram parar?", mamãe perguntou.

"Ela mencionou, mas nunca consigo me lembrar do nome daqueles estados do Norte." Ele se virou para a esposa. "Você se lembra?"

"Acho que é Kano ou Kaduna, não sei ao certo", ela disse. "Ele falou da Universidade Ahmadu Bello em Zaria, mas também mencionou a nova universidade federal em Kano."

Ele disse: "Sim. Kano ou Kaduna. Definitivamente não tão ao norte quanto Sokoto, mas ao norte o suficiente para que haja uma abundância de gente do seu povo, exatamente o que uma garota como ela precisa."

Naquela noite, depois que o professor da escola primária e sua esposa foram embora, mamãe me passou um sermão. Estávamos juntas na cozinha. Ela estava sentada em seu banquinho, com as pernas ao redor do pilão, prestes a começar a amassar os cubos de inhame para o jantar.

Saiu como um canto. Ela disse: "Uma mulher sem um homem quase nem é mulher. Você não vai ser jovem para sempre. Até aquela moça foi e encontrou um marido. Por que você não faz o mesmo?"

Eu estava perto da pia, cortando quiabo para a sopa. Parei e me virei para olhar para ela.

Uma vela queimava sobre uma lata que estava na bancada. Estava quase toda derretida, embora parte da cera tivesse se espalhado nas laterais do suporte.

Mamãe se levantou de onde estava sentada para pegar uma vela nova no armário. Ao fazê-lo, ela disse: "*Gee nti*. Ouça, e ouça bem. *Oge na gakwa*. O tempo está passando. Você precisa sair e encontrar um marido. O tempo não espera."

Ela pegou o que restava da velha vela e jogou na lata de lixo. Em voz baixa, ela murmurou: "Se não tomar cuidado, você vai acabar como aquela vela, toda queimada e sem nada para oferecer."

Ela pegou o pilão, segurou-o, mas não bateu. Em vez disso, olhou para os cubos de inhame e disse: "O casamento tem um formato. É o formato de uma bicicleta. Não importa o tamanho ou a cor da bicicleta. O que importa é que a bicicleta esteja completa, que a bicicleta tenha duas rodas.

"O homem é uma roda", ela continuou, "a mulher é a outra. Uma roda deve vir antes da outra, e a outra roda não tem escolha a não ser seguir. O que é certo, porém, é que nenhuma roda é capaz de funcionar bem sem a outra. E de que serve existir no mundo como um ser humano que só funciona em partes?"

Em voz baixa, ela disse: "Uma mulher sem um homem quase nem é mulher." Havia algo de autodepreciativo na maneira como ela falava.

Ela começou a bater o inhame, uma batida forte após a outra. Os cubos macios não ajudavam muito a abafar os sons fortes da madeira batendo na madeira, do pilão batendo no almofariz. Mais algumas pancadas e depois silêncio.

Eu me virei para a pia, para voltar ao quiabo que estava cortando. Mas mamãe ainda não tinha terminado. Ela disse: "Ouça meu conselho: saia, faça amigos, socialize. Como os rapazes vão saber que você está disponível se você passa o tempo todo se arrastando pela casa?"

Era verdade. Além da igreja, do trabalho na loja e de algumas tarefas de ida e volta ao mercado, eu passava o tempo todo em casa. Mesmo na igreja, eu me sentava sozinha, bem no fundo, e ia embora no minuto em que a bênção final era dita.

"Algumas pessoas, você se pergunta se Deus estava dormindo quando as criou. Mas você, você é linda. Deus definitivamente não estava dormindo quando criou você. Uma moça tão linda! Você tem dezenove anos, quase vinte, e ainda assim nenhum jovem veio atrás de você. *Chineke bi n'elu!* Meu Deus do céu! Como pode uma coisa dessas?"

44

A moça do Mentholatum voltou cedo uma manhã, mas não para comprar o remédio. Mamãe estava fora, cuidando das compras e entregas da loja.

A moça entrou carregando uma pilha de cadernos de redação, o rosto perfeitamente maquiado, a saia evasê azul-marinho e a blusa branca de algodão passadas a ferro. Ela usava um par de sapatos pretos de salto médio.

Ela largou os cadernos no balcão. "Não sei por que continuo passando tarefas de escrita para essas crianças. É uma tortura ter que carregar todos esses cadernos para casa, lê-los, corrigi-los, e aí carregá-los de volta para a escola."

No Colégio Obodoañuli, o professor de Estudos Sociais, Sr. Aderemi, às vezes nos fazia ler nossas redações em voz alta. Contei isso à moça do Mentholatum: "Você poderia fazer apresentações orais. Peça que eles leiam em voz alta o que escreveram e decida as notas assim."

"Vou considerar", ela disse, balançando a cabeça pensativamente, como se estivesse pesando os prós e contras da sugestão ali mesmo. "A propósito, sou Ndidi", ela completou.

"Ijeoma", respondi. "Então, onde exatamente você dá aula? Que escola?"

"A escola secundária algumas ruas para baixo daqui. Não tem como não ver. Edifícios amarelos com telhados verdes. A única escola da região com essa combinação de cores. Se você passar na entrada ou saída, vai me ver no jardim, supervisionando as crianças."

Ela olhou para a pilha de cadernos de redação no balcão. Disse: "Eu adoraria dizer que parei para conversar, mas..."

Num segundo eu estava revirando minhas mãos, por nervosismo, e no segundo seguinte estava acidentalmente torcendo um dedo, virando-o para o lado errado, de modo que senti uma dor aguda e inesperada. Minha exclamação saiu assim que ela estava dizendo a última parte sobre ir embora, então ela parou de falar e riu. "Parece que te decepcionei", ela disse.

"Não", respondi. "De jeito nenhum. É só meu dedo..." Comecei a explicar, mas de repente fiquei mais constrangida, o que significava que poderia acabar embaralhando minhas palavras e soando como uma idiota desajeitada. Decidi segurar a explicação.

"Na verdade," ela disse, me arrancando dos meus pensamentos, "tenho que admitir uma coisinha. A razão pela qual parei foi porque a bolsa que eu estava usando para carregar todos esses livros arrebentou no caminho. Não sei como vou carregar tudo isso até a escola sem bolsa. Por acaso você teria alguma coisa que eu possa usar?"

Peguei um saquinho de pano atrás do balcão e entreguei a ela. Nossos dedos se tocaram levemente no processo, e meus olhos dispararam instintivamente para ver se ela havia notado. Não parecia ser o caso. Ela disse: "Maravilha. Obrigada. Devolvo assim que puder."

"Pode ficar com ele", eu disse. "Temos muitos. Podemos ficar sem esse."

"Como você preferir", ela respondeu. Ela fez uma pausa e acrescentou: "Mas, sabe, seria uma boa desculpa para eu voltar".

Se havia alguma confusão de minha parte sobre qual era a conexão entre nós, nesse ponto ela desapareceu por completo. E com isso, me senti mais confiante. "É uma loja", eu disse, um pouco presunçosa. "Vendemos pelo menos uma centena de coisas diferentes. Você tem pelo menos uma centena de razões diferentes para voltar."

Ela sorriu e assentiu.

Ela estava usando um relógio no pulso. Olhou para ele. "É melhor eu ir embora. O diretor vai surtar se eu me atrasar. Ele não tolera nem um minuto de atraso."

Minhas mãos estavam descansando no balcão. Ela estendeu o braço e colocou a mão livre sobre a minha antes de se virar para sair.

Ela parou na loja novamente no caminho de volta da escola. "Tem um lugar que faz um arroz jollof muito bom perto do meu apartamento. Eu sei que você gosta de banana-da-terra. O dodô deles também é muito bom. Você quer vir?"

Mamãe andava me pedindo para sair e conhecer pessoas já há algum tempo, por isso sair com a Ndidi parecia um bom meio-termo entre o que eu queria e o que minha mãe queria para mim. Pelo menos, foi meu raciocínio.

A casa dela era um apartamento pequeno com cartões-postais decorando as paredes em quadrados e retângulos perfeitos. Cartões postais de lugares aonde ela queria ir.

Assim que entramos, e assim que largou a bolsa que carregava, ela passou por trás da divisão móvel que separava o quarto da sala. Depois de alguns minutos, ela apareceu não mais usando a saia evasê e a blusa de algodão, mas sim um vestido adire colorido. Seus sapatos pretos de salto médio foram substituídos por um par de sandálias marrons.

Ela se juntou a mim onde eu estava na sala, olhando para um cartão postal de Veneza com seus canais e gôndolas. Ela ficou ao meu lado. "Imagina, uma cidade totalmente livre de carros!", comentou.

"Sem carros?", perguntei.

"Nenhum."

"Eu nunca pensei que isso fosse possível", eu disse. "Não hoje em dia."

"Pois é", ela disse. "Nem eu teria, se não soubesse. Mas aí está — barcos, gôndolas, táxis aquáticos, esse tipo de coisa. Mas sem carros."

Passei para o próximo cartão postal. "É a Turquia", constatei. "Istambul."

"Sim", ela respondeu. "Uma cidade muito especial. A única cidade do mundo que fica em dois continentes. O que eu não daria para ir até lá e ver a arte e a arquitetura: a Mesquita Azul, a Cisterna da Basílica e principalmente a Santa Sophia!"

Havia muitos outros cartões-postais, de Barcelona e Budapeste, Roma e Paris, Cairo e Cidade do Cabo. Passei de um para o outro, terminando com Londres e Paris.

"Seria ótimo estar na frente do Big Ben", ela disse. "Sabe, o grande relógio em Londres. Ou, pense, poder assistir à troca da guarda no Palácio de Buckingham. Ou estar em Paris, subindo a Torre Eiffel."

Ela pareceu pensativa por um momento antes de continuar: "A troca da guarda no Palácio de Buckingham. É interessante como um lugar pode ter certos costumes, passados de geração em geração. De alguma forma, o ritual continua, mesmo que não haja mais nenhum significado real por trás dele. Vai entender."

"Vai entender", respondi.

Naquela noite, tomamos um vinho, um cabernet que ela disse ser exatamente o que ela gostava de beber para relaxar.

Eu nunca tinha bebido vinho antes. Deixou um gosto cheio na minha boca, diferente de qualquer coisa que eu já tivesse bebido antes. Um pouco ácido, do jeito que imaginava que seria o gosto da cor marrom, ou casca moída de árvore misturada com perfume.

Ela estava olhando para mim.

Eu disse: "Isso deve ser para os aristocratas, pessoas de classe alta com seus paladares sofisticados".

Ela riu.

Tomei um segundo gole. "Sou apenas uma garota da aldeia, não estou acostumada a gostar de coisas assim".

Ela riu novamente e disse: "Não sou muito diferente de você e, de qualquer maneira, garota da aldeia ou não, estou feliz por estar aqui com você, apenas sentada e bebendo um vinho com você".

"Obrigada", eu disse, sentindo meu coração se agitar. Em voz baixa, acrescentei: "Também estou feliz por estar aqui com você."

Em casa, mamãe estava no sofá da sala, fazendo a bainha de uma saia. "Então, como foi?", ela perguntou, olhando para mim quando entrei.

"Tudo bem, mamãe", respondi.

"Bem?"

Fiz que sim com a cabeça.

"Você conheceu algum dos amigos dela? Algum rapaz bonito?"

Devia haver vários rapazes naquela escola. Eu tinha visto alguns nas poucas vezes que passei por ali.

"Não, mamãe", respondi. "Não conheci nenhum rapaz bonito."

Apareceu um olhar desapontado em seu rosto. O que eu disse a seguir estava longe de ser verdade, porque Ndidi não havia de fato mencionado nenhum de seus colegas de trabalho. Mas eu disse mesmo assim: "Ndidi falou sobre alguns dos professores jovens. Talvez da próxima vez todos nos encontremos e aí veremos o que acontece."

O rosto desapontado de mamãe se transformou em um largo sorriso. "Muito bom", ela disse. "Muito, muito bom. Aquela garota Ndidi parece ter uma cabeça boa. Estou feliz por ela ter aparecido. Você ainda é jovem. É importante que tenha amigos como ela. Ela pode te ensinar sobre como as coisas devem ser. Com alguma sorte, pode haver esperança para você, afinal."

45

Ndidi começou a me convidar para ir à casa dela à noite e eu aceitei, indo para lá assim que mamãe e eu fechávamos a loja. Durante uma ou duas horas, ela ficava ocupada com os trabalhos dos alunos. Ainda assim, ela insistia que eu fosse, que ela gostava da minha companhia, mesmo que fosse silenciosa.

Ela tinha um toca-discos que ficava numa mesa ao lado da TV. Eu me sentava em seu sofá, ouvindo seus discos tocando baixinho, observando suas sobrancelhas franzidas e seus lábios contraídos enquanto corrigia os trabalhos dos alunos. No meio tempo, eu lia livros de sua estante. Foi um período durante o qual li muitas obras, muitos meses de leitura consistente, pelo menos duas horas todas as noites: os romances policiais de Agatha Christie, *The Palm-Wine Drinkard,* de Amos Tutuola. *Efuru,* de Flora Nwapa. *Jane Eyre,* de Charlotte Brontë. *Wuthering Heights*[9], de Emily Brontë. Eu já tinha lido *Things Fall Apart*[10], mas como estava na estante dela, reli.

Ndidi fazia pequenas pausas entre as correções dos trabalhos.

Às vezes ela ia até a geladeira e voltava com duas garrafas de Fanta, uma para mim e outra para ela. Nós bebíamos juntas, sem conversar de fato, apenas olhando uma para a outra e rindo como garotinhas.

Uma sexta-feira, enquanto bebíamos nossa Fanta, ela disse: "Tem um lugar onde eu queria te levar. Acho que você vai gostar muito."

"Que tipo de lugar?"

"É uma surpresa", ela disse. "Digamos apenas que vai ter muita música e dança."

---

[9] Em Português (Br.): *O morro dos ventos uivantes.*

[10] Em Português (Br.): *O mundo se despedaça,* de Chinua Achebe.

"Tudo bem", respondi. "Quando você gostaria que a gente fosse?"

Ela respondeu com um sorriso maroto. "Hoje à noite, se você quiser."

Eram quase oito horas. Eu disse: "Mamãe não vai gostar se eu ficar fora até tarde". Fiz uma cara séria e imitei minha mãe: "Uma jovem que se preze não fica por aí à noite."

Ndidi riu. "Até parece que estou te levando para a prostituição."

"Talvez não seja tão ruim quanto prostituição, mas..."

"Não vamos ficar fora até tão tarde", ela disse. "Apenas umas horinhas."

Estávamos sentadas juntas no sofá dela. Ela estendeu a mão e passou os dedos para cima e para baixo no meu braço. A essa altura, havia uma clara atração entre nós, e aí residia minha questão. Minha mente estava uma bagunça. Primeiro, a coisa com Amina. Cada vez que me permitia reconhecer minha atração por Ndidi, sentia-me infeliz pelo fato de ela não ser Amina e de que, ao começar a ter sentimentos por alguém que não fosse ela, eu a estaria traindo de alguma forma. Não importa que tenha sido ela quem me traiu, era o que eu sentia mesmo assim.

E depois havia a questão da mamãe. Viver tão perto dela enquanto mantinha um caso com Ndidi não era algo que eu conseguiria suportar. A distância tem um jeito de reprimir nosso senso de obrigação — ou melhor, a proximidade tem um jeito de intensificar o senso de dever. Agora que estava morando com mamãe, sentia — como nunca havia sentido enquanto estava no Colégio Obodoañuli — uma forte obrigação de corresponder às expectativas que ela tinha de mim. Especialmente depois que a coisa com Amina acabou e me saiu pela culatra. Será que isso aqui também sairia pela culatra? Todo um investimento emocional apenas para Ndidi acabar me traindo do jeito que Amina havia feito?

"Então, o que você acha?", Ndidi perguntou. "Vamos?" O olhar em seu rosto me disse que ela já sabia minha resposta, mas falei mesmo assim. "Sim", eu disse. "Eu gostaria de ir com você." Apesar de estar apreensiva com toda a situação, era a verdade. Onde quer que ela me levasse, eu ainda queria estar com ela.

"Que bom", ela disse. Ela tinha uma garrafa de Fanta na mão, em seus lábios. Ela a segurou lá enquanto examinava meu rosto. "Tem certeza?"

Eu acenei e disse que tinha certeza.

Enquanto nos arrumávamos, penteávamos o cabelo e retocávamos a maquiagem, Ndidi me disse: "Olha, tem mais uma coisa que preciso te contar".

"O quê?", perguntei.

"É sobre o lugar aonde estamos indo."

"Sim?"

"Não é o tipo de lugar sobre o qual você pensaria em falar. Na verdade, você tem que me prometer que não vai falar com ninguém sobre isso."

"Por que não?", perguntei. "Que tipo de lugar é esse?"

"Você vai ver. Mas, por enquanto, você vai ter que me prometer que não vai falar. Você não pode deixar que a sua mãe saiba disso. Nem mencione isso para ela. Não posso levar você se você não me prometer."

"Eu não estava planejando falar disso para a minha mãe", respondi.

"Está bem", ela continuou. "Porque falar desse lugar para qualquer pessoa pode custar a vida de alguns, se não de todos nós."

Eu ri da gravidade do que ela estava dizendo. "Agora você está sendo ridícula", eu disse. "Para que tipo de lugar você está me levando que pode resultar na morte de pessoas?"

Ela riu de volta. "Pareceu mais sério do que eu tinha intenção. Mas ainda é sério. Então, como eu disse, só me promete que você não vai falar uma palavra sobre isso para ninguém."

"Eu prometo", eu disse.

O lugar era uma estrutura pequena e mal iluminada, semelhante a uma igreja, no final de uma estrada de terra, à qual chegamos pela estrada principal de Aba. Ao lado dela, acima de uma gigantesca cruz branca, pendia uma placa que dizia IGREJA DE DEUS AMIGO DE JESUS. Outra placa, um estandarte esticado nas colunas azuis e brancas que levavam à porta de madeira esculpida, anunciava, em letras roxas, FONTE DO AMOR.

"Você me trouxe para a igreja?", sussurrei para Ndidi enquanto estávamos sob o toldo na entrada, prestes a entrar.

"Espere e se surpreenda", ela respondeu.

Nós entramos. Lá dentro, luzes estroboscópicas piscavam fracas. Pesadas cortinas roxas pendiam das janelas. Mesas alinhadas ao redor da sala tinham velas decorativas acesas em seus centros. Cada mesa era flanqueada por duas ou três cadeiras, a maioria ocupada por pessoas que pareciam estar conversando.

A música era abafada, muito contida, de uma forma quase indulgente. No meio da sala, casais dançavam lentamente. O cheiro de uísque e cerveja pairava forte no ar.

Nos sentamos em uma das mesas com duas cadeiras. Uma mulher de rosto sem graça se aproximou de nós, vestindo uma camisa branca enfiada na cintura de um par de calças boca de sino cáqui. Seu cabelo era longo, em dreadlocks finos, e argolas de prata pendiam de suas orelhas.

"Ah, Ndidi, pensamos que você tinha nos esquecido!", a mulher disse.

Ndidi levantou-se e cumprimentou a mulher com um abraço. "Tenho estado ocupada na escola", disse.

"Você não pode estar falando sério!", a mulher respondeu provocando. "Você não pode ter estado *tão* ocupada! Me parece que você estava com tempo para cuidar de si. Você está com a aparência muito boa", ela disse.

Ndidi ignorou o elogio e disse: "Essa é minha amiga Ijeoma. Ijeoma, essa é a Adanna."

O rosto de Adanna parecia contrariado agora, travesso. "Entããão." Ela arrastou a palavra. "Então é com isso que você tem estado ocupada?", ela perguntou, estendendo a mão para apertar a minha.

Ndidi ignorou o comentário. Ela explicou: "É a primeira vez que Ijeoma vem aqui. Espero que você se comporte para não a assustar."

Adanna riu. "Ok, ok", ela disse. "Vou me comportar muito bem." Ela se virou para mim. "Bem-vinda, Ijeoma. Espero que você se divirta. Temos uma pista de dança de bom tamanho. Sinta-se livre para usá-la. Tudo o que peço é que reserve pelo menos uma dança para mim." Ela deu uma piscadinha.

Outra mulher, com uma saia branca curta e um cabelo afro cheio, veio ficar ao lado de Adanna, enlaçando seu braço com o dela e então se inclinando e beijando Adanna na bochecha. Adanna virou-se para Ndidi e disse: "Sorte que não faltam mulheres hoje à noite."

Ela piscou para Ndidi e, ao fazê-lo, permitiu-se ser persuadida a ir embora.

"Há quanto tempo eles usam a igreja para isso?", perguntei mais tarde, na pista de dança.

"Muito tempo", disse Ndidi. "Vários anos já. Essa nem é a primeira. A última foi destruída por um incêndio há uns anos. Era fora da cidade. Não sei como, alguém descobriu que não era uma igreja de verdade, e então um grupo de pessoas se juntou e ateou fogo nela. Felizmente, começaram o incêndio em plena luz do dia e ninguém estava lá, então ninguém acabou morrendo. Mas essa é diferente. É uma igreja de verdade durante o dia. As pessoas vêm aqui para orar, o que deixa a camuflagem ainda mais forte do que na anterior. Até agora tudo bem. Ainda não fomos descobertas."

Continuamos dançando. Depois de um tempo, perguntei: "Então, quem é Adanna para você?"

Ndidi riu. "Ninguém mesmo", ela disse.

"Ela pareceu mais do que ninguém para mim."

Ndidi começou a protestar, mas depois pareceu pensar melhor. Ela disse: "Bem, somos amigas. Damos aula juntas na escola. Foi ela que me trouxe aqui. Ela pode estar um pouco interessada em mim."

"E você não corresponde?"

Ela balançou a cabeça. "Ela é uma amiga maravilhosa. Mas tem outra pessoa que está chamando minha atenção no momento."

Eu sabia que ela estava falando de mim. E de novo pensei em Amina. Uma onda de ansiedade tomou conta do meu corpo: por que eu estava tendo emoções tão fortes por essa outra mulher que não era Amina? Novamente me senti uma traidora, e ao mesmo tempo, traída.

Meus pensamentos sobre Amina se transformaram em ponderações sobre mamãe, seus estudos bíblicos, as repreensões do professor da escola primária e todas as ameaças de apedrejamento. Embora eu não tivesse sido convencida por nenhuma das interpretações que mamãe fazia da Bíblia, não pude evitar a ansiedade que crescia em mim, pensamentos frenéticos e questionadores: O que exatamente você está fazendo num lugar como este? O que uma jovem respeitável pode querer num submundo como este?

A música ficou alta então, afogando meus pensamentos. Ndidi me segurou com mais força, pressionou seu corpo contra o meu, e havia uma confirmação nisso. Nunca antes eu tinha dançado assim com uma mulher, nunca antes tão livremente. Afastei todos os pensamentos de Amina, dos estudos bíblicos de mamãe, das repreensões do professor da escola primária e dos apedrejamentos. Disse a mim mesma para aproveitar, só aproveitar. Aproveite, aproveite, aproveite!

Dançamos juntas por muito tempo, Ndidi e eu, e senti uma sensação de libertação que até então eu não conhecia.

Ela me acompanhou quase todo o caminho até em casa, parando a uma curta distância do portão. Lá, ela disse: "Agora, espero poder confiar em você para ficar quieta sobre esta noite. Ninguém deve saber."

"Claro que você pode confiar em mim", respondi.

Ela pegou minha mão brevemente. "Obrigada pela boa companhia", disse.

"Obrigada por me trazer em casa", respondi.

"Vou para Obigbo ver meus pais e meu irmãozinho neste fim de semana. Mas talvez possamos sair de novo na semana que vem, quando eu voltar."

"Seria bom", respondi.

Ficamos ali sem jeito, olhando nos olhos uma da outra por alguns segundos. Em um mundo diferente, poderíamos ter nos aproximado e nos beijado na boca. Poderíamos ter nos abraçado com força como fazem os amantes. Mas havia o problema de mamãe estar tão perto. Ela poderia aparecer de repente e o inferno se abriria. Qualquer pessoa poderia aparecer de repente, com o mesmo efeito.

"Vejo você na próxima semana", disse Ndidi simplesmente.

"Até mais", respondi.

Ao vê-la ir embora naquela noite, senti mais felicidade do que havia sentido em muito tempo. Se eu pudesse acelerar os ponteiros do tempo, eu o teria feito, para que a próxima semana fosse no dia seguinte.

46

"Onde você esteve?", mamãe gritou.

"Eu estava com Ndidi", respondi.

"Só com Ndidi? Então, por que você demorou tanto para voltar? Você sabe que horas são?"

Ainda não eram onze horas, o que não era muito tarde se você for parar para pensar. Mas não me dei ao trabalho de dizer isso à mamãe. Em vez disso, respondi: "Sinto muito, mamãe. Eu perdi a noção da hora."

"Você perdeu a noção da hora?", ela repreendeu. "Você perdeu a noção da hora? Um dia, se você não tomar cuidado, a hora é que vai te perder! E espero que você saiba o que isso significa!" Em voz baixa, ela continuou: "Bom, pelo menos você estava só com Ndidi. Pelo menos ela tem uma cabeça boa. Acho que podia ser pior."

Sozinha em meu quarto, eu estava cheia de pensamentos sobre Ndidi. Enquanto vestia minha camisola e deitava na cama, lá estava ela, ocupando todos os espaços, até as rachaduras e fendas da minha mente. Não pude evitar, mesmo com mamãe no quarto ao lado. Me vi tendo uma reação física à imagem dela em meus pensamentos. Fiquei tão inchada, tão cheia de desejo, que o único alívio que consegui encontrar foi me dar prazer, uma coisa que eu quase nunca havia feito antes — apenas uma ou duas vezes em nossa escola em Oraifite. Não importa o que mamãe havia dito sobre Onan e o desperdício de sua semente, que a moral da história era que qualquer tipo de autoprazer era pecado aos olhos de Deus.

Nada disso importava. Eu fiz o que tinha que fazer de qualquer maneira. Muito silenciosamente, lentamente no início e depois cada vez mais rápido. Em pouco tempo minha garganta estava travada de satisfação e alívio, e sem um pingo de culpa como acompanhamento.

Caí no sono com uma sensação de satisfação, mas havia dormido apenas algumas horas quando acordei sobressaltada.

As lembranças de meus estudos bíblicos com mamãe voltavam à minha mente mais uma vez, não importava o quanto eu tentasse afastá-las. Palavras de condenação caindo sobre minha consciência como uma tempestade, me encharcando e ameaçando me afogar. Eu estava mais feliz do que nunca, mas de repente ali estava um sonho de pânico, como se para me perguntar, zombeteiro, se eu achava mesmo que a felicidade era uma coisa ao meu alcance.

No sonho, eu estava deitada em posição fetal no chão. Mamãe estava pairando acima de mim, brandindo o dedo indicador como uma professora zangada, os olhos brilhando com reprovação e lágrimas. Ela estava gritando: "Uma mosca desatenta segue o diabo até o túmulo".

Acordei com as palavras reverberando em minha mente.

Uma mosca desatenta segue o diabo até o túmulo...

Uma mosca desatenta segue o diabo até o túmulo...

Uma mosca desatenta segue o diabo até o túmulo...

Forcei meus olhos a fechar, me obriguei a voltar a dormir, mas, a cada vez, as palavras voltavam em meu sonho e me puxavam de volta do sono:

Uma mosca desatenta segue o diabo até o túmulo...

Uma mosca desatenta segue o diabo até o túmulo...

Uma mosca desatenta segue o diabo até o túmulo...

47

Se você for atrás de uma caça às bruxas, encontrará uma bruxa.

Quando você a encontrar, ela estará vestida como qualquer outra pessoa. Mas para você, a pele dela brilhará em listras brancas e pretas. Você verá sua vassoura, ouvirá seu grito de bruxa e sentirá os efeitos de seus feitiços em você.

Não importa o quão diferente ela seja de uma bruxa, lá estará, uma bruxa, diante de seus olhos.

O período de tempo após a visita à igreja com Ndidi foi o início de minha caça às bruxas contra mim mesma. No momento em que encontrei uma comunidade que deveria ser uma fonte de apoio e segurança, um tipo inesperado de autoaversão emergiu. Naquele momento, comecei a acreditar que era uma bruxa sob a influência do diabo e, se o exorcismo de mamãe não tivesse funcionado, parecia que eu devia a mim mesma encontrar alguma coisa que funcionasse. Autopurificação era o objetivo.

A noite toda, eu ouvi a voz da minha mãe — não a voz dela de verdade, mas a voz do sonho — me alertando sobre seguir o diabo até o túmulo. Quando raiou o dia, minha mente estava infestada de imagens de sepulturas. Eu havia me tornado um pouco como um caixão: sentia um vazio em mim e um barulho nas juntas.

A voz de mamãe era a fonte de todo o meu tormento, então eu mal conseguia ficar perto dela. Por volta do meio-dia, pedi permissão para sair da loja. Eu não podia dizer a ela o porquê. Simplesmente pedi uma hora de distância. Levei a bolsa que tinha feito para mim, com minha Bíblia e lenço de oração, e fui para nossa igreja.

Quando cheguei, estava vazia. Sentei-me por algum tempo na parte de trás da igreja, meus pensamentos correndo para todo lado. Devo ter ficado sentada por meia hora antes de ir para a frente. Pouco antes de chegar ao púlpito, ajoelhei-me, tirei minha Bíblia e o lenço de oração da bolsa. Amarrei o lenço na cabeça.

Abri a Bíblia, coloquei minhas mãos firmemente em suas páginas. Fechei meus olhos e rezei:

Querido Deus, o que significa isso tudo?

Imediatamente, senti a culpa crescendo como resultado de minha ousadia de fazer esse tipo de pergunta a Deus.

Tentei uma tática diferente. Pedi:

Querido Deus, eu sou uma pecadora e estou diante de você para pedir que me mostre o caminho da retidão.

Mas e se eu não estivesse, de fato, pecando? E se eu estivesse me sujeitando a toda essa culpa sem motivo algum?

Senhor, estou confusa. Por favor, me dê um sinal. Se houver algum mal em meu coração, por favor, me dê um sinal para que eu possa reconhecê-lo e, assim, evitá-lo.

Meus olhos ficaram fechados o tempo todo. Mal os havia aberto quando percebi um lampejo de luz na direção do púlpito, como uma joia refletindo o sol. Então parecia que a cintilação estava crescendo, se aproximando.

Fiquei ansiosa e com medo ao mesmo tempo, porque esse era, afinal, o sinal que eu havia pedido.

Ouvi o som de passos atrás de mim. Virei-me.

Gritei com o que vi, porque se isso era um sinal de Deus, então mamãe era o mal em meu coração.

48

Mamãe correu até mim, abafou meus gritos. "Qual é o seu problema? Esta é a casa de Deus, pelo amor de Deus! O que te possuiu para gritar assim?"

Eu me recompus. "Sinto muito", eu disse. "Estava rezando. Não esperava que alguém aparecesse."

"Eu estava correndo por aí procurando por você. Claro que apareci! Você percebeu que já saiu há mais de duas horas?"

"Duas horas?", perguntei, genuinamente surpresa.

Ela assentiu. "Qual é o seu problema?"

"Só estou um pouco doente", respondi. "Acho que vou voltar para casa e dormir. Isso deve ajudar."

Ela colocou as costas da mão na minha testa. "É problema de estômago ou dor de cabeça?"

"Só uma dor de cabeça."

"Tudo bem. *Ngwa*. Vamos. Eu volto com você. Tenho um pouco de Panadol em casa que você pode tomar. Espero que não seja início de malária. A Obiageli, da nossa rua, acabou de contrair um caso grave de malária."

"Não acho que seja malária", respondi. "Uma dorzinha de cabeça, só isso."

49

Apesar dos sonhos de pânico, assim que chegou a segunda-feira e assim que fechamos a loja, fui para a casa de Ndidi. Era como um vício em pimenta malagueta ou feijão. Você sentia que comer muito sobrecarregaria seu corpo. Que depois haveria consequências. Sua boca queimaria; você certamente teria diarreia. Os sonhos voltariam. Mas você faz mesmo assim.

Sentei-me em seu sofá ouvindo Fela Kuti no toca-discos e, novamente, observando-a corrigir as tarefas dos alunos.

Olhava para ela de vez em quando, observando, porque talvez Deus me desse um sinal diferente sobre ela, um sinal mais claro, e se eu olhasse mais de perto, talvez eu enxergasse.

Depois de um tempo, ela deve ter sentido o peso do meu escrutínio. Ergueu os olhos e disse bem baixinho: "Ijeoma, o que foi?"

Baixei meus olhos. "Nada", respondi.

Ela voltou para os papéis à sua frente. Alguns minutos se passaram.

Ela sentiu meu olhar novamente e disse: "Ijeoma, qual é o problema?"

"Só estou vendo se você já terminou", respondi.

Ela largou a caneta, levantou-se da mesa e veio até o sofá. "E se eu disser que terminei, e daí? Você tem planos especiais para nós esta noite?"

Balancei minha cabeça. "Sem planos. Só estava verificando se você tinha terminado."

Agora era ela quem me examinava, me estudando com os olhos. Ela pegou minha mão e começou a acariciá-la. "Bom, se você não tem planos para nós, eu talvez tenha um."

Minha garganta ficou repentinamente seca e senti um calor

subindo pelas minhas bochechas. "Que tipo de plano?", perguntei com voz rouca.

Ela se aproximou e eu senti o calor de sua respiração na minha orelha e na lateral do meu rosto. Sua voz veio forte, mesmo que fosse apenas um sussurro. Ela disse: "Esse tipo de plano".

Ela pegou minha mão e a levou até sua cintura. Em um movimento rápido, abriu o zíper lateral da saia. A saia se soltou e ela trouxe minha mão para dentro. Estava sem roupas íntimas, nem mesmo uma combinação. Sua pele estava quente onde minha mão pousou. Mas ela a moveu para baixo, fazendo uma pausa momentânea nos cachos que começavam abaixo de sua barriga. Ela parou apenas quando minha mão chegou à carne molhada no centro. Senti uma leve insegurança, por ter feito isso apenas com Amina antes. E se as coisas de que Amina gostava não fossem as mesmas que agradariam a Ndidi? E se eu não fosse boa o bastante?

Eu tentaria, de qualquer maneira. Coloquei-me de frente para ela, ajoelhei-me diante de seu corpo. Pressionei sua carne molhada firmemente com as pontas dos dedos, e então os deslizei para dentro, envolvidos por seu calor.

Ela suspirou. A respiração ofegante se transformou em gemidos. Movi meus dedos lentamente para frente e para trás. Fiz pequenos círculos suaves, devagar primeiro e depois mais rápido, como tinha feito com Amina e comigo mesma.

Seus quadris se moveram junto.

Não demorou muito. Ela soltou um grito e eu me vi tomada pela emoção — sentimentos calorosos, sentimentos de afeto, de felicidade, de algo como amor; sentimentos de alegria por poder me conectar tão intimamente com ela, por ser capaz de provocar uma reação tão intensa. Era como se o prazer dela naquele momento fosse meu, nosso, uma conquista compartilhada.

Eu a abracei, sussurrei seu nome, dei beijos suaves em seu rosto, seu pescoço, seus lábios. Se pudesse ficar para sempre daquele jeito com ela, não haveria presente maior.

Ela soltou outro grito, e então seu corpo inteiro se enrijeceu em meu abraço, estremecendo, até que finalmente ela relaxou em minhas mãos.

***

Naquela noite, em casa, os sonhos de pânico foram piores do que em todas as noites anteriores juntas. Enquanto dormia, fui confrontada com o rosto censurador de mamãe, seu dedo repreensivo acenando para mim, ameaçando furar um olho. As imagens de mamãe eram intercaladas com um som estrondoso que, no sonho, era a voz de Deus, repreendendo também como mamãe, recriminando, condenando-me pelos meus pecados. Cada vez que voltava a dormir, o mesmo sonho. Por fim, levantei-me da cama, sem vontade de seguir tentando. Tirei minha camisola e coloquei um dos meus vestidos. Depois, voltei para a cama e sentei-me, sem ousar nem me deitar. Fiquei ali sentada por horas, bem acordada, esperando o raiar do dia.

Quando o sol espreitava no céu e a escuridão se tornava um cinza-claro, levantei-me da cama mais uma vez, peguei minha Bíblia e o lenço de oração e saí do meu quarto. Ainda era cedo o suficiente para mamãe não ter acordado.

Saí rapidamente pela porta da frente e segui pelo caminho que atravessava o pátio. Bati o portão e comecei a correr até chegar à igreja.

Desci o corredor até a frente da igreja, como havia feito na vez anterior. Ajoelhei-me diante de Deus. Eu teria orado, mas de alguma forma não conseguia encontrar as palavras certas. Respirei fundo, expirando lentamente, tentando me firmar dessa forma. E então outra respiração profunda. E outra.

Minha respiração finalmente se estabilizou. Tentei mais uma vez juntar as palavras para formar uma oração, mas nada veio. Permaneci calada. Nem uma só palavra para me expressar, nem uma só palavra para me explicar ou me defender, nem uma só palavra para me desculpar e implorar perdão pelos meus pecados. Tudo o que senti dentro de mim foi um tremor por causa desse tipo questionável de culpa. Uma sensação de derrota tomou conta de mim. Lágrimas rolaram, formando pequenas manchas escuras no chão de cimento cinza da igreja. Inspirei fundo e depois exalei. A exalação saiu como um suspiro longo e trêmulo. Em algum lugar no meio disso, lembrei-me de João 8. Ajoelhei-me na frente da igreja e finalmente as palavras saíram da minha boca, as palavras de Jesus: *Quem dentre vós estiver sem pecado, seja o primeiro a lhe atirar uma pedra.*

Senti o alívio crescer lentamente. Uma dispersão constante e, em seguida, um ofuscamento daquele sentimento anterior de derrota. Exalei mais uma vez. O ar cheirava a lágrimas e suor e aquele odor forte de concreto molhado.

50

Eu estava indo e voltando entre a frente e os fundos da loja, limpando as prateleiras e reabastecendo-as, quando vi o homem entrar. Seu cabelo erguia-se bem acima de sua cabeça como se formasse uma auréola negra ao seu redor. Ele tinha barba, bigode e costeletas descendo pelas bochechas.

Ele se dirigiu para as caixas de bebidas e pegou uma garrafa de Guinness. Tinha um sorriso contido, do tipo que combinava com a camisa sem graça e amassada que usava, do tipo que combinava com a gravata azul desbotada em volta do pescoço.

"*Ego one ka ifa bu?*", ele perguntou à mamãe, estendendo a garrafa para ela quando chegou ao balcão. Quanto?

Ele tinha acabado de pegar o troco e se virou para sair quando o reconheci. Também naquele momento, ouvi: "*Na wa-oh!*" O tom da voz de mamãe era uma mistura de alegria e surpresa.

"Chibundu!", ela exclamou.

Naquele momento, ele também a reconheceu.

Ele cumprimentou mamãe e depois se virou para mim. "Ijeoma! É você?" Ele se voltou para mamãe. "Sra. Okoli, quanto tempo!"

As memórias vieram à tona, de Chibundu puxando meu cabelo, de nós subindo em árvores, correndo juntos pela igreja. Dele dizendo: "Olha bem de perto para nós, e nunca se esqueça que éramos amigos".

"Muito tempo", mamãe estava dizendo. Ela deu a volta no balcão e o cumprimentou com um abraço, dizendo: "Bem-vindo. Bem-vindo. *Nno*".

Sua camisa estava amassada e para fora na cintura. Rugas se formaram em sua testa, linhas de expressão que o faziam parecer muito mais velho do que a imagem que tinha dele em minha mente. Mas é claro. Ele não era mais um menino.

Em Ojoto, minha mãe nunca parecera gostar de Chibundu, mas agora aparentemente sim. Ela passou o resto daquele dia e o resto da semana conversando comigo sobre ele.

"Ele se saiu muito bem. Imagine, o pequeno Chibundu, formado na Universidade de Ibadan e agora prestando o Exército Juvenil aqui em Aba! A mãe e o pai dele devem estar muito orgulhosos."

"Sim", eu disse. "Eles devem estar muito orgulhosos."

51

"Aconteceu um espancamento ontem", Ndidi disse muito baixinho uma noite. Ela parecia estar falando consigo mesma ou com o ar, não comigo. "Eram dois homens. Eu nunca os conheci. Eles eram amigos da Adanna, da universidade. Por dias parecia que eles tinham desaparecido, sumido da face da terra. E então ontem ela ouviu uma coisa no mercado, rumores sobre duas 'bichas' espancadas por uma multidão de pessoas. Ela foi até o mato atrás da estrada de terra, não muito longe de onde elas moravam, e encontrou as duas ali, nuas e espancadas até a morte."

Sua voz estava abafada e áspera agora, como se sua garganta estivesse seca.

"Esse tipo de coisa sempre aconteceu. Como há vários anos, quando eles incendiaram aquela outra igreja que eu te contei. Mas eu não frequentava aquela igreja, então o incêndio não parecia real mesmo. E ninguém morreu. Desta vez é diferente. Desta vez, basicamente aconteceu bem diante dos meus olhos, e não consigo me livrar da sensação de que poderia facilmente ter sido eu ou você."

Eu fui até ela e a abracei.

"Chamamos a polícia. Eles nem se deram ao trabalho de fazer nada, nem mesmo de levar os corpos embora. Um deles falou: 'Deixa eles apodrecerem como as bichas que são'. O outro disse: 'Se eles já não estivessem mortos, a gente batia um pouco mais'. No final, fomos Adanna e eu que levamos seus corpos", ela contou. "Nós os carregamos, os limpamos e os preparamos para o enterro. Imagine, segurei os dois em meus braços."

Sua voz agora era um sussurro trêmulo.

52

Não houve nada de extraordinário nos acontecimentos da primeira metade do dia seguinte: mamãe e eu trabalhamos na loja como de costume. À noite, fui à casa de Ndidi, onde ela e eu comemos sopa de garri e quiabo no jantar. Depois, Ndidi e eu fomos à igreja.

Primeiro dançamos no meio da pista, ao som da voz de Fela Kuti, "Shakara Oloje" saindo alto do toca-discos. Então nos enfiamos no canto da igreja, nos fundos, onde ficava a mesa de cerveja e jarros de kai kai e engradados de refrigerantes. Tínhamos nos tornado como todas as outras garotas agora, nos beijando, acariciando e dando uns amassos no escuro.

Eu não pretendia ficar tanto tempo. Meu plano era voltar para casa mais cedo do que da última vez, antes das onze da noite. Mamãe iria me repreender novamente por estar atrasada, mas pelo menos não seria uma queixa nova. Ela podia estar preocupada, mas não muito, já que era algo que eu tinha feito antes.

Mas as coisas não aconteceram como eu havia planejado.

A batida na porta da frente da igreja veio quando Ndidi e eu estávamos nos beijando no fundo da pista de dança. Pode ter sido suave no começo, mas logo era um som alto de pancadas.

Vimos várias garotas espiarem pelas cortinas pesadas das janelas. Um silêncio denso caiu sobre o local e, por um momento, a música de Fela Kuti foi o único som audível. Então houve o arrastar de pés apressado, e uma das meninas, Chichi, conduziu o resto para os fundos da igreja onde Ndidi e eu estávamos. "Shhhh", Chichi repetia, seu dedo indicador encontrando seus lábios.

***

Lá fora, atrás da igreja, era aquela hora da madrugada em que a lua se aproxima, o céu ainda está escuro e os galos ainda não cantaram. A meia-noite veio e foi.

Ndidi segurou minha mão enquanto corríamos. As folhas das palmeiras não cobriam bem a laje de madeira na entrada do bunker. Foi assim que o reconhecemos.

À nossa frente e atrás de nós, no silêncio da noite, as meninas, cerca de uma dúzia de nós, faziam fila silenciosamente para entrar no bunker. Chichi abriu a laje de madeira e deixou que entrássemos.

Enchemos o espaço completamente, como inhames empilhados. Chichi puxou a placa de madeira de volta para a entrada. Ficamos em silêncio, nossas respirações abafadas, como costumávamos fazer naqueles dias durante a guerra.

Acima de nós, mas a uma pequena distância, ouvimos um grito e depois outro. Em seguida, houve o som de vozes de homens e mulheres, conversando, berrando, e depois outro grito.

Chichi levantou-se, estendeu a mão para a tampa do fosso como se fosse abri-lo, mas várias das meninas a seguraram.

"Eles pegaram alguém", ela sussurrou. Ela olhou freneticamente ao redor. "Deve haver pelo menos algumas de nós faltando."

"Onde está Adanna?", alguém sussurrou.

Chichi estendeu a mão novamente para a tampa de madeira.

O mesmo grupo de garotas puxou seu braço mais uma vez. "Então você vai permitir que o resto de nós morra para salvar uma?", uma menina perguntou.

"Shhhh", outra disse. "Vocês não vão querer que eles saibam onde estamos nos escondendo." E é claro que os agressores não saberiam, a menos que deixássemos isso evidente. Esses bunkers em particular, eu descobriria mais tarde, eram muito bem escondidos, cobertos por palmeiras e grama e tudo. Mais difíceis de detectar do que os de nossos dias de guerra. Como se uma ou mais das meninas soubessem planejar com antecedência. Como se soubessem que um ataque como esse seria inevitável.

Chichi não tentou mais abrir a tampa. Todas voltamos ao silêncio.

Não havia mais nada a fazer senão estudar o bunker. Ao redor, nada além de escuridão, o cheiro de terra fresca e, por todo lugar, o contorno tênue dos corpos. Outros sons acima de nós — de gritos e lamentos e a voz trovejante de um homem, como se estivesse recitando uma oração. Em minha mente, vi as paredes de terra desmoronando ao nosso redor como os pilares do templo de Dagom, as paredes de nosso bunker desmoronando ao nosso redor, e nós, parecidas com Sansão em nosso declínio, desmoronando junto com elas. Então era assim que chegaríamos ao nosso fim? Uma imagem de mamãe veio à minha mente, mamãe chorando diante de meu cadáver, mamãe em meu túmulo, lamentando por mim. Ou talvez ela não lamentasse. Talvez ela estivesse zangada demais para chorar. Talvez ela nem se importasse em organizar um enterro para mim.

Ao meu lado, Ndidi segurava minha mão.

O som dos gritos ficou mais alto e, por um momento, pensei ter ouvido o baque de pés se aproximando do bunker. Mas segundos e depois minutos se passaram e ninguém apareceu.

Tudo pareceu se acalmar acima de nós. A gritaria parou. A oração desapareceu. Ficamos rígidas respirando o cheiro de nossos corpos, de nosso suor coletivo. Respirando o cheiro do nosso medo compartilhado.

A batida pareceu vir tão gradual e constante quanto o rastejar de um caracol. Uma batida, e então outra batida fraca na laje de madeira do bunker. Devíamos estar lá dentro há mais de uma hora.

Eu observei — todas nós observamos — quando, acima de nós, a tampa foi aberta. Vimos a luz de uma lanterna de querosene, seguida pelo rosto de olhos semicerrados de uma mulher. Ela nos chamou para sair.

Saímos uma a uma. De volta à superfície, o cheiro de pneus queimados pairava forte no ar.

Reconheci a mulher que nos deixou sair como aquela de afro e saia curta que levou Adanna embora durante minha primeira visita à igreja. A mulher conseguiu se esconder na pequena abóbada da igreja e não foi encontrada. Seu rosto estava cheio de lágrimas. Ela estava chorando muito, tendo crises de tosse, e apontava para algo à frente.

Mal havíamos caminhado dois metros quando vimos, no quintal da igreja, uma chama laranja e azul. Uma pilha de toras em chamas. Ndidi começou a gritar, e então todas gritamos também, porque todas vimos o que restava do rosto, e todas o reconhecemos: Adanna no meio das toras, queimando e ardendo e virando cinzas bem diante dos nossos olhos.

Cheguei em casa por volta das sete da manhã. Mamãe estava no portão.

"Onde você estava?", ela gritou. "O que, em nome do bom Deus, você estava pensando para ficar fora a noite toda? Você sabe que eu nem pisquei os olhos essa noite? Você é tão imprudente assim, para me fazer esperar por você a noite toda? Passar a noite indo e voltando do portão para casa e de volta para o portão, esperando por você. Eu estava me preparando para ir à polícia e, finalmente, aí está você. Mas que tipo de coisa é essa que você me fez passar? Você não tem consciência para não fazer isso comigo? Eu não eduquei você direito?" Ela prendeu a respiração. "Aquela sua amiga, Ndidi, ela é o motivo disso? Me diga, é? Tem alguma coisa acontecendo entre vocês duas?"

"Mamãe, eu só caí no sono", respondi. "Você pode, por favor, parar com todas as suas suspeitas? Perdi a hora e adormeci, só isso."

Passei por ela e atravessei o portão, sem esperar para ouvir o que ela diria em seguida. Fui para o meu quarto, onde poderia ficar sozinha com meus pensamentos.

53

Nuvens de chuva pairavam no céu, espalhando-se sobre o sol como uma película cinzenta. Através da porta e da janela da loja, estava o cinza pálido do entardecer. Mas ainda era de tarde.

Duas semanas, quase três, haviam se passado, e em Aba só se falava sobre a descoberta da igreja e o incêndio. Ninguém sabia dizer quem havia feito a descoberta, ou quem havia participado do incêndio, mas todos pareciam concordar que tinha sido necessário, que a descoberta foi auxiliada por Deus, que um exemplo precisava ser dado para purificar Aba desse tipo de prática pecaminosa.

Ndidi e eu mantivemos um perfil discreto. Parei de visitá-la tanto. Às vezes, três dias se passavam antes de eu aparecer na casa dela. Eu nunca ficava depois das oito da noite.

"Sorte sua que o professor da escola primária e eu avisamos sobre isso", mamãe disse. Ela estava atrás do balcão da loja, escrevendo minha lista de tarefas em um bloco de notas, enquanto eu permanecia ociosamente ao seu lado. "Poderia ter sido você, Ijeoma. Imagine, eu não apenas ficaria viúva, mas também teria perdido minha única filha."

Escutei em silêncio, olhando para o exterior cinzento, rezando para que mamãe partisse para algum outro assunto. A última coisa que eu precisava era ser lembrada de que poderia ter sido eu. E por extensão que poderia ter sido Ndidi. Desde o incidente, a cada duas horas ou mais, a imagem de Adanna piscava em minha mente. O lembrete recorrente de que uma de nós havia perdido a vida daquela maneira terrível. O lembrete de que Adanna fora queimada na fogueira enquanto o resto de nós foi autorizado a continuar a viver.

Queria que mamãe parasse de pregar, parasse com os lembretes.

Eu me lembrava do incidente com bastante clareza por conta própria. Não precisava de ajuda com isso. Apenas pare, pedi silenciosamente. Por favor, Deus, faça-a parar.

Nesse momento, como se respondesse à minha oração, Chibundu entrou na loja. A essa altura, ele já havia adquirido o hábito de aparecer na hora do almoço. Suas visitas estavam se tornando uma fonte de crescente ansiedade para mim — o fato dessa atenção indesejada com a qual eu não sabia o que fazer, como me livrar. Mas pelo menos ele nunca me visitava à noite, pelo que eu era grata. Minhas noites eram, pelo menos até o incêndio, reservadas para Ndidi, e era difícil imaginar uma maneira melhor de passá-las.

Vi meu momento de escapar. Saí do lado de mamãe, fui até o estoque e voltei com uma caixa de itens para reabastecer as prateleiras.

O refrigerador de cerveja ficava perto da entrada da loja. Chibundu foi até lá, enfiou a mão e tirou uma garrafa de Guinness. Ele se endireitou. O próximo passo deveria ser ir até o balcão para pagar, ou ir a alguma outra parte da loja para pegar um ou mais itens. Mas ele não se mexeu. Ficou lá parado.

Eu tinha observado por trás da prateleira enquanto ele pegava a cerveja, mas depois voltei a reabastecer, dando apenas uma olhada momentânea para ele. Minha cabeça estava virada para baixo na direção da caixa aos meus pés quando senti seu olhar pesado sobre mim. Olhei para cima e o encontrei ainda de pé ao lado do refrigerador, ainda olhando para mim. Em todos os anos em que estive na escola primária e no Colégio Obodoañuli, Chibundu e eu não mantivemos contato. Talvez essa fosse uma das razões pelas quais as conversas entre nós durante essas visitas vespertinas serem estranhas. Tantos anos haviam se passado que ele era pouco mais do que um perfeito estranho para mim. Mas também é verdade que percebi que Chibundu talvez ainda tivesse um interesse romântico por mim. E se fosse caso, como eu lidaria com essa situação? Hesitei ao pensar nisso. Como proceder para conversar com ele sem acidentalmente dar a impressão errada? Como navegar a coisa toda sem dar a mamãe ideias de uma combinação entre nós dois?

Meus olhos dispararam para mamãe no balcão, para ver se ela estava assistindo. Fiquei aliviada ao encontrar sua cabeça virada. Ela estava folheando o jornal que estava aberto no balcão.

Olhei para Chibundu, que agora caminhava em minha direção. Seus passos eram firmes, marcantes, uniformes.

Era exatamente como eu temia. Quando ele me alcançou, inclinou-se para que seu corpo descansasse na prateleira do ombro até o meio da coxa. Ele sorriu amplamente e disse: "*Omalicha*". Linda. Havia uma expressão travessa em seu rosto quando ele repetiu: "*Omalicha*". O tempo todo seus olhos me estudavam, demorando-se em minhas mãos, em minhas tranças, em meu rosto, antes de encontrar seu caminho para meus olhos.

"Eu estive pensando", ele disse quando seus olhos encontraram os meus.

"Pensando o quê, Chibundu?", perguntei secamente.

Ele riu, nervoso, mas ainda assim falou: "Estive pensando que todo homem precisa de uma esposa."

Respirei fundo, me recompus, focada em não deixar meu nervosismo transparecer.

Ele agora segurava a garrafa de Guinness com as duas mãos, limpando as gotas de condensação enquanto falava. Fiz o que podia para desviar meus olhos dos dele. Em vez disso, meu olhar se deteve em suas roupas: uma camisa bege tão justa que os músculos de seus braços ameaçavam estourar as costuras. A gola da camisa era bastante larga e comprida. Ou a camisa em si não tinha sido feita para ser abotoada até o fim, ou estava justa demais para ser abotoada, ou Chibundu simplesmente tinha decidido não abotoar os dois primeiros botões — seja qual fosse o caso, seu cabelo escuro e encaracolado no peito estava exposto. De seu pescoço pendia uma fina corrente de ouro com um pingente de cruz. Ele usava um par de calças boca de sino listradas de cinza e preto.

Seus lábios se curvaram em um sorriso sedutor. Eles estavam um pouco rachados, mas os dentes por baixo eram perfeitamente alinhados: duas fileiras de pequenos quadrados brancos perfeitos. Ele disse: "*Omalicha,* você não concorda que todo homem precisa de uma esposa?"

Eu ri, desconfortável, mais uma risadinha do que uma risada normal. "Suponho que algumas mulheres também fariam bem em ter um marido."

"Isso mesmo", ele disse. "Vale para os dois lados. Todo homem precisa de uma esposa, e toda mulher precisa de um marido."

Eu repeti, demorando-me no "algumas", dando ênfase à palavra. "Sim, *algumas* mulheres fariam bem em ter um marido."

O esclarecimento pareceu passar despercebido. Ele continuou a secar a garrafa. Fingi inspecionar a prateleira em busca de poeira. Ouvi o barulho de madeira raspando no chão de cimento e depois um som arrastado no canto da loja. Olhei para cima e vi mamãe se aproximando, balançando a cabeça vigorosamente, um largo sorriso no rosto. Me perguntei por que ela tinha demorado tanto para perceber. Me perguntei se ela tinha participado de tudo desde o início.

"É muito bom ver vocês, crianças, se reconectando", ela disse, não exatamente piscando, mas quase.

"Obrigado, Deus", Chibundu respondeu.

Os vasos sanguíneos em minhas têmporas pulsavam. Meu rosto esquentou e senti uma sensação de queimação nas bochechas. Parecia claro para mim que eu estava sendo vítima de uma terrível conspiração. Uma peça no jogo. "Na verdade, vim fazer um pedido especial", Chibundu dizia agora, olhando para mamãe. Ele se virou para mim. "Estive pensando. Você gostaria de sair comigo para jantar uma noite dessas? Faz tempo que estou querendo te perguntar. Espero que você já não tenha outro rapaz bonito no horizonte. Minha decepção seria muito grande."

Mamãe interveio. "Não, não, ela não tem namorado. Você apareceu bem na hora. Um dia a mais e o destino poderia ser outro", ela disse, sorrindo, dando-lhe um tapinha nas costas. "Quem sabe, outro homem poderia ter vindo e roubado ela de você. Mas você tem sorte, Chibundu, meu rapaz. Muito sortudo. Na hora certa."

Ele sorriu.

Senti a raiva crescer em mim. Eu poderia dizer algo para colocar os dois em seus devidos lugares, para assegurar que não seria mais uma peça em seu jogo. Poderia recuperar o controle da minha vida apenas abrindo minha boca e falando o que estava pensando.

Mas, por alguma razão, era o mesmo tipo de problema que eu já havia começado a notar como um padrão em mim: minha boca não se abriu. Eu não conseguia falar.

"O que você acha? Amanhã? Seis da tarde?"

Mamãe não perdeu o ritmo. "Sim! Perfeito! *Da'lu*. Obrigada. Ijeoma gostaria muito. É tão bom ter você aqui em Aba, Chibundu. Muito bom."

"Maravilha", ele disse. Estava me olhando enquanto mamãe falava. Ele ergueu a mão e apertou delicadamente meu braço. "Vejo vocês duas amanhã então. Tenho que voltar ao trabalho agora."

Ele caminhou até o balcão. Não voltei a abastecer a prateleira. Fiquei olhando dele para mamãe. Mamãe estava ao meu lado, com os braços cruzados, reluzindo como uma mulher grávida.

Observei enquanto Chibundu colocava o dinheiro da cerveja perto da caixa registradora, o marrom brilhante da garrafa de Guinness projetando-se nitidamente da pele clara de sua mão. Então ele saiu pela porta.

Pelo resto do dia, desejei que a loja fechasse como um prisioneiro aguardando a libertação. Eu me sentia terrivelmente letárgica, como se toda a minha energia tivesse sido gasta simplesmente para sobreviver ao incidente com Chibundu e mamãe.

No apartamento de Ndidi, minha energia voltou. "Já imaginou, ele apareceu lá e basicamente me pediu em casamento, e bem na frente da minha mãe!" Meus braços se agitavam por todo o lado enquanto eu falava. Muita raiva.

Estávamos paradas na cozinha dela. Uma frigideira estava em um dos queimadores do fogão, fatias de banana-da-terra fritando no óleo. O ar estava úmido por causa do calor do cozimento, mas o cheiro doce das bananas infundia no calor com um perfume suave. Ela havia virado as bananas com um garfo para que os lados dourados ficassem voltados para cima. Ergueu o garfo e simplesmente o segurou. Olhou na minha direção. As janelas sobre a pia estavam abertas. Uma leve brisa entrou e causou um arrepio na minha pele. Ela segurou meus olhos com uma expressão ambígua em seu rosto.

Ela disse: "Com tudo que aconteceu por aqui ultimamente — e agora com a chegada desse Chibundu — não posso deixar de pensar que talvez você devesse tentar."

Ela deve ter visto em meus olhos como suas palavras me surpreenderam.

Ela ainda tinha aquele olhar ambíguo no rosto, mas estava determinada a parecer resoluta. "Estou falando sério", ela disse, não olhando mais para mim. "Saia com ele. Veja como você se sente. Esse tipo de vida não é para todo mundo. Pessoas como nós estão sendo mortas. E, de qualquer maneira, você pode decidir que gosta mais dessa outra vida. O tipo de vida que ele pode te dar — sabe, marido e mulher."

"Como você pode dizer uma coisa dessas?", perguntei.

"Só o que estou dizendo é que nunca se sabe." Ela olhou para as bananas na frigideira. Começou a juntá-las uma a uma em um prato. "Você pode gostar. Eu realmente acho que você deveria pelo menos experimentar. Você já tentou?"

"Já tentei o quê?"

"Sabe, você já tentou ficar com um cara?"

Balancei minha cabeça. Claro que eu nunca tinha tentado ficar com um rapaz. Como ela poderia insinuar que isso era uma escolha? Como ela podia insinuar que era tão simples — que eu deveria simplesmente me obrigar a tentar coisas com um homem? Ela já tinha tentado? Era assim que funcionava para ela? De qualquer forma, se eu sentisse alguma atração por rapazes, isso já não teria se manifestado? Que sentido havia em "experimentar"? Meu coração, minha alma e minha mente giravam em torno dela. Ela era quem eu queria, e *ela* era o suficiente para mim. Ela era a pessoa que eu amava, aquela que tinha meu coração. Fiquei furiosa por ela estar tentando me afastar.

"Faça isso por mim, como um favor. Se você não gostar, pelo menos eu também saberei e nunca terei que me preocupar com um cara roubando você."

"Você nunca teria que se preocupar com isso de qualquer maneira", eu disse.

"Nunca se sabe", ela respondeu, gentil. "Você pode se surpreender."

Fiquei quieta por algum tempo, furiosa. Por fim, disse: "Tudo bem", mais por despeito do que por aceitação. "Você quer que eu saia com um rapaz? Ok. Eu saio."

Claro, seria apenas um encontro. Seria uma perda de tempo, na verdade, mas eu faria mesmo assim, nem que fosse para poder dizer que já tinha experimentado.

Ela acenou com a cabeça, olhando para mim, seus lábios se contraindo ligeiramente como se estivesse nervosa. Havia algo trêmulo, ligeiramente nervoso em sua voz quando ela se virou e disse: "Ótimo. Só um encontro. Será toda a confirmação que eu preciso."

54

Eu estava cheirando ao perfume de lavanda da mamãe. Ela insistiu que eu usasse. Havia encontrado para mim um par de seus brincos antigos — aqueles com pedras amarelas do tamanho de seixos que pendiam como globos em miniatura.

Sentei-me na beira da cama vestindo minha combinação, observando enquanto ela vasculhava minhas gavetas. "O que você ainda está fazendo com isso aqui?", ela perguntou, puxando um dos meus vestidos antigos. "Você sabe quantos anos isso tem? *Biko,* você precisa jogar fora esse absurdo já! Não são mais os dias de guerra. Nós seguimos em frente. Jogue isso fora."

Ela continuou vasculhando as roupas nas gavetas. Por fim, decidiu-se por um longo vestido bege com estampas de flores e folhas estampadas na bainha. Ela o estendeu à sua frente. O vestido pendia frouxamente de suas mãos, todo amassado. Ela o sacudiu vigorosamente como se quisesse fazer as rugas desaparecerem. Sacudiu e sacudiu, e então, desistindo, começou a puxar e esticar os vincos.

"Eu deveria passar isso para você, mas acho que não temos tempo." Ainda assim, logo que pronunciou as palavras, ela pareceu mudar de ideia. Observei-a sair do quarto. Ao longe, ouvi os sons dela mexendo no ferro. Cerca de vinte minutos se passaram e ela voltou com o vestido bem passado para mim.

"É mesmo o vestido perfeito", disse. "Vai mostrar apenas o suficiente do seu decote e dos tornozelos. Isso deve bastar para segurar o interesse dele. É o jeito de fazer isso. Mostre um pouco do colo e um pouco dos tornozelos."

Era um vestido de manga três-quartos. Mamãe dizia que a modéstia das mangas era bom. Curto o suficiente para que ele pudesse ver meus pulsos e uma parte do meu antebraço, o que também ajudaria a conquistá-lo.

Ela se sentou na beirada da cama e observou enquanto eu colocava o vestido. Quando o deslizei pelo corpo, ela se levantou e me ajudou a abotoá-lo, depois deu alguns passos para trás e me examinou. Voltou para mim e começou a mexer no corpete e na bainha.

"Sim", ela disse. "Agora está perfeito. Você está parecendo a filha que eu sempre imaginei que você poderia ser. Simplesmente perfeita."

Permaneci em silêncio.

Ela disse: "Você poderia se casar com ele."

Revirei os olhos. "Mamãe, você está exagerando. Mesmo que o casamento fosse uma opção, você não acha que está apressando um pouco as coisas?"

Seu rosto agora parecia triste, melancólico. Nostálgico. Ela disse: "Não passa um dia em que eu não deseje que seu pai estivesse aqui comigo. Cada minuto conta. Você vai querer aproveitar cada minuto enquanto puder. Acredite em mim, há coisas muito piores do que ser apressada."

Fazia alguns anos que mamãe não falava no meu pai.

Da última vez, tinha sido com hostilidade, ressentimento. Agora parecia que ela havia deixado de lado seu rancor. Lá estava, falando sobre ele com carinho, com amor. Permaneci quieta, esperando que ela continuasse nessa linha, esperando que talvez tivesse chegado o momento em que poderíamos relembrar juntas, revisitar, com afeto, velhas lembranças de papai. Mas ela não disse mais nada. Em vez disso, voltou a falar de Chibundu.

"Ele é um homem bom", ela disse.

Fiz uma careta. Como ela podia saber? Eu disse algo que papai costumava dizer: "Não é verdade que a fruta mais bonita pode conter um verme?"

"Bom", ela disse, "pode ser. Mas também não é verdade que a

fruta não cai muito longe do pé? Os pais dele são boas pessoas. E me parece que, se ele mudou, foi para melhor. Acho que ambas concordamos que ele se tornou um bom rapaz. Mas não vamos nos preocupar com isso agora. Por enquanto, apenas saia e divirta-se. Sorria bastante e certifique-se de mostrar como está feliz por estar com ele."

"E se eu não estiver feliz?", perguntei.

"Sorria mesmo assim. Ele é um homem bom e você *vai ficar* feliz. Com um homem, a vida é difícil. Sem um homem, a vida é ainda mais difícil. Confie em mim."

Naquela noite, enquanto Chibundu e eu descíamos o caminho que levava ao portão da frente, virei-me e vi minha mãe ainda parada na porta. Ela estava com um sorriso largo. Seus braços estavam cruzados, logo acima do peito, como se ela estivesse rezando.

55

Hoje em dia, os eventos que antecederam o casamento ainda me assombram. Às vezes, eles ficam embaçados, mas, em outras, são tão claros quanto o céu em uma tarde ensolarada.

Estávamos no ponto de ônibus em Aba, pois Chibundu estava voltando a Ojoto para visitar sua família. Ele havia me pedido para acompanhá-lo, e foi o que fiz. Isso foi cerca de um mês depois do nosso encontro.

O ônibus ainda não havia chegado. Sentei-me em um banco feito de vários blocos de cimento e uma única tábua de madeira. Chibundu recusou-se a sentar-se. Ficou mexendo nas mãos, torcendo-as e retorcendo-as, torcendo-as e retorcendo-as como uma criança com medo de levar bronca.

"Chibundu, qual é o problema?", perguntei. *"Odikwa mma?"*

Ele limpou a garganta e disse: "Eu te trouxe aqui p-porque… porque eu queria te perguntar uma coisa." Ele gaguejava, embora não fosse gago.

Toda aquela inquietação estava me deixando nervosa. Tive que desviar o olhar.

Não muito longe na estrada, uma galinha estava bicando uma migalha. Um homem de bermuda cáqui colhia uma manga de uma árvore. Outro homem, um mecânico, estava deitado em uma esteira no estacionamento de cascalho da oficina mecânica do outro lado da rua, trabalhando em um Land Rover. Perto dele: canos de metal refletindo o sol, óleo preto pingando.

Um minuto se passou. O mecânico saiu deslizando de baixo do carro e caminhou até a frente. Abriu o capô, parecia mexer em alguma coisa lá dentro. A galinha começou a cacarejar.

"Eu — não — sei", ouvi Chibundu dizer.

Eu me virei para olhar para ele. "Você não sabe? O que você não sabe?"

"Mas eu acho — eu acho — eu sei que posso." Ele colocou ênfase em "sei". Era algo como o início de uma promessa, um juramento. Mas era desanimador o modo como sua voz falhava, vacilava, como um pacto imperfeito.

"Você sabe que pode o quê? *Gini ka inwere ike ime?*"

Ele pigarreou, virou-se para não olhar mais para mim. Havia parado de mexer com as mãos. Agora estava olhando para o homem colhendo mangas, que se afastava da árvore. Chibundu olhou naquela direção por algum tempo. Quando se virou para mim, finalmente conseguiu falar. "Eu sei que posso te fazer feliz", ele disse, de repente resoluto.

Estávamos olhando um para o outro, olho no olho. "Me fazer feliz?", perguntei baixinho, tocada, mas também um pouco assustada, porque mesmo então eu já devia saber que a proposta viria.

"Case comigo", ele disse, ajoelhando-se ao meu lado. Ele pegou minha mão e fez a pergunta. "Sim? Você quer ser minha esposa?"

Gotas de suor se formavam em sua testa. Ele enfiou a mão no bolso, tirou um lenço e, naquele momento, notei os contornos de uma caixinha em seu bolso, abaixo de onde estivera o lenço. Ele enxugou o suor, então puxou a caixa, abriu-a para revelar o anel. O aro dourado brilhava ao sol.

Logo ele deu um beijo gentil na minha bochecha, e eu permiti que ele o fizesse. Parecia predeterminado, como se não houvesse saída, mesmo que eu tentasse. Como é que eu iria olhar para mamãe quando ela soubesse que Chibundu tinha me pedido em casamento e eu tinha recusado? Ela ficaria arrasada, provavelmente ficaria com o coração partido pelo fato de eu ter desistido da vida que ela queria para mim — e talvez da única oportunidade que eu teria com um homem.

E, de qualquer maneira, aqui estava Chibundu, suando diante de mim, gaguejando, prometendo me fazer feliz. E se ele realmente conseguisse? E se eu tivesse que tentar de verdade para ver? Porque, quando eu parava para pensar, eu *queria* ser normal. Eu *queria* levar uma vida normal. Eu queria ter uma vida em que não precisasse me preocupar constantemente em ser descoberta. E se Ndidi estivesse certa e aquela outra vida levasse a algo como o que aconteceu com Adanna, ou com os dois amigos de Adanna?

Era quase o final de 1979. Às vezes ficamos confusos sobre o que a felicidade realmente significa. Às vezes ficamos confusos sobre qual caminho seguir para chegar à felicidade. Olhei para Chibundu, fiz que sim com a cabeça e, sem palavras, aceitei seu anel.

No momento seguinte, Chibundu estava me pegando no colo e rodopiando comigo em seus braços, ali mesmo, ao ar livre.

Apenas um mês depois, mamãe estava pintando minhas pálpebras de prateado e meus lábios com um tom brilhante de vermelho, e eu estava fazendo minha entrada como era esperado de qualquer noiva Igbo: meu jigida amarrado na minha cintura, estendendo-se pelos meus quadris, contas de todas as cores. Pulseiras em meus pulsos e fitas em meus cabelos trançados.

Saí de casa para o quintal. Dancei, movendo os braços no ar, balançando os quadris de modo que as contas jigida chacoalhassem e tilintassem sobre a túnica. Os convidados bateram palmas e os bateristas tocaram seus tambores.

Mamãe havia deixado o portão aberto, um convite para que todos da aldeia entrassem e participassem da comemoração. Ela ficou perto do portão enquanto eu dançava, os pais de Chibundu à sua direita e o professor da escola primária e sua esposa à sua esquerda. Ndidi estava a certa distância deles, uma mulher isolada, que, ao que tudo indicava, parecia estar gostando das festividades. Mas percebi pela forma como ficou sozinha ali no portão, que ela esperava ansiosamente o momento em que as festividades terminassem e ela poderia ir embora. Ela não se dera ao trabalho de cumprimentar Chibundu. A única pessoa que ela teve tempo de cumprimentar foi mamãe.

Minhas madrinhas eram apenas um grupo de meninas de Aba — filhas de algumas amigas de mamãe que ela havia recrutado para esse propósito. (Eu insisti que não queria madrinhas, e mamãe insistiu que era necessário.) Elas estavam dançando sem sair do lugar. Logo, outros participantes do casamento se aproximaram — os padrinhos de Chibundu —, rompendo o círculo para jogar seus maços de notas de naira em mim. Todos os convidados se aproximaram. Os maços se abriam. As notas dançavam no ar como enormes penas, depois caíam no chão, espalhando-se como enfeites de chão ao redor dos meus pés. Minhas madrinhas se agacharam e as recolheram para mim. Continuei a dançar, embora o tempo todo Ndidi estivesse em minha mente.

No final da celebração, mamãe tocou meu ombro e me levou para dentro.

"Você foi bem. Muito bem", ela disse. Seu rosto estava tomado por uma empolgação selvagem, que eu sabia que devia ter sido difícil para ela conter. Entramos na cozinha e ela puxou um banquinho para mim, aquele em que costumava se sentar para bater inhames com o almofariz e o pilão. Por toda a cozinha havia comida — pratos, bandejas e cestas de comida cobrindo todos os balcões. Miniberinjelas, suas listras verdes sinuosas parecendo rastejar como raízes por sua pele amarelo-ouro. Nozes-de-cola. Tigelas de pasta de amendoim. Bandejas de tortas de carne e chin-chin frito. Galões cheios de vinho de palma.

"Que dia maravilhoso para todos nós", ela exclamou. "O dia que todos esperávamos."

Não achei conveniente responder.

"Tem algo errado?", ela perguntou, mas então rapidamente descartou a pergunta, tão determinada estava em assegurar que nada estragaria este dia para ela.

Sentei-me mexendo as mãos, torcendo e retorcendo os dedos. "Mamãe", comecei, mas parei. De repente, vi um olhar assustado em seu rosto, como se ela já soubesse as palavras que eu estava prestes a dizer.

"É assim que as coisas acontecem", ela disse com firmeza. Uma risada exasperada escapou. "A vontade de Deus." E repetiu: "A maravilhosa vontade de Deus".

O casamento branco veio em seguida, e lá estávamos nós, em uma das pequenas salas de oração da igreja. Mamãe deslizou o vestido sobre minha cabeça, fechou o zíper nas costas para que seu corpete apertado me abraçasse. Senti certa claustrofobia em seu abraço. Suor se formou em minha testa. Várias vezes estendi a mão e sequei as gotas. Por fim, mamãe dobrou um jornal ao meio e começou a me abanar com ele. "Não podemos deixar que o suor estrague este dia para nós", disse, com a voz muito impaciente.

Ficamos em silêncio por um tempo.

"E se isso não for para mim?", perguntei depois de algum tempo. Pregas perfeitas desciam pela cintura do vestido. Tracei as pregas com os dedos, para cima e para baixo, para cima e para baixo. Minhas mãos tremiam.

"E se *o quê* não for para você?", mamãe retorquiu, como um desafio. Ela olhou para baixo e observou minhas mãos trêmulas.

"Casamento", eu disse. "E se o casamento não for..."

Não terminei, porque a voz de mamãe veio estrondosa: "Silêncio antes de dar vida às suas dúvidas! O casamento é para todos! Lembre-se, uma mulher sem um homem quase nem é mulher.

Além disso, homens bons são raros hoje em dia. Agora que você encontrou um, deve fazer de tudo para segurá-lo."

Ela me observou por alguns minutos, olhando-me com olhos duros. Então suavizou, balançou a cabeça lentamente e me estudou um pouco mais. Por fim, disse: "*Nwa m, ke ihe ichoro ka m me?* Minha filha, o que você quer que eu faça? Uma mulher e uma mulher não podem ficar juntas. Não é assim que as coisas são. Você tem que deixar de lado quaisquer pensamentos remanescentes que você tenha sobre isso." Ela disse isso muito gentilmente, mas com firmeza também. "Se é disso que se trata, você tem que deixar isso de lado. Não é assim que as coisas são feitas." Ela respirou fundo, depois exalou, recompondo-se. "Você vai ver. Vai dar tudo certo. *Bia ka ayi je*. Venha, vamos lá."

Logo eu estava atravessando o sermão, as orações, o beijo, os apertos de mão, os sorrisos, os acenos de cabeça e os parabéns tangenciais. Porque é isso que você faz quando se vê casada com um homem que tanto a lógica quanto sua mãe insistem ser o certo para você.

Parte VI

56

Porto Harcourt, estado de Rivers
1980

O sol estava implacável, seu calor tão opressivo que até as moscas pareciam cansadas demais para voar.

Forcei-me a colocar um pé na frente do outro. Mesmo com o corpo pesado e distendido na cintura, continuei a andar.

A mulher à minha frente usava um xale colorido e blusa combinando e carregava uma galinha na mão com as patas amarradas por um barbante. A galinha estava cacarejando. Uma motocicleta passou acelerando, buzinando e fazendo ainda mais barulho.

Atravessei a estrada de alcatrão e lascas, colocando as mãos sob a barriga como uma cinta. A estrada se abria à direita em um caminho menor, sinuoso e empoeirado. Ao longo dele, dois cachorros marrons latiam e uma mulher os enxotava.

A igreja era um pequeno retângulo, nada notável exceto por seu telhado de zinco, que brilhava como ouropel ao sol.

Lá dentro, sentei-me à frente, num dos bancos, simples como todos os outros: uma longa tábua assentada sobre dois finos blocos de cimento. Por toda parte, cheiro de cera de velas queimando, embora não parecesse que nenhuma estivesse acesa.

Todos os dias, por quase dois meses, eu ia e me sentava naquele mesmo banco. Todos os dias a mesma rotina, de manhã ou no início da tarde enquanto Chibundu estava no trabalho, até ao final da tarde pouco antes de ele regressar. E eu continuaria a vir, porque todas as mulheres ainda falavam sobre o assunto, mesmo que já tivessem se passado quase dois meses. As mulheres pareciam não conseguir parar de comentar: como os gritos da mãe maldita podiam ser ouvidos dia após dia de todos os apartamentos ao redor da clínica enquanto ela fazia força e gritava e fazia força e gritava. Como, quando o bebê finalmente saiu, ouviu-se um suspiro, não apenas da mulher, mas da multidão, um exalar coletivo de alívio. Tudo deveria ter ficado bem depois disso, e as coisas estavam, de fato, bem. Mas então a parteira deu uma olhada no rosto do bebê e viu o horror: um buraco no lábio superior onde deveria haver carne, a narina esquerda aberta e plana, não circular acima da boca como deveria ser. Não era de surpreender que não estivesse acima da boca: não se podia esperar que fosse assim. Não acima do que era uma reprodução imperfeita de um lábio, encharcado e meio assado, como massa mal cozida. Uma visão horrível. Uma maldição, todos concordaram. Um mau presságio. Um lábio leporino.

Na manhã seguinte, a mulher havia fugido. Após dois dias de trabalho de parto, ela simplesmente fugiu. E foi, é claro, sem o filho. E o menino? Talvez ele fosse mandado para algum orfanato, ou talvez uma das parteiras tivesse pena dele e se resignasse a criá-lo. Mas muito provavelmente ele seria deixado para perecer, indesejado e mal-amado. Porque essa era a natureza das coisas, de tudo que saía da norma. Eram rotuladas com palavras como "maldição", e não fazia sentido manter as maldições sob controle?

Acomodei-me em meu lugar no banco. "Senhor, tenha misericórdia", sussurrei, como havia feito todos os dias nos últimos dois meses. Se alguma vez existira outra pessoa para ser amaldiçoada, para ser punida da mesma forma que a mãe do lábio leporino, essa pessoa era eu. Se não bastasse ter vivido em pecado todos aqueles anos, deitando-me com uma mulher como deveria ter feito com um homem, aqui estava eu, carregando o filho de Chibundu, mas ainda permitindo que pensamentos sobre Ndidi habitassem minha mente. Pensamentos sobre Amina, até. Pensamentos sobre amar essas duas mulheres.

Por que é que eu não conseguia amar Chibundu do jeito que amara Amina e Ndidi? Por que não conseguia amar um homem? Àquela altura da vida, tinha ouvido dizer que o sexo do seu primeiro amor determina o sexo de todos os seus amores futuros. Talvez isso fosse verdade para mim. Mas, naquela época, não era uma coisa que eu soubesse. Só o que eu sabia naquele momento era que havia uma possibilidade real de Deus me punir pela natureza do meu amor. Minha mente voltou para a Bíblia. Porque, se pessoas como mamãe e o professor da escola primária estivessem certos, então a Bíblia era toda a prova de que eu precisava para saber que a punição divina era certa.

Mas se eu pensasse na Bíblia — especificamente no Novo Testamento — quais seriam exatamente as consequências se deixássemos de fazer a vontade Dele? Deus realmente faria valer Sua vontade por meio de uma punição? Todos os nossos castigos não foram absolvidos por Jesus na cruz? O que fazer com a graça de Deus em combinação com Seu castigo?

Além de aceitar os pensamentos sobre Ndidi, havia a questão do adultério. Reconheci para mim mesma que, para todos os efeitos, eu era uma adúltera. Embora eu não estivesse envolvida em nenhum ato físico com Ndidi, eu sabia muito bem que, de acordo com Mateus, *todo aquele que olha para uma mulher com desejo libidinoso já cometeu adultério com ela em seu coração*. De acordo com Mateus, eu era de fato uma adúltera.

E, por isso, as visitas à igreja. A oração seria a ferramenta para controlar meus pensamentos e desejos. A oração como método de extinguir meus desejos. Oração, como água no fogo.

Oração como forma de mostrar a Deus que Ele não precisava amaldiçoar meu filho da mesma forma que amaldiçoara o recém-nascido na clínica. Se eu conseguisse rezar o suficiente, especialmente neste último mês da minha gravidez, talvez tudo fosse resolvido, eliminado: os desejos por Ndidi, bem como a possibilidade de ter um filho com lábio leporino.

Agora a luz do sol entrava na igreja pelas frestas das venezianas de madeira, os raios se espalhando em longas linhas afiladas pelo chão de cimento.

Pensei: então é isso que significa ser casada: ficar na igreja, tensa, observando a luz do sol se espalhar ao meu redor, com esse medo constante de uma punição. Isso deve ser a vida de casada: uma tentativa diária de se livrar de uma bacia cheia de desejos, mas sem esperança. E, no entanto, a bacia se recusa a ser esvaziada, como se os desejos fossem cimento molhado que já está se transformando em concreto.

Isso deve ser a vida de casada: sentar-se na igreja cheia de inquietação, mas em casa fingir que tudo está como deve ser.

O relógio dentro da igreja batia a cada meia hora, tocando o trecho de uma canção, como uma caixa de música.

De canto de olho, vi uma sombra no chão de cimento, uma silhueta cinza, alongada e se aproximando do corredor central da igreja.

Eu estava usando meu lenço de oração em volta da cabeça. Puxei-o mais para perto, com um sentimento de desconforto e apreensão sobre quem poderia ser.

Para minha surpresa, Chibundu aproximou-se. Era raro ele ir aos cultos aos domingos, muito menos visitar a igreja durante a semana. Há muito se fora a criança que ele costumava ser, que frequentava a igreja. E, no entanto, lá estava ele.

Ele se sentou ao meu lado. Ficamos lá em silêncio no banco por um tempo, então ele disse: "O que está acontecendo? O que está fazendo você vir aqui com tanta frequência? Ngozi, da casa ao lado, me disse que já viu você andando por aqui algumas vezes."

"Nada", respondi.

"Como pode ser nada?"

"Você deveria estar no trabalho", eu disse. Pensava em contar a ele desde que nos casamos, mas nunca consegui. Agora raciocinei novamente que ele tinha sido nada além de gentil comigo esse tempo todo, então talvez eu pudesse simplesmente contar a ele. Na verdade, talvez fosse melhor, caso o bebê saísse amaldiçoado, lábio leporino ou algo do tipo. Eu deveria dizer a ele e pedir desculpas. Para que ele soubesse que eu sentia muito por tudo.

"O que você está fazendo aqui? Não me diga que te demitiram", eu disse.

Ele balançou a cabeça. "Não, não me demitiram. Eu tinha um compromisso de consultoria na área que acabou cedo. Resolvi passar em casa. Você não estava lá. Ngozi disse que talvez eu te encontrasse aqui."

Silêncio.

Ele disse: "Seja o que for, não pode ser tão ruim assim."

Eu estava olhando de soslaio para ele. Me virei para olhá-lo de frente. "É ruim o bastante", respondi.

Outro silêncio.

"Às vezes, em Aba, eu costumava pegar mamãe orando por mim", disse finalmente. "Eu a encontrava por acaso, ajoelhada na sala, orando por mim."

Ele estava movendo um pé pelo chão de cimento, balançando-o suavemente para frente e para trás como um pêndulo. Seu sapato fazia um som de raspagem contra o chão áspero. Fechei os olhos e fiquei escutando o som. Então, sussurrei: "Uma abominação". Abri os olhos para captar o efeito da palavra sobre ele.

Seus olhos pareceram se estreitar. Ele parecia de repente imerso em pensamentos.

"Uma abominação?", ele repetiu, uma pergunta.

Fiz que sim.

Certamente ele já devia ter suas suspeitas. Mas não tinha como eu saber disso na época. E ele ainda não estava pronto para permitir que eu soubesse que ele sabia. Ele não tocava no assunto. Talvez simplesmente sentisse uma necessidade de evitar a verdade. Ou talvez o silêncio dele fosse, naquele momento, algo que ele pretendia ser um favor a mim, por minha causa, em virtude de seu amor. Porque ele me amava, ou pelo menos me amava quando menino, aquele tipo de amor infantil.

Ou talvez sua recusa em tocar no assunto naquele dia tenha sido um favor que ele fez a si mesmo, para se permitir a oportunidade de continuar a viver aquele antigo amor de infância. Talvez ele tivesse, em algum momento antes daquele dia, decidido que poderia passar a vida inteira tentando realizar esse sonho, apesar das circunstâncias pouco promissoras.

Seja qual fosse o caso, ele pareceu pensar na palavra "abominação" e então disse: "Eu não tenho mais vindo à igreja ultimamente, como você sabe. Veja, eu sou um homem de negócios. E se você é um empresário, então uma coisa que você sabe é que a maior questão é reunir o maior número possível de clientes e retê-los. A religião é basicamente uma empresa, uma corporação muito grande. Pense na Igreja Anglicana ou na Católica, por exemplo. Todas essas doutrinas estabelecidas e nos dizem que Deus é a razão de todas elas".

"Não é?", perguntei.

Chibundu balançou a cabeça. "Não. Acho que não."

"Por que não?"

"Porque se você for a fundo nessas doutrinas, começará a ver que a igreja só quer fazer tudo o que puder para conquistar o maior número possível de seguidores e mantê-los sob controle. É assim que as corporações funcionam. Portanto, a Igreja Católica nos diz que "Sede fecundos, multiplicai-vos" significa "Não use anticoncepcionais". E as pessoas realmente acreditam nisso e acabam tendo doze filhos dos quais nem podem cuidar. E continuam tendo mais filhos por medo de usar anticoncepcionais e invocar a ira de Deus. E, na verdade, nem é mesmo Deus que os obriga a fazer isso. É a igreja que interpretou as palavras de Deus para benefício próprio. Porque a Igreja quer tantos membros quanto possível, tantos seguidores quanto possível".

"Mas isso não tem a ver com a gente. Nem somos católicos. Onde você quer chegar?"

"Meu ponto é que negócios são a razão para coisas como doutrinas. Negócios são a razão de palavras como "abominação". A igreja é a empresa mais antiga e bem-sucedida da história da humanidade, porque ela sabe não apenas como recrutar clientes, mas também como controlá-los com coisas como doutrinas e palavras como "abominação". Resumindo, desconfie um pouco dessa abominação. Minha impressão é que algumas coisas são chamadas assim e, na verdade, não são nada disso. E, de qualquer maneira, como você disse, sua mãe está orando por você. E aqui está você, orando por si mesma. Se eu fosse Deus e descobrisse que você realmente cometeu uma abominação, eu te perdoaria."

"Você não quer saber qual é a minha abominação?"

Seu rosto estava solene enquanto falava, muito sério, mas agora seus lábios se curvaram em um leve sorriso, e ele disse: "Na verdade, não. Acho que não vejo motivo para saber. Seja o que for, não me importa. Sou seu marido e te conheço bem o suficiente para saber que você é uma boa pessoa, e isso me basta." Seus braços me envolveram, um abraço rápido e depois dois tapinhas leves, um pouco rígidos. Fechei os olhos e imaginei um abraço menos austero. Algo suave e gentil, e indulgente mesmo em sua hesitação. Lá estava ele, duro e viril, me oferecendo um abraço reconfortante, e tudo que eu conseguia pensar era que faltava alguma coisa. Tudo o que eu conseguia pensar era que o abraço dele ficou um pouco aquém do que o de Ndidi poderia ter sido.

"Existem punições para pessoas que fizeram o que eu fiz", recomecei, afastando-me dele. "Apedrejamento e afog..."

Ele colocou um dedo sobre meus lábios e, assim, me silenciou, cancelou todas as palavras que estavam se preparando para sair da minha boca.

Fiquei sentada ali por um longo tempo, girando minha aliança no dedo. Chibundu continuou sentado comigo. Um ano de casamento e um bebê a caminho, mas não havia nenhuma indicação de que meu amor por ele se transformaria em amor romântico.

Pensei na jornada que havíamos empreendido: um menino e uma menina em cima de uma laranjeira. Um beijo desajeitado. A passagem do tempo. Uma proposta constrangida, um sim medíocre, uma cerimônia de casamento, uma oração nupcial, um beijo nupcial.

Apertos de mão, sorrisos, acenos de cabeça. Parabéns.

Pensei no que minha vida havia se tornado: visitas diárias à igreja. Conversas diárias não correspondidas com Deus. Falando cada vez mais com Ele, exigindo uma resposta. *Querido Deus, você pode, por favor, apenas abrir a boca e dizer alguma coisa? Qualquer coisa. Eu preciso de sua orientação. Eu preciso de você. Eu preciso de você, querido Deus. Por favor, abra sua boca e fale.*

No final, depois de cerca de meia hora sentado ali comigo, Chibundu disse: "Tenho que voltar ao trabalho agora, mas vejo você em casa à noite". Ele se levantou, deu um beijo na minha testa e se virou para sair. Seus passos batiam suavemente no chão de cimento.

57

Reconheço que às vezes sou um caracol. Ando deslizando. Contraio meus músculos e produzo um lodo de lágrimas. Às vezes dá para ver as lágrimas, outras vezes, não. São elas que me permitem deslizar. Vou lentamente. Mas, lentamente, sigo. É um pouco antes de eu ir embora.

Naquela primeira noite do nosso casamento, eu era um caracol. Todos nós já fomos caracóis.

No começo, tínhamos ficado com mamãe em Aba e dormimos no meu quarto, apenas naquele primeiro mês de casamento, aquele tempo antes de Chibundu conseguir o emprego em Porto Harcourt. Mamãe havia encontrado uma segunda cama de solteiro e um colchão, e os uniu para que parecessem uma cama de casal. Colocou os lençóis novos que comprara como presente de casamento.

Assim foi nossa primeira noite juntos: imagine um caracol protegido por sua concha dura. Imagine um caracol quando está assustado. Imagine um caracol se escondendo em sua concha.

Naquela primeira noite, Chibundu me chamou até ele. Ele estava usando peças de seu smoking — a gravata, a camisa branca, as calças. Estava sentado na beirada do colchão.

Fui até ele, sentei-me ao seu lado. Nenhum medo ainda.

"Você me fez um homem muito feliz", ele disse, inclinando-se e passando o braço em volta de mim.

Ele se aproximou ainda mais e começou a me beijar. Eu permiti que ele fizesse isso.

"Não existe felicidade mais completa do que a que estou sentindo agora", ele disse entre beijos. "Olhe para mim. Sinto que posso voar."

Um pouco de medo estava crescendo em mim agora. "Vá em frente e voe", eu queria dizer. "Vá em frente e voe, contanto que você pouse longe o suficiente de mim."

Em vez disso, falei: "Vamos tentar dormir um pouco".

Ele riu. Não desrespeitosamente. Quase com apreciação, pela brincadeira sexual que ele achou que estava acontecendo. *"Nawa o!"*, ele disse. "Mulheres e suas provocações! Mas é claro, Ijeoma, você sabe que dormir é a última coisa na minha cabeça!" Ele fez um movimento brusco com as mãos e observei quando ele começou a puxar a frente da calça. Então o temido som: era só o som de um homem abrindo o zíper, mas foi como se um objeto pontiagudo tivesse de alguma forma sido enfiado em meus ouvidos.

Um quarto cheio de medo. Medo como nevoeiro, nublando a atmosfera.

Eu me afastei para que houvesse pelo menos um antebraço de espaço entre nós. Cruzei as mãos sobre o peito, olhei para o teto, sem querer olhar para ele. Ladrilhos uniformes formavam grandes quadrados acima, cinza, como a tinta das paredes.

Algum tempo se passou. Mais alguns minutos. Baixei os braços cruzados sobre meu peito, peguei sua mão.

Às vezes, uma história lembra uma pintura. Cada vez que conto essa história, vejo aquela velha pintura de uma praia. Céus azuis derretendo-se em um tom mais claro de azul, derretendo-se no amarelo pastel do sol que desaparece, derretendo-se de volta em um azul da cor do mar. Uma laje de madeira que parece vidro perto da borda de terra onde marrom e azul da cor do mar se encontram. Há uma serra, rochas escarpadas, espreitando do lado direito da pintura, e em primeiro plano a escuridão do húmus cor de cacau.

A pintura seria quase normal se não fosse pelo resto dos objetos nela: uma caixa marrom de aparência simples, como um baú.

Do baú, algo crescendo, como um tumor, um toco de árvore, galhos e tudo, mas sem folhas. E então uma série de relógios derretidos, como trapos murchos: um pendurado em um galho do toco, um pendurado no baú, outro pendurado em uma figura de aparência abstrata, um cruzamento entre um pato e um rosto humano. Finalmente, um relógio laranja queimado coberto de minúsculas formigas pretas.

Lá estava eu, segurando a mão de Chibundu, e enquanto a segurava, as palavras vieram a mim: "Muita cerimônia acaba tirando a vida, tirando a alegria do que está sendo celebrado."

No momento seguinte, Chibundu estava olhando para mim com choque em seu rosto. Eu abaixei a mão dele e coloquei as minhas nos meus lados. Seus olhos estavam fixos em mim, olhos cautelosos, como se ele estivesse vendo uma versão estranha, nova e inesperada de mim. E, é claro, para ele, ele estava.

Deixei-o onde estava sentado e fui até a janela. Fiquei perto dela, ainda em meu vestido de noiva. De vez em quando, uma brisa soprava pelo espaço aberto. Nas poucas ocasiões em que a brisa foi forte, ergui meu rosto contra ela, como se de alguma forma ela pudesse dissipar toda a minha agonia.

Mesmo quando ouvi o ronco suave de Chibundu, continuei parada perto da janela, bem acordada.

Só quando o céu passou de preto para cinza — só quando eu podia ouvir o canto distante dos galos e das galinhas — o sono chegou para mim.

Tive dificuldade para abrir o zíper do meu vestido de noiva, e finalmente saí dele.

A batida veio no momento em que eu vestia a camisola.

Abri a porta e vi mamãe, parada com o roupão amarrado no peito, com um sorriso radiante.

"Venha, venha", ela disse, acenando para eu ir com ela, sair do quarto. "Venha. Você tem que me dizer, como foi?"

"Como foi o quê, mamãe?"

"Nwanka!", ela disse, fingindo exasperação. "Esta menina!" Mas havia uma sugestão de sorriso em seu rosto. "'Como foi o quê, mamãe?'", ela disse, me imitando. "Claro que você sabe o que estou perguntando! Como foi sua primeira noite como esposa?"

Balancei minha cabeça, envergonhada por ela ter perguntado. "Mamãe, eu mal dormi."

"Óbvio que não!" Seu sorriso se alargou. "Não me surpreende que você mal tenha dormido. Tanta felicidade!"

Felicidade era como ela chamava. Mas eu sabia que felicidade era uma palavra como loucura, como doença, como confusão, como perda, como morte. Mesmo como bonito ou puro ou angelical ou Deus. Felicidade era uma palavra que representava uma ideia mais profunda, inexplicável e pesada, o tipo de ideia que vai e volta entre dois mundos diferentes.

Ainda assim, lá estava ela, puxando-me pela mão em nome da felicidade. Ela me levou para fora do quarto, pelo corredor e para a cozinha. A comida da cerimônia de casamento havia sido retirada do balcão. Tudo o que restava eram pratos, bandejas, cestos e tigelas vazios.

Ela puxou um banquinho para mim. Com um leve aceno de cabeça, fez sinal para eu me sentar. Ela limpou a garganta. Tinha um olhar plácido, quase vago em seu rosto. "Então, vocês dois já começaram, é?"

"Começamos o quê?", perguntei.

"Você sabe." Uma pausa. "Nunca é cedo demais para começar a tentar fazer um filho."

"Mamãe!"

Seu olhar estava focado agora, não mais vago. "Bom, não é nada para se envergonhar", ela disse, olhando diretamente nos meus olhos. "Não tem nada mais importante num casamento do que ter um filho querido."

Na nossa segunda noite, Chibundu voltou para meu lado, passando o braço em volta de mim quando nos sentamos na beira da cama. Seus gestos estavam mais determinados, e em seu rosto havia o olhar de um homem que esperava receber o que lhe fora negado na noite anterior.

Eu me afastei instintivamente. Seus olhos ficaram gentis, suplicantes, assim que o fiz. Ele começou a acariciar meus ombros. "Não pode ser forçado", ele disse num sussurro. "Não é uma coisa que a gente deve fazer de um jeito forçado. É só me dizer quando você se sentir pronta."

Naquela noite, vi a tolice da minha resistência em suas palavras. *É só me dizer quando você se sentir pront*a. Eu sabia em minha mente que talvez nunca me sentisse pronta. Não fazia sentido prolongar minha resistência. De qualquer forma, é melhor ter uma pessoa infeliz do que duas.

Naquela noite, ele se aproximou de mim e abriu o zíper da calça. Naquela noite, eu permiti que ele fizesse amor comigo.

58

Nossa casa em Porto Harcourt era um pequeno apartamento de dois quartos. Tinha pintura descascada, infiltrações no teto, luzes fluorescentes que zumbiam, ladrilhos de pedra rachados. Buracos nas paredes, que permitiam a entrada de baratas. Janelas que não podiam ser fechadas totalmente.

Eu me deprimi: pelo fato de as coisas terem tomado esse rumo inesperado. Pelo fato de eu ter me permitido casar com Chibundu. Pelo fato de seu trabalho ter nos afastado de Aba, de Ndidi.

Ele se deprimiu: pelo fato de seu trabalho ser tão rígido. Pelo fato dessas responsabilidades serem novidade para ele.

E, claro, havia, como já disse, o estado de nosso novo lar. Com tantas coisas velhas e caindo aos pedaços, era um espaço que alimentava nosso mau humor. Se pudesse, o apartamento em si teria se deprimido conosco.

No nosso primeiro mês no apartamento, Chibundu e eu tínhamos tido tempo para tapar as paredes descascadas com fita adesiva. Tínhamos tido tempo para fechar os buracos no teto e no chão. Por um período, a chuva parou de pingar e as baratas ficaram longe. Mas, um mês depois, os problemas voltaram, um lembrete grosseiro de que aqueles remendos não seriam o suficiente.

Mas Chibundu também tinha esperança.

Uma noite, ele voltou do trabalho sem a aparência esgotada de sempre. Eu tinha ido ao mercado naquele dia, passado horas lá e voltado com apenas uma caixa de caracóis. Era o que teríamos comido no jantar, se tivéssemos nos dado ao trabalho de jantar naquela noite.

Lavei os caracóis em uma tigela e os transferi para uma panela. A panela ainda estava no balcão, nem tinha colocado no fogão, quando Chibundu chamou o meu nome.

Eu o vi pelo canto do olho, seu corpo alto vindo em minha direção. Havia uma lentidão em seus movimentos, como se o cômodo fosse uma poça d'água e ele estivesse com dificuldade para atravessá-la. Mas, finalmente, ele chegou.

Ao lado do fogão, ele passou os braços em volta de mim e disse: "Numa manhã dessas, você vai olhar para esse apartamento e ver todas as coisas que estão erradas com ele — a pintura descascada nas paredes, as rachaduras, os buracos. Você vai ver todas essas coisas e, mesmo assim, tudo vai parecer bem."

"Impossível", eu disse, um pouco irritada com a estupidez da declaração.

Ele se afastou. Caminhou em direção à prateleira no canto mais distante da cozinha. Voltou segurando um inhame. Pegou uma faca e começou a descascar o tubérculo.

"Assado ou frito?", perguntou enquanto descascava.

"Assado", respondi.

Não era incomum ele cozinhar. Esta era uma das coisas que tornava Chibundu diferente de tantos outros homens que conheci, até do meu pai. De vez em quando ele cozinhava e até gostava.

Ele cortou o inhame em cubos, pegou-os nas mãos, lavou-os, espalhou-os em uma bandeja e polvilhou-os com um pouco de sal, pimenta e óleo de coco. O tempo todo eu assisti. Observei enquanto ele se abaixava com a bandeja, colocando-a no forno para gratinar.

Quando ele fechou o forno, parei de observá-lo e voltei para os caracóis que estava preparando no balcão. Levei a panela para o fogão. Risquei um fósforo, acendi o fogo. Antes de me virar, abaixei-me para espiar dentro do forno, só para verificar se os inhames estavam bons. Da pequena janela de vidro na frente do fogão, vi o reflexo de Chibundu, as pernas cruzadas, os braços cruzados. Ele estava encostado na pia me encarando.

"O quê?", perguntei, endireitando-me e virando-me para olhar diretamente para ele.

"Naquela manhã", ele disse, "você vai sair do quarto, passar pela sala e ir direto para a cozinha. Você vai me encontrar aqui na pia, batendo uns ovos para o nosso café da manhã. O garfo batendo contra a tigela. As janelas vão estar abertas e uma brisa vai estar entrando por elas. Vai ter música tocando no rádio. Tudo vai estar bem."

"E como exatamente tudo ficará bem?"

Seu rosto estava sério e esperançoso enquanto ele estava ali, encostado na pia. Ele disse: "Você vai ser mãe de alguém e eu vou ser pai de alguém".

Eu ri, apontei para uma rachadura na parede. "Ah é?", perguntei. "Tem certeza que quer trazer uma criança para essa situação?"

"Não é tão ruim assim", ele disse.

A essa altura, havia no ar um leve cheiro arenoso de caracóis.

Ele se endireitou para não ficar mais encostado na pia. Aproximou-se e me enlaçou mais uma vez em seus braços. Ele se pressionou contra mim, e eu contra ele. O que mais ele poderia ter feito?

Enterrei meu rosto no espaço entre seu pescoço e seu ombro. Nesse recesso, senti seu corpo ficar rígido. Logo suas mãos estavam entre nós, seus dedos traçando os botões da minha blusa. Ele tirou os botões dos buracos, um após o outro. Suas mãos abriram caminho por baixo da minha blusa, ao longo da bainha do meu sutiã.

"Shhh. Está tudo bem", ele sussurrou quando recuei.

Ele plantou um beijo na minha testa. O ar estava úmido. A água na panela de caracóis fervia, o som de bolhas estourando baixinho.

Ele me conduziu até a sala. Nossas roupas trilhavam o caminho, minha blusa e saia se misturando à camisa dele.

Naquele sofá velho e esfarrapado, ele me alisou e me beijou mais um pouco, beijos suaves, sem pressa, até um pouco lentos. Por todo esse tempo, ele nunca fora nada além de paciente comigo. Lá estava ele, um homem de quem eu queria muito me livrar. Mas eu sabia muito bem que ele tinha a chave para minha única fuga imaginável: talvez, ao me tornar mãe, ele me salvasse. Talvez a maternidade me fizesse sentir mais envolvida no casamento. Talvez a maternidade me fizesse esquecer Ndidi. Tudo isso eu raciocinei para que, quando ele me afundou no sofá, eu já tivesse cedido. Ele plantou um milhão de beijos em mim, e quando se moveu para entrar em mim, fiz questão de não me afastar.

59

Estávamos casados há pouco mais de seis meses e morando em Porto Harcourt por cinco deles.

Levantei-me dos degraus da frente, deixei as ervas daninhas que estava colhendo.

O que estava acontecendo?

A dor de cabeça agora estava além de persistente. Não dava mais para continuar. Fui até a cozinha, sentindo falta de ar.

Algo estava mudando em mim. Novas características, uma nova inquietação.

Todos os dias, durante toda aquela semana, eu havia ligado para mamãe. Algo não estava certo.

"O que é?", ela perguntava.

"Eu não sei, mamãe. Essa é a questão. Não sei."

Encontrei a chaleira e coloquei um pouco de água no fogão para ferver.

Atendi o telefone.

Uma brisa entrou pelas janelas da cozinha e levantou suavemente as cortinas.

Encontrei uma raiz de gengibre na despensa. Raspei a pele com uma colher, cortei um pequeno pedaço e deixei-o assentar-se como uma hóstia em minha língua.

No telefone:

"Mamãe?"

"Sim, minha filha?"

"Mamãe, esses dias estou tendo uma sensação de estar presa em meu corpo."

"Estar em um lugar novo não é fácil."

"Mas mamãe, já faz meses."

"Leva tempo para se adaptar."

"Mamãe, você não está me ouvindo."

"O quê, então?"

"Tenho sentido nitidamente demais o cheiro da terra molhada. Sinto o cheiro da chuva antes de ela começar a cair. Até o sol traz um cheiro de queimado para o meu nariz. Cada cheiro é tão afiado quanto uma faca."

Lá fora, no quintal, andorinhas pairavam em volta da goiabeira. Observei-as de onde estava, perto da janela.

"Então, o que você acha que há de errado com você?"

"Esse é o ponto, mamãe. Eu não sei."

Ela declarou seu diagnóstico um dia pelo telefone: "Depressão".

"Acho que pode ser."

"É só pensar em todas as coisas que você tem para agradecer na sua vida!"

"Como o quê?"

"Você está triste? Você chora?"

"Mamãe, estou cansada demais para chorar."

"Posso ficar com vocês dois em Porto Harcourt por um tempo."

"Não, mamãe. Não precisa. Tenho certeza de que vou começar a me sentir melhor em breve."

"Claro que vai."

"Sim, acho que vou."

"O cego queria muito ver. Ele disse: 'Hoje eu verei.' Mas hoje ele não viu. Então, disse: 'Amanhã eu verei'. Mas o amanhã tornou-se hoje, o hoje tornou-se ontem e ele ainda não viu."

"Mamãe, tenho certeza de que vou me sentir melhor logo."

"Deus ajuda quem sabe pedir ajuda."

"Você não é Deus."

"Não importa. Eu vou. Eu vou e verei o que posso fazer. Seja qual for o problema, tenho certeza de que posso resolvê-lo."

***

"Alguém em casa? Ijeoma? Chibundu? Eu disse que viria. Fechei a loja, coloquei a placa de Fechado. Por favor, não me diga que fiz tudo isso por nada, vindo até aqui e não encontrando sequer uma alma para me receber. Esses filhos hoje em dia! O que o mundo está se tornando?"

Abri a porta da frente. No ar, o perfume adocicado das goiabas, que pendiam esparsamente dos galhos da árvore, goiabas maduras e amarelas e quase estourando de sumo.

"Mamãe, seja bem-vinda", eu disse. Abri mais a porta para deixá-la entrar. O cheiro entrou, mais forte.

"Como foi de viagem?", perguntei.

Nenhuma resposta, mas ela entrou. Quando o fez, permaneceu perto da entrada, sem dar sequer um passo à frente.

"Mamãe, por que você está parada aí?"

Ela estava examinando o apartamento. Depois de um momento, exclamou: "Entendo o problema agora! Ainda há tanto a ser feito por aqui! Por que vocês dois não se deram ao trabalho de arrumar o lugar? Bom, certamente podemos cuidar de tudo isso agora. Não há melhor cura para a depressão do que o trabalho duro. Temos muito trabalho pela frente, mas acredite, quando as coisas começarem a ficar mais acertadas por aqui, você certamente começará a se sentir melhor!"

Tarde. Hora do almoço. O cheiro forte de garri e da sopa de quiabo da mamãe.

"Olhe para você com essa cara tão miserável. Quando eu tinha sua idade, usava meu casamento como uma medalha de honra. Não é toda mulher que tem a sorte de conseguir um marido, sabe. O que há de errado com você que ainda não consegue perceber isso? Deus é bom com você, e você nem mesmo tem bom senso para ver isso."

"Mamãe, não estou com disposição para isso."

"Foi o que achei que você responderia." Ela esfregou as palmas das mãos uma na outra como se minhas palavras fossem migalhas, como se estivesse limpando suas mãos.

***

Após o café da manhã com pão agege e chá. Chibundu há muito fora trabalhar. Minha cabeça cheia, uma tontura terrível, como se alguém tivesse pegado um martelo e batido e batido até eu desmaiar, e agora eu estava recobrando a consciência.

"Estou saindo para comprar algumas coisas no Mile One."

"Mamãe, já tem comida no apartamento."

"Ah, é mesmo? Já tem comida e, no entanto, parece que alguém pegou uma escavadeira e estripou sua geladeira. Deixa eu perguntar, o que vamos jantar hoje à noite?"

"Ainda temos aquele pote de sopa de quiabo que sobrou. Podemos comer isso no jantar."

"Ahan! Então você quer que eu coma no jantar o que eu já comi ontem no almoço?"

"O que há de errado com isso?"

"O que há de errado com isso!"

"Sim, mamãe. O que há de errado com isso?"

“Eu vou te dizer o que há de errado com isso. Para começar, você é recém-casada. Você deveria estar fazendo todo tipo de comida para seu marido, não o obrigar a comer as mesmas coisas repetidamente.”

“O Chibundu não se importa.”

Agora ela estava abrindo e fechando os armários e gavetas da cozinha, listando os alimentos que estavam em falta.

“Você tem feijão em casa? Não. Você tem akamu? Não. Você tem milho? Não. Folhas de oha? Alguma semente de ogbono? Não. E se eu quiser fazer sopa de egusi? Você tem folhas de bertalha? Lagostim? Tem óleo de palma?”

“Temos outras coisas.”

“Ouça, não vou perder meu tempo discutindo com você. Estou pensando que talvez possamos fazer moin-moin e comer com akamu no jantar desta noite. Ou acha que Chibundu prefere arroz com guisado?”

“Chibundu come qualquer coisa.”

“Muito bem, então.” Ela pegou a bolsa na mesa da cozinha. “Vejo você em algumas horas. Este lugar precisa ser transformado para parecer um lar, não um quarto numa pensão. Vou comprar um pouco de comida e depois também verei o que posso começar a fazer sobre o resto.”

Eu tinha adormecido no sofá. Acordei com um tapinha no meu ombro. O sol entrava pelas janelas.

Ela estava pairando sobre mim, apontando para a parede dos fundos da sala. Endireitei-me no sofá e vi o que ela estava apontando: contra a parede, uma pequena máquina Singer, apoiada em uma caixa de madeira, uma pilha de linhas, uma tesoura e alguns outros materiais de costura na mesa perto dela.

“Olha o que eu trouxe para você!” Seus olhos brilhavam de

orgulho. Ela estava esperando minha reação, que eu sabia que deveria ser uma mistura de choque e gratidão.

Respondi fracamente: "Mamãe, obrigada, mas não precisava".

Ela me olhou horrorizada. "Eu compro uma máquina de costura para você — não apenas compro, mas também pago alguém para carregá-la até aqui para mim — e você tem a audácia de me dizer que não precisava? Onde estão suas boas maneiras?"

Ela continuou: "Isso é exatamente o que você precisa para que seus convidados saibam que uma mulher mora aqui. Lamento que a guerra tenha vindo e feito com que eu nunca tivesse a chance de ensinar essas coisas para você. Mas antes tarde do que nunca. Nunca é tarde para aprender a cuidar de uma bela casa."

"Mamãe, nada disso é realmente necessário."

"O lugar precisa de cortinas, uma toalha adequada para a mesa da cozinha. Almofadas para o sofá. Que tipo de lugar é esse que você chama de lar e, no entanto, não há cortinas nas janelas, nem toalha na mesa? É para isso que serve a máquina. E por falar em sofá, por que vocês dois compraram um de segunda mão? Todo esburacado, isso sem falar nas paredes descascando. Buracos por toda parte." Ela acenou com a mão como se dissesse que nada disso importava agora. "Para sua sorte, tudo isso pode ser consertado. Lembra do que eu contei sobre a casa em Aba e como nós a reformamos? Podemos fazer o mesmo aqui. Faremos disso uma bela casa." Ela divagou sem parar, tudo de uma só vez.

***

Novas cortinas: um tecido brocado cor de seda com bainha de renda verde-oliva.

"Vai ficar perfeito", ela disse. "Veja bem, essas janelas pegam muito sol. Com brocado você não terá que se preocupar tanto com o sol apodrecer as coisas."

"O sol apodrecer as coisas, mamãe?"

"Quando o sol corrói e descolore o tecido. Você não vai ter que se preocupar com isso. Por muito tempo, enfim."

Outras novidades: uma capa cor de coral para o sofá, uma toalha de mesa que combinava.

Comida e mais comida, o suficiente para deixar a despensa transbordando, como se nosso apartamento fosse a casa de um homem rico e gordo.

Nas horas em que o Chibundu estava trabalhando, limpávamos, consertávamos, rearrumávamos.

Trabalhei obedientemente em minha máquina, fazendo capas decorativas para nossas novas almofadas de sofá, meus olhos se revezando entre o tecido que eu estava costurando e as grandes letras em negrito na máquina. SINGER. Eu pedalava e virava o volante. A agulha subia e descia, subia e descia, e imaginei que o som da máquina era uma música, e que a máquina cantava docemente para mim. Perdi-me nas características da máquina, em suas curvas, em sua cor, um tom brilhante e ousado de marrom, projetando-se de maneira majestosa de seu invólucro de madeira. Eu cantarolava junto com o som de sua costura, uma música diferente a cada vez.

Nós colamos as paredes descascadas, novamente. Selamos os buracos novamente.

Nas horas depois que Chibundu voltava do trabalho, ele fazia questão de expressar o quanto estava gostando das mudanças. "Incrível!", ele exclamava. "Simplesmente incrível!"

Lavamos roupas, varremos o chão. Descascamos inhame e milho, demolhamos feijão e palmiste. Tudo isso terminado, ela fazia listas de itens a serem comprados no mercado. Íamos juntas, comprávamos os produtos, trazíamos para casa para cozinhar.

Mais um dia concluído. Outro dia se passara.

***

Na tarde de sua segunda semana em Porto Harcourt, eu estava me preparando para ir ao mercado quando notei que mamãe estava olhando atentamente para mim. "Você está parecendo muito pálida", ela disse.

Fiz que sim. "Estou me sentindo muito pálida", respondi.

"Se apresse, então," ela disse. "Há mais alguns itens a serem comprados e, depois, comida a ser feita."

Concordei.

Ela olhou para mim um pouco mais.

O plano era que eu fosse sozinha ao mercado enquanto ela cuidava de outras coisas. Mas agora ela disse: "Eu poderia ir com você".

Fiz que sim. "Seria bom", respondi.

Ela pegou a sacola do mercado. Saímos pela porta.

O ponto de ônibus ficava na mesma rua do nosso apartamento. Subimos no ônibus, andamos até nossa parada, ainda distante do mercado, mas o mais perto que o ônibus nos levava.

Enquanto andávamos o resto do caminho até o mercado, senti o cheiro de algo torrado, algo doce, como banana-da-terra madura. Corri para os arbustos na beira da estrada, separei os arbustos altos e verdes, me inclinei, minhas mãos nos joelhos. Permiti que tudo brotasse, fluísse para fora de mim, aquela doença que esteve por todo esse tempo dentro do meu corpo.

Minutos se passaram antes que eu percebesse mamãe parada ao meu lado. Ela simplesmente ficou lá, seus pés visíveis através da grama crescida. Endireitei-me e limpei a boca com as costas das mãos. Vi lágrimas em seus olhos quase imediatamente. Ela passou os braços em volta de mim, inesperadamente, assim que terminei de limpar minha boca. "Você fez bem", ela disse. "Deixou sua mãe orgulhosa. Sabe o que isso significa?"

Balancei minha cabeça.

Há uma história sobre uma cobra que, por teimosia, decidiu que não atravessaria o rio a nado. Perto da margem do rio estava um crocodilo, preparando-se para atravessar. A cobra se contorceu em uma bola apertada e se colocou em cima do crocodilo. O crocodilo seguiu em frente e atravessou o rio, tolo demais, ou simplesmente distraído demais, para perceber que carregava uma jiboia enrolada nas costas. No momento em que o crocodilo percebeu, não havia nada a ser feito. A cobra se abriu e se enrolou no crocodilo. Não demorou muito para que ela o devorasse. Em seguida, soltou um arroto sonoro, depois outro, limpou-se e agradeceu ao crocodilo em seu estômago, não apenas por ser seu alimento, mas também por ajudá-la a atravessar o rio.

Chidinma não era de forma alguma uma cobra, mas ela veio até mim do mesmo jeito que a cobra veio sobre o crocodilo. De alguma forma, não havia me ocorrido que, por todas aquelas semanas, eu estava carregando um bebê dentro de mim. Mas, é claro, mamãe estava certa.

60

Comecei a primeira desta série específica de cartas na noite em que mamãe partiu, porque naquela mesma noite, Ndidi apareceu para mim, mais vividamente do que nunca, em um sonho.

Na verdade, foram dois sonhos. No primeiro, ela estava vestida com um macacão que ia até a altura das panturrilhas, caminhando em passos lentos e certos, como se fosse um zumbi, estendendo os braços para mim. Estávamos ao ar livre, e acima dela um sol laranja espreitava por entre as nuvens e fazia com que ela reluzisse, quase como uma lâmpada elétrica, uma lâmpada humana. Ela dizia, como um cântico: "Um dia precisarei que você me carregue em seus ombros como Atlas carregou o mundo".

A cena mudou abruptamente, e logo ela estava num campo de dentes-de-leão cinza-esbranquiçados. Acima dela, um céu nublado, nuvens prestes a chover lágrimas.

Acordei sobressaltada, esperando me ver também naquele campo. Em vez disso, olhei para a minha esquerda, coloquei meus olhos em lençóis amarrotados e um Chibundu adormecido ao meu lado.

No segundo sonho, Ndidi e eu estávamos naquela igreja de dupla função em Aba, sentadas frente a frente em uma de suas mesas. Ela me entregou um copo de kai kai. Tomei um gole e, não querendo mais, devolvi a ela.

Ela empurrou o copo de volta para mim.

Eu disse: "Eu já provei. É gentil da sua parte oferecer, mas não gosto do sabor."

Ela disse: "Você não bebe kai kai pelo sabor. Você está focando no sentido errado. Você bebe para sentir o efeito. Sinta, não saboreie."

***

Antes de partir de Aba para Porto Harcourt, deixei nosso novo endereço com Ndidi. Uma semana depois de Chibundu e da minha chegada a Porto Harcourt, também fiz questão de escrever uma carta a Ndidi, e depois mais algumas, em intervalos de três ou quatro semanas. Mas os dias se passaram, e mais dias ainda, sem resposta de Ndidi. Ela não tinha telefone em seu apartamento, senão eu teria simplesmente ligado.

A ausência de qualquer tipo de comunicação da parte dela não era nada como uma ausência. Em vez disso, era uma presença: de dor mental, como uma flecha grossa entrando bem na minha cabeça, envenenando minha mente com algo como tétano, fazendo com que meus pensamentos enlouquecessem, um espasmo aqui, outro ali.

Se houvesse um relaxante muscular equivalente para a mente, eu teria sido a primeira a comprá-lo. Mas, não tendo essa opção, encontrei outras maneiras de lidar. Por exemplo, cada vez que falava com mamãe ao telefone, sentia alívio ao mencionar o nome de Ndidi. Apenas alguns segundos falando sobre ela era como um remédio temporário.

Uma conversa ao telefone com mamãe:

"Algum cliente novo?"

"Não, sem novos clientes."

"Nenhum mesmo?"

"Bem, tem aquele velho vagabundo que apareceu um dia do nada. Eu te contei sobre ele?"

"Não, acho que não."

"Bem, resumindo, ele apareceu um dia daquele jeito inesperado como excrementos de pássaros que caem do céu. Imagine como deve ser ter pelo menos cinquenta anos e conseguir não ter feito nada da vida? Um homem adulto vagando por aí sem nada em seu nome!"

"Coisas inesperadas acontecem com as pessoas, mamãe. Tragédias acontecem."

"Bem, independentemente disso, eu fico enfurecida que ele continue andando por aqui, todo bêbado e cheirando a uísque e cerveja. Várias vezes ele veio comendo uma laranja grande, chupando a polpa, com as bochechas inchadas, e o tempo todo faz caretas como se estivesse sugando urina ou catarro, e então cospe as sementes. Você pode acreditar — ele cospe bem na frente da minha loja! Agora, você sabe que o melhor amigo de uma dona de loja é sua vassoura, então eu corro com minha vassoura e o varro para longe. Mas no dia seguinte ele está de volta. *Tufiakwa!* Algumas pessoas não têm nenhuma decência..."

Falando em fúria, algo na maneira como ela falava estava começando a me enfurecer. Pela janela da cozinha, caía uma chuva forte. Soava uma batida constante acima de mim. Eu não sabia dizer o que era o som da minha cabeça pulsando e o que era o som da chuva pingando no telhado.

Mamãe continuou falando sobre o homem e sobre sua falta de decência, como se a decência fosse algum tipo de religião. Como eu não conseguia mais apenas ficar ouvindo, perguntei: "E se o comportamento dele não tiver nada a ver com decência?"

Ouvi algo vermelho e brilhante e queimando como lenha em sua voz agora, e ela disse: "Como não, hein? Na verdade, nas primeiras vezes que ele apareceu na frente da loja, fui até ele, apontei o dedo na cara dele e passei um sermão. Se você já ouviu um sermão sobre decência, foi isso que eu fiz, e ainda assim, Ijeoma, eu lhe digo, o homem é incapaz de ter o mínimo de decência. Imagine, ele ainda continua aparecendo, esfarrapado e desgrenhado, bem na frente da minha loja! Uma pessoa assim, na frente da loja todos os dias, vai acabar me custando meus clientes!"

Estava claro que ela tinha razão. Ainda assim, um sentimento de tristeza caiu sobre mim ao ouvir suas palavras. Pensei: Pobre homem. E se ele não tivesse para onde ir? E pensei em mamãe. Quão terrível era a maneira como ela estava tentando se tornar a vítima da tragédia de outra pessoa.

Eu disse: "Mas mamãe, e se ele se voltasse contra você? E se ele pedisse para você, por decência, parar de enxotá-lo com sua vassoura? E se ele te explicasse que é mais que uma mosca e que não tem para onde ir? E se ele dissesse que era você que estava sendo indecente ao enxotá-lo?"

Sua voz veio muito baixa agora. "Ele tinha mesmo que se esforçar mais para encontrar outro lugar para ir."

Eu poderia ter dito mais, mas, em vez disso perguntei: "E quanto a Ndidi? Ela tem passado aí?"

"De vez em quando, mas não tanto quanto antes", mamãe respondeu.

Desliguei o telefone e passei o resto do meu dia da mesma maneira que sempre fiz. Quando a noite chegou, sentei-me na cama e escrevi para Ndidi. Talvez eu mandasse a carta, talvez não. De qualquer maneira, é melhor colocar as coisas para fora da minha mente do que permitir que elas cresçam e criem mofo e apodreçam minhas entranhas. Melhor expurgá-las antes que se tornassem o pior tipo de ferida: escorrendo pus e com um odor pungente, vazando e apodrecendo e fedendo como um corpo morto e em decomposição.

Eu poderia ter sido poética, dito algo sobre meu amor por ela ser tão grande e amplo quanto um país inteiro. Eu poderia ter escrito linhas sentimentais que voariam pelo ar sem qualquer fundamento na realidade. Mas teria sido arriscado fazê-lo — deixar escapar toda a minha emoção em uma carta. E se outra pessoa a interceptasse e expusesse nosso relacionamento?

De qualquer forma, não me parecia que floreios extravagantes deveriam ter lugar em cartas de amor. O amor não pode viver só de poesia.

Escrevi apenas:

Estou grávida de um filho de Chibundu, mas continuo pensando em você. Ontem à noite sonhei com você em um campo de dentes-de-leão e em nossa igreja. Você ainda pensa em mim?

Chibundu, ao meu lado, roncava baixinho. Dobrei o papel em quartos e depois em oitavos e coloquei-o na caixa de madeira pintada à mão onde guardava minhas canetas, lápis e meu diário. Fiz questão de colocar a carta no fundo, debaixo das canetas e lápis, mesmo debaixo do diário, onde tinha a certeza de que Chibundu não a veria.

Abaixei-me para o lado da cama, coloquei a caixa de madeira na gaveta debaixo da minha mesa de cabeceira, empurrando-a com segurança para trás de todas as outras bugigangas — um pequeno kit de costura, uma tesoura, potes de pomada, minha Bíblia. Fechei a gaveta, recostei-me no meu lado da cama e me permiti cair no sono em paz.

61

Chibundu estava no banheiro realizando seus rituais matinais. Levantei-me e saí do quarto e do apartamento, como havia começado a fazer naqueles dias.

Tomei meu lugar na varanda da frente. O dia estava raiando e o céu estava ficando mais claro.

Meus olhos encontraram as sebes. Essas sebes não eram nem de perto tão majestosas quanto as da nossa velha casa em Ojoto. Mas estavam bonitas o suficiente. Levantei-me da minha cadeira na varanda e caminhei até elas. As folhas e as pétalas das flores estavam brilhando de orvalho. Peguei uma pequena flor de ixora e a coloquei no cabelo. Se meu bebê fosse uma menina, eu pegaria ainda mais delas e as colocaria como enfeites em volta de sua cabecinha.

Na noite anterior, Chibundu e eu tínhamos atacado um ao outro como um babuíno e um leopardo, brigando na mesa do jantar, cada um de nós ameaçando atacar.

"Esta comida não tem gosto", ele disse.

"Então, da próxima vez, você mesmo pode fazer sua comida."

"Trabalho o dia todo e você tem a ousadia de olhar para mim e dizer isso na minha cara?"

"Eu cozinho para você o dia todo e você tem a ousadia de reclamar que a comida não está boa na minha cara?"

Seus lábios se dobraram para fora como duas centopeias grossas, uma em cima da outra. Se ele fosse mamãe, esse tipo de reclamação seria esperado, e eu apenas escutaria e deixaria entrar por uma orelha e sair pela outra. Mas esse tipo de coisa não era nada comum para ele.

Ele continuou sentado lá, silenciosamente aflito e furioso.

Observei-o por algum tempo e, finalmente, perguntei: "Qual é exatamente o problema com você esta noite? Aconteceu alguma coisa?"

Por algumas semanas, seus olhos tinham parecido pesados, mas agora estavam ainda mais do que o normal.

Perguntei novamente: "Qual é o problema com você?"

"Nada."

"Como está o trabalho?"

"Tudo certo."

Depois de um tempo, ele disse: "Engraçado como a vida tende a cair ladeira abaixo inesperadamente".

"Algo está indo ladeira abaixo inesperadamente para você?"

"Eu estive pensando", ele disse.

"Ahá!", soltei um muxoxo. "Isso é o que você tem feito de errado!" Acrescentei: "Você não sabe que pensar é como carregar uma grande pedra no estômago? Não apenas a dor, mas também a sensação de que seu interior está todo confuso e entupido. E aposto que você não está apenas pensando. Aposto que você pensou demais. Imagine uma grande pilha de pedras dentro de você. Pode confiar em mim, eu sei."

Ele disse: "Tenho *pensado* que não estou muito feliz com a forma como as coisas andam por aqui".

"Você não está muito feliz com o quê, exatamente?"

"E não sou só eu. Mesmo no trabalho, todos parecem estar tristes e deprimidos. Deve ser algo no ar. Como se todo mundo tivesse sido pego por uma monção e fosse trabalhar todo encharcado e de mau humor. Eu sei que é só como as coisas estão. Mas estou determinado a ser feliz. Quando se trata de felicidade, muito pode ser dito sobre determinação, apenas."

Pensei sobre isso. Por fim, disse: "Sim, é verdade. Certamente há algo a ser dito sobre determinação."

Eu estava sentada do lado de fora, clareando a cabeça com o ar fresco da manhã, sonhando acordada com uma menina com uma coroa de flores de ixora.

Senti um pontapé no estômago e, em seguida, senti a alegria tomar conta de mim. Pensei em Deus. Talvez essa fosse a maneira que Deus estava escolhendo para falar comigo. Talvez Ele estivesse escolhendo falar através do meu bebê. Então, o que Ele estava dizendo? Tentei acalmar minha mente, para, quem sabe, ouvir a voz de Deus dentro de mim.

Por mais que tentasse, não conseguia clarear a cabeça.

Orei:

Querido Deus, estou infeliz. Mesmo enquanto carrego meu bebê, e mesmo que pensar nessa criança me deixe feliz, ainda assim me sinto infeliz. Querido Deus, eu quero ser feliz. Por favor, me ajude a ser feliz.

Talvez tudo o que eu pudesse fazer fosse continuar com minha vida do jeito que estava. Tornar-se mãe de um ou mais filhos, seguir com tudo o que envolve a maternidade.

Levantei-me e voltei para dentro para passar a roupa de trabalho de Chibundu. Perdi a noção do tempo e fiquei na varanda por mais tempo do que havia planejado. Chibundu sairia do banheiro a qualquer momento, querendo saber onde estavam suas roupas.

Do quarto eu podia ouvi-lo no banheiro, podia ouvir aqueles sons finais que significavam que ele estava prestes a sair: um gargarejo, uma cusparada. Logo ele giraria a maçaneta e a porta se abriria. Passei rapidamente a camisa e as calças e depois as espalhei sobre a cama.

Fui até a cozinha, comecei a fritar seus ovos e fazer suas torradas.

Minutos se passaram e logo o observei entrando na cozinha, completamente vestido, pasta e relógio na mão.

Ele pôs a pasta no chão, depois sentou-se, ajustando o relógio no pulso, apressado, como se mal tivesse tempo nem para isso.

Juntei-me a ele à mesa, observei-o começar a comer, devorando a comida, quase sem mastigar.

"Que pressa é essa?", perguntei.

"Nada", Ele respondeu.

"Você não está atrasado, está até adiantado talvez, e ainda assim está correndo. Claramente, tem algum motivo. O que é?"

Ele sorriu amplamente. "Lembra o que eu disse sobre determinação? Eu tenho vários compromissos. Arranjos. Coisas importantes a serem feitas."

"Que tipo de arranjos? Que coisas importantes?" Eu queria saber.

Ele se levantou da cadeira, pegando a pasta do chão. "Não se preocupe, você vai ver" foi tudo o que ele disse.

Ao sair, ele parou na minha frente, deu um beijo na minha testa, e naquele momento pensei: O que importa se ele me conta de seus negócios importantes ou não? O que importa se ele os escondesse ou os revelasse? O que importa sermos marido e mulher, supostamente uma só carne? Parecia-me que não havia duas pessoas casadas tão vazias de sentimento, tão distantes um do outro do que nós dois. Qual era o sentido, então, daquele beijo na testa?

Marido e mulher, diz a Bíblia. Era uma boa ideia, mas só daquela maneira limitada que as coisas teóricas costumam ser.

Naquela noite, sentei-me à mesa da cozinha, olhando pela janela, esperando que ele voltasse. Sobre a mesa, nossos pratos, utensílios e copos, todos limpos e prontos para uso. No fogão, uma panela de arroz e ensopado de frango fervendo em fogo baixo. Só faltava Chibundu voltar e servir a comida.

O céu estava escuro, um tom profundo de laranja misturado com cinza. Quase uma hora se passou de seu horário normal de retorno e cerca de uma hora e meia desde que eu terminara de cozinhar, mas ele não aparecera.

"Logo", murmurei. "Logo."

Mais meia hora se passou e ainda nenhum sinal dele.

Fui até o telefone na cozinha. O tom de discagem soou forte e alto em meu ouvido. Disquei o número do escritório dele. Seu telefone começou a tocar enquanto eu fixava meus olhos nos pratos vazios e nos talheres não usados. *Tu. Tu. T*u. Tantos toques e ninguém para atender a chamada.

Agora eu estava com muita fome para esperar. Desliguei o telefone. No fogão, servi o arroz da panela, derramei ensopado por cima e voltei para a mesa da cozinha com meu prato. Lá fora, o céu ficou mais escuro, um tom de redemoinhos roxos e pretos.

Eu tinha acabado de encher a boca de arroz e estava mastigando quando ouvi passos e um barulho na porta. Engoli a comida que tinha na boca e fui até a porta.

Acendi a luz da varanda para ver melhor na escuridão lá fora. A cara de Chibundu foi a primeira coisa que me cumprimentou. Em uma das mãos ele carregava um carrinho de bebê azul-clarinho dobrado, na outra sua pasta de trabalho.

Atrás dele estava uma van, o motorista descarregando várias coisas de bebê: um berço de madeira escura, um moisés de cor natural, uma pilha de fraldas de pano, um balanço Fisher-Price, uma caixa na qual se viam imagens de mamadeiras.

Abri bem a porta para ele entrar, o que ele fez, transferindo a pasta para que agora segurasse o carrinho e a maleta em uma só mão. Com a mão livre, ele acariciou minha bochecha.

"Depois deste bebê, teremos mais um e mais um e talvez até mais um. Isso aqui é bom investimento, vamos passar de uma criança para a outra."

"Mais um e mais um e talvez até mais um?"

Ele acenou com a cabeça, sorrindo largamente, e agora estava indo e voltando da porta para a sala, ele e o entregador, enquanto carregavam o resto dos itens.

Depois de terminarem de descarregar a van e Chibundu ter pagado o homem e o mandado embora, nós dois sentamos sozinhos na sala. Chibundu enfiou a mão no bolso da calça, tirou um envelope e me entregou.

"Isso estava em nossa caixa postal. É para você."

No envelope havia dois endereços, um deles nosso, o outro o do remetente. Nenhum nome aparecia acima do endereço do remetente e não perdi tempo lendo qual era exatamente. Eu sabia que algo sobre aquela letra parecia familiar, e foi o suficiente para aumentar minhas esperanças. Quantas vezes me sentei em frente a Ndidi em sua mesa, observando-a fazer anotações nas redações de seus alunos? Eu deveria saber que a carta não era dela, mas naquele momento minha mente de alguma forma decidiu que era dela, sim. Meu coração disparou e eu rasguei o envelope como um gato selvagem agarrando avidamente um pacote de carne, mostrando os dentes, preparando-se para devorar. Só quando rasguei o envelope e estava prestes a abrir o cartão que estava dentro, minha mente começou a localizar a caligrafia. Dentro do cartão, li a confirmação, uma breve mensagem:

> *Ouvimos as notícias maravilhosas. Parabéns a você e Chibundu pela gravidez! Estamos muito felizes por você e ansiosos para conhecer em breve seu precioso bebê!*

Na parte inferior da nota, o professor da escola primária e sua esposa assinaram seus nomes, letras curvilíneas em negrito que gritavam de emoção, letras que pareciam o som de "Joy to the World" ou "Jingle Bells".

Até aquele dia, nunca havia ficado tão desapontada ao ver um par de nomes em um cartão de felicitações. Além da decepção, senti raiva de Ndidi, um tipo de raiva total e avassalador como energia desperdiçada, e fiquei sem fôlego com isso, porque o que eu era, titica de galinha? O que eu era, o tipo de coisa que você joga fora depois de usar? Papel higiênico, uma escova de dentes velha, cacos de vidro quebrado? De repente, eu estava me lembrando de como toda a situação com Amina havia feito me sentir descartada. Parecia o tipo mais cruel de *déjà vu*. Como o início de uma condenação a uma vida inteira do mesmo papel.

Nessa noite, depois de Chibundu ter adormecido, tirei minha caixa da gaveta de baixo da mesa de cabeceira. Desdobrei uma folha de papel e escrevi a Ndidi:

Estou banindo todos os pensamentos sobre você. Banindo. Banindo. Banindo.

Dobrei o papel em quartos e oitavos e coloquei-o em segurança no fundo da gaveta.

62

Eu já tinha cortado os pimentões, os tomates e as cebolas e acabado de macerá-los para o ensopado, quando as dores começaram. Tinham aparecido na noite anterior, aquela primeira pontada, mas desaparecendo rapidamente, e cada vez que voltava, não era bem uma dor. Mas aí estavam de novo, de novo, insuportáveis, e derrubei a mistura de pimentões, cebolas e tomates, o molho vermelho-rosado se espalhando pelo chão da cozinha.

Respirei fundo. Certamente eu tinha algum tempo. Não havia necessidade de entrar em pânico.

Chibundu estava no trabalho. Fui até o telefone, disquei o número do escritório dele.

Sua voz veio pela linha. "Alô?"

"Chibundu", eu disse, "acho que o bebê está vindo. *Obiawan*a. Ela está vindo. Você tem que vir."

Por um momento, ouvi várias vozes na linha. Não conseguia entender o que estava sendo dito e se era para mim.

"Chibundu! Você está aí? Você está me ouvindo? Eu disse que o bebê está vindo!"

"Sim, sim!", ele gritou, animado. "Eu ouvi. *Obiawana*. O bebê está vindo. Só estava avisando meus colegas de trabalho. Quanto tempo nós temos? Estou a caminho agora. Vou chegar aí antes que você perceba."

"Talvez eu devesse pegar um táxi e você pode me encontrar no hospital", eu disse, pensando em voz alta.

"Não, não", ele disse. "*Mb*a. Estou saindo agora. Logo estarei aí. Vou pegar um táxi e ir para casa agora e podemos pegar o mesmo táxi juntos para o hospital." E desligou.

Recoloquei o fone no gancho e fiquei ali, sem saber o que fazer comigo mesma enquanto esperava por ele. Ocorreu-me ir buscar a mala do hospital, deixá-la na porta à espera do momento em que Chibundu chegasse. Dei alguns passos em direção ao quarto, mas logo a dor voltou.

Agachei-me, agarrando-me à mesa, apoiando-me dessa forma e esperando que a dor diminuísse. Mas ela só piorou.

Fiquei ali no chão da cozinha pelo que pareceram horas, gritando, abrindo e fechando os punhos, lutando para recuperar o fôlego.

Rastejei até o telefone, peguei-o, sem saber exatamente para quem ligar e por que, porque certamente Chibundu já estava a caminho. Mesmo que eu ligasse de novo para o escritório dele, ele já não estaria lá para atender.

Logo, parecia que o mundo estava se fechando ao meu redor. Ficou tudo preto.

Olhei para cima e vi Chibundu entrando na cozinha, seus passos batendo no piso frio. Apenas aquele breve momento de lucidez, e tudo ficou preto novamente. Por fim, abri os olhos mais uma vez e descobri que estava deitada em uma cama de hospital. Mais gritos, mais cerrar e abrir dos meus punhos. Fiz força e força, e me senti vazia, como um rio que desemboca no mar.

63

O clima festivo durou toda a primeira semana e adentrou a segunda: visitas dos vizinhos, goles em garrafas de refrigerantes — caixotes deles — e de cuias e galões de vinho de palma. A habitual distribuição de presentes, votos de felicidades de familiares e amigos. Mamãe e a mãe do Chibundu tinham vindo e estavam à minha espera no apartamento quando cheguei do hospital, ansiosas por receber a bebê Chidinma em casa.

O primeiro sinal de problema foi quando Chibundu se recusou a comprar uma cabra. Sem a cabra não haveria o abatimento, nem o buraco cavado, nem o derramamento de sangue na terra. O cabrito assado teria sido a imagem para marcar a festa, temperado com pimentões e cebolas, e servido a gosto de todos.

Mas Chibundu se recusou. Em vez disso, ele andava deprimido, mal cumprimentando os visitantes.

Mamãe não pôde deixar de notar. Ela tinha pegado a bebê, a estava carregando pelo apartamento quando cruzou com Chibundu. Ela voltou para mim imediatamente. "Qualquer que seja o problema entre vocês dois", ela disse em voz baixa, "você precisa encontrar uma maneira de resolvê-lo. Está ouvindo?"

Eu estava no quarto de Chidinma — o berçário —, sentada em uma poltrona reclinável. Peguei a bebê do colo dela. "Estou ouvindo", respondi. "A questão é que eu realmente não sei qual é o problema."

"O que você quer dizer com não sabe?"

"Quero dizer que não sei", respondi.

Comecei a balançar a bebê em meus braços.

"Ele é seu marido", ela disse. "Algo está errado e você está me dizendo que não sabe o que é?"

Examinei minha bebê, sem mais ouvir as perguntas de mamãe. Ali estava minha filha, minha carne e meu sangue. Mãos e pés minúsculos. Unhas finas como papel. Olhos pouco maiores que fendas. Sua pele era lisa e macia, e seu perfume era doce e puro, um pouco como o aroma do óleo de coco fresco.

Meus seios estavam inchados, e senti uma onda de dor passar por eles quando sua boca se agarrou a mim. Mas também senti uma mistura de gratidão e deleite. Eu a segurei apertada contra meu corpo. Apesar da dor, ela era motivo de comemoração. Uma menina linda, saudável, sem lábio leporino, sem maldição. Lá estava ela, um pequeno ser humano que eu amaria da maneira que bem entendesse — amor transbordante, amor irrestrito. Chigoziem era o nome que Chibundu tinha escolhido para o caso de ser um menino. Chigoziem, porque ele teria sido nossa pequena benção, e através desse nome estaríamos, de nossa parte, pedindo a Deus que o abençoasse.

Mas tinha sido uma menina, o que era bom para mim. Chidinma foi o nome que escolhi para ela. Chibundu havia me permitido escolher o nome da menina, sua única condição era que de alguma forma refletisse o seu. Chidinma foi o nome que escolhi, "Deus é bom", porque ela não era uma criança amaldiçoada, nem com lábio leporino. Através dela, essa representação perfeita de mim e de Chibundu, Deus realmente tinha sido bom.

64

Ajuda não me faltou. A mãe de Chibundu ficou uma semana e fez o possível para contribuir nas tarefas domésticas. Mamãe superou sua estadia e ficou quase dois meses, mais do que eu jamais teria pedido a ela. Ela teria ficado ainda mais se eu não a tivesse encorajado a voltar para Aba. Afinal, sua loja estava esperando. Dois meses era muito tempo para deixá-la fechada. Finalmente, ela cedeu.

Mas fiquei mais do que grata pelo tempo que ela ficou, especialmente naqueles primeiros dias, quando não conseguia fazer Chidinma mamar e estava sentindo tanta dor.

Naqueles dias, ela trouxe um banquinho até mim. "Aqui. Coloque sua perna sobre isso, vai aproximar a bebê do seu peito e facilitar para vocês duas."

Funcionou.

Quando surgiram os caroços, mamãe disse: "Não há nada com que se preocupar. Apenas caroço de leite empedrado. Um duto entupido. Vai desaparecer em alguns dias."

Ela cuidou para que eu alimentasse Chidinma de forma mais consistente — pelo menos a cada duas horas — para que o duto fosse drenado. Ela me lembrava de trocar de seio para que não houvesse pressão demais em nenhum dos lados.

Ela me trazia uma toalha quente a cada poucas horas, especialmente à noite, e me dizia para colocá-la sobre os seios, pois o calor ajudaria a dissolver o entupimento. Cuidou para que eu bebesse muitos líquidos, principalmente água. Assegurou que eu dormisse de costas ou de lado para não colocar peso extra nos seios. Às vezes, à noite, naquelas noites em que adormecia no berçário, na cama de solteiro que eu, às vezes, dividia com mamãe, acordava com ela pairando sobre mim, dizendo: "Ijeoma, você está deitada muito para a frente de novo. Vire-se para ficar completamente de costas."

65

Tudo girava ao redor de Chidinma naqueles dias depois que mamãe fez as malas e foi embora. À tarde, quando, antes de dar à luz, eu geralmente estaria sentada na igreja, em vez disso, amarrava Chidinma nas costas e a carregava por longas caminhadas, de um lado para o outro, sem um destino em mente.

Uma vez, esperei até à noite para ver se Chibundu gostaria de me acompanhar. Ele estava sentado na sala comendo uma mini-berinjela. A pergunta mal havia saído da minha boca quando ele olhou fixamente para mim, seu rosto contorcido em uma carranca. Ele respondeu que seu trabalho o tornava inútil para a vida cotidiana, que o esgotava tanto que, lamentava dizer, provavelmente nunca teria energia para sair comigo. Não à noite depois que ele voltava do trabalho, e nem em outros momentos, por que eu não via? Não percebia que até nos fins de semana eles agora, às vezes, o chamavam? E naqueles fins de semana em que isso não acontecia, ele preferia descansar.

Eu tinha notado de fato que ele estava começando a trabalhar em alguns sábados.

Assenti, sem dizer uma palavra, mas estava claro que algo tinha acontecido com ele. A maneira como ele estava brigando com mais frequência do que nunca. Como se o mundo inteiro, e especialmente eu e Chidinma, tivéssemos nos tornado espinhos em sua pele.

66

Nós nos tornamos tão inseparáveis quanto a umidade e o ar, Chidinma e eu. Às vezes, ela ficava pendurada em meus braços, suspensa como uma névoa. E, às vezes, ela escorregava, mas eu estava lá para trazê-la de volta. Os meses voaram. Um mês se foi, e depois o próximo, e o próximo.

Dezembro chegou e mamãe estava de volta. Por toda Porto Harcourt, as habituais festividades de fim de ano haviam começado. Mascarados — dançarinos ojuju coloridos movendo-se ao ritmo de seus sinos de metal ogene. Dançarinos ojuju movendo-se ao som de tambores de argila udu, sons de baixo suave formando a música que guiava seus passos. Ojujus em vestidos brilhantes, sacudindo suas cabaças de ichaka, fazendo com que as coberturas de contas chacoalhassem. Ojujus assustadores vestidos com capim e saias de ráfia movendo-se ao som de tambores ekwe e igba. Ojujus com cabeças de leão e cobertos com peles do animal.

Era a época em que os ojujus desfilavam pelas estradas, dançando e arrecadando dinheiro e doces. A época do ano em que as crianças corriam em direção aos ojujus, então fugiam deles com medo, para frente e para trás, para frente e para trás, porque entre suas crises de medo havia um estado elevado de prazer. Os dançarinos ojuju bloqueavam as estradas para que até mesmo os motoristas de automóveis tivessem que parar seus carros e pagar o pedágio para poder passar.

Nem Chibundu nem eu tínhamos um interesse particular em celebrar o Natal, e Chidinma ainda era muito pequena para se importar. Mas no final de seu primeiro dia de volta, mamãe estava inventando maneiras de comemorar.

"Não temos um Natal de verdade desde o ano anterior à guerra. Eu só pensei que talvez, com Chidinma aqui, pudéssemos voltar a fazer as coisas como costumávamos fazer. Que tal uma viagenzinha para Kingsway?"

"Não sei se é uma boa ideia", eu disse à mamãe. Estávamos na sala. Mamãe estava olhando para mim com tanto entusiasmo e expectativa. Chidinma dormitava em meus braços.

"Você não sabe se é uma boa ideia?", ela perguntou.

Ela também já tinha sido uma mãe de primeira viagem, mas parece que havia esquecido como podia ser difícil andar por aí com um bebê pequeno, como era inconveniente ter que amamentar fora de casa.

Mamãe suspirou e puxou as lembranças: "Você não se lembra de como eram as festas de Natal, aqueles dias em que seu pai nos levava nas viagens a Porto Harcourt? Eu me lembro como se fosse ontem", ela disse, "do jeito que fomos direto para Kingsway, e o seu rostinho cheio de emoção enquanto você andava no trem de brinquedo que percorria todo o shopping center, que deixava todas as crianças na casinha do Papai Noel? Você se lembra dos presentes que ganhou do Papai Noel?"

Eu me lembrava. Um ano, ele me deu um conjunto de pratos de plástico que poderiam ser usados como frisbees. Eu os usava para brincar com meus colegas de escola durante o recreio e depois da aula. Em outro ano, ele me deu uma boneca oyibo, um bebê com olhos tão grandes e cílios tão longos que me assustou, e eu a joguei longe e saí correndo. Papai Noel então trocou a boneca por um jogo de chá infantil.

"Posso ver na minha mente, você e o Papai Noel naquela cabaninha artificial dele, coberta com pedaços de neve artificial. E seu papai, o jeito que ele sempre se agachava e sorria para você quando você se sentava no colo do Papai Noel..." Mamãe deu um longo suspiro.

Nada poderia me fazer sentir pior do que ouvi-la suspirar

daquele jeito. Havia algo incandescente, um suspiro que brilhava com uma espécie de nostalgia triste.

"Tudo bem", eu disse. "Nós podemos ir."

Mamãe sorriu largamente e se levantou para me abraçar.

***

Aquele dezembro se tornaria um dos meus Natais mais intensos de todos os tempos.

A mamã nos levou, incluindo Chibundu, a Kingsway. Ela insistira para que ele nos acompanhasse, porque isso se tornaria, afinal, uma nova tradição familiar, que ele, eu e Chidinma passaríamos anos relembrando, assim como ela e eu acabáramos de fazer.

Em Kingsway, viajei no trenzinho, carregando no colo uma Chidinma de olhos arregalados. Minha mãe e Chibundu acenavam quando o vagão passava, muito devagar, por eles. Chidinma ria e sorria de volta. O maquinista do trem, um jovem de rosto rechonchudo, apareceu para me ajudar a sair depois que a viagem terminou.

Não ficamos muito tempo em Kingsway, mas durante as poucas horas em que estivemos lá, Chibundu sorriu com o que parecia ser felicidade, lembrando-me de quando era um menino. Voltamos para casa com ele carregando sacolas de feira cheias. Mas em vez de estarem cheias de produtos pesados — inhame, mandioca, milho, por exemplo —, como quando se vai aos mercados, as nossas estavam cheias de brinquedos para Chidinma e presentes para nós — vestidos e sapatos para mim, camisas e calças e gravatas para Chibundu —, presentes de Natal que mamãe teimara em comprar para que passássemos bem as festas.

Durante aquelas horas em Kingsway, as coisas pareciam estar melhorando, mas ao anoitecer, Chibundu estava de alguma forma de volta ao seu estado de mau humor.

67

Noite. Sentei-me na sala, embalando Chidinma em meus braços, cuidando dela. Ela tinha então cerca de sete ou oito meses de idade.

As janelas da sala estavam abertas, as cortinas amarradas nas laterais. O harmatã havia chegado e, ao longe, um denso redemoinho de poeira pairava como nuvens descendo sobre a terra.

A sala estava fria, e o ventilador de mesa em cima da televisão não oscilava, chacoalhava ou zumbia como acontecia nas tardes mais quentes.

A porta da frente, assim como as janelas, estava aberta. Lá fora, vi Chibundu afiando a lâmina de seu facão com uma pedra. Ele sempre usava a mesma pedra — não exatamente uma pedra, mas um grande pedaço de cimento que rachou e caiu na lateral dos degraus dos fundos. Se você olhasse de certa maneira, tinha uma forma que lembrava o meio de uma mulher, dos ombros aos quadris — seios grandes, mas uma barriga encovada. Não importava quantas vezes ele passasse o facão nele, o pedaço de cimento parecia manter sua forma.

Ele passou de afiar o facão para aparar as sebes com ele. Trabalhava nas sebes com o fervor de quem mata um animal selvagem. Levantei-me do sofá e me aproximei para vê-lo trabalhar. A lâmina do facão brilhava, mesmo sob o sol fraco do harmatã. Os golpes de seu braço enviavam folhas verdes e galhos marrons voando por todo o lado. De vez em quando soprava uma brisa que captava o cheiro das plantas cortadas e o carregava pelas janelas abertas, parecendo depositá-lo bem diante das minhas narinas.

Seus movimentos faziam um som alto. *Tá, tá, tá*. Golpes rápidos, precisos e cortantes. Galhos e folhas caindo mortas no quintal. Seu facão subindo e descendo. Ele continuou assim por algum tempo.

A bebê começou a se mexer. Parei de amamentá-la, levantei-me do sofá e caminhei pela sala, embalando-a gentilmente e dando tapinhas em suas costas para ver se ela precisava arrotar.

Ouviu-se um som, como um estalar de dedos. Chibundu estalava sempre os nós dos dedos depois de acabar com as sebes e a relva, mas este som era mais alto e mais duradouro do que o habitual, e parou depois de um tempo.

A bebê se acalmou. Fui até o sofá e me sentei, ainda segurando-a em meus braços.

Olhei na direção da janela. No parapeito havia um galão cuja metade superior eu cortara para fazer um vaso. Flores secas de hibiscos se projetavam dela, algumas pétalas vermelhas caídas flutuando na água. Do lado de fora da janela, junto à porta, os movimentos da sombra de Chibundu.

O estalar dos dedos veio novamente. Mas desta vez foi mais como uma batida na porta: várias pancadas levemente abafadas de cada vez.

Levantei-me para atender, mas mal tinha dado um passo quando Chibundu abriu a porta e entrou com o facão na mão. Tudo aconteceu tão rápido e inesperadamente que dei um passo para trás com a surpresa de sua entrada.

Ele caminhou até onde eu estava perto do sofá. A lâmina do facão bateu em uma das pernas de metal da mesa de centro, fazendo um som de raspagem, um pouco como um grito.

Ele estava vestindo uma camiseta de algodão e uma velha calça cáqui. Manchas de suor se formaram na camiseta, áreas escuras de umidade por toda parte. O tecido de suas calças parecia, em alguns pontos, ter um tom mais escuro de bege. Atrás dele, a porta da sala permanecia aberta.

Ele inclinou a cabeça um pouco para o lado. Levantou uma sobrancelha, de leve, olhando para mim do jeito que havia começado a me olhar naqueles dias, um tanto chocado. Finalmente ele falou: "Por que você não abriu?"

"Não ouvi", respondi.

Ele inclinou a cabeça um pouco mais. "Não ouviu?"

"Não", respondi. Mas é claro que eu tinha ouvido os sons de estalos. Eu tinha de fato ouvido, só que não havia ligado o som a alguém batendo na porta. Eu disse: "Sinto muito. Acho que confundi sua batida com outra coisa."

Zombando, ele disse: "Você acha que confundiu minha batida com outra coisa." Ele repetiu, ainda mais zombeteiro, quase cantando: *"Você acha que confundiu minha batida com outra coisa."*

"Sinto muito", repeti.

"Agora me diga, o que devo fazer com suas desculpas? Posso fazer sopa com elas? Posso pagar as contas com elas? Para que servem exatamente as suas desculpas?"

Ele se virou na direção da cozinha. "Deixei minha garrafa de água potável lá dentro. Eu precisava que você trouxesse para mim. Você não ouviu, então você não levou para mim. Você me diz que sente muito. Não é preciso ser um cientista para ver como seu pedido de desculpas é inútil para mim agora."

Ele transferiu seu peso de uma perna para a outra. Bateu levemente o facão no chão de piso frio, transferindo-o de uma mão para a outra, mudando de posição mais uma vez e apenas olhando para mim.

Chidinma estava balbuciando. Seu olhar se moveu para ela.

"Falando na bebê, a gente devia mesmo tentar de novo", ele disse.

"Devíamos tentar *o quê* de novo?"

"Ela está acordada?", ele perguntou.

"Em algum ponto entre dormindo e acordada", eu disse.

Ele assentiu.

"Devíamos tentar ter um filho."

Deixei escapar um suspiro. Saiu um pouco como um sobressalto.

"Se o homem que vai na roça e volta sem mandioca for um verdadeiro agricultor, ele vai voltar para a lavoura, vai fazer o que for preciso, para um dia voltar da roça com mandioca no cesto." Ele fez uma pausa. "Vamos tentar novamente ter um filho, fazer o que for preciso para ter um filho. Eu vou ter um filho. Eu mereço que você me dê pelo menos isso."

Eu me recompus. Disse: "Chibundu, não estou mesmo disposta a ter outro bebê, certamente não tão cedo. Além disso, ela é tão boa quanto um filho homem."

"Ah!" ele gritou, muito indignado. "Ah, ela é mesmo? Você está esquecendo que as meninas não podem passar o sobrenome? Se não for por nenhuma outra razão, você vai me dar um filho para passar o nome da minha família."

"Chibundu, desde quando você começou a se importar com essas bobagens?", perguntei. "Ela é sua filha. Sua carne e sangue. Sua filha."

"Sim", ele disse. "Mas ela não é um filho. Eu quero meu filho. Vejo o jeito que você olha para ela, e o jeito que ela olha para você. Ela é toda sua. Eu quero o meu. E talvez quando ele crescer, e quando você estiver ocupada demais para atender meu chamado, ele vai poder trazer minha garrafa de água. Você tem sua menina e eu vou ter meu menino."

"Chibundu, eu não estou..."

"O que você não está? O que exatamente você não está?" Ele se aproximou, tão perto que eu podia sentir sua respiração em meu rosto e a lâmina do facão em minha perna. "Você me deve pelo menos isso", ele disse num sussurro. "Você está me ouvindo? Você me deve pelo menos isso."

Às vezes, quando penso hoje em dia, parece-me que o que aconteceu a seguir não foi um acidente da parte do Chibundu. Mas outras vezes digo a mim mesma que foi realmente um acidente, que Chibundu não poderia saber, o que explicaria a expressão perplexa em seu rosto quando ele percebeu. Mas a verdade é que um homem que se propõe a destruir ainda pode ficar perplexo, especialmente quando é forçado a olhar sua indiscrição nos olhos.

Em todo caso, ele estava agora pairando acima de mim, e seu facão estava, de repente, forçando fortemente a pele da minha perna. Tentei me afastar, mas ele não permitiu. Ele se aproximou, empurrando a grande faca ainda mais contra a minha perna.

"Chibundu!", gritei. "Continue e você vai rasgar minha pele!"

Seus olhos se arregalaram e ele olhou para mim com uma expressão chocada em seu rosto. Finalmente, ele deu alguns passos para trás, ainda olhando, ainda perplexo. Um longo momento de silêncio se passou entre nós, após o qual ele se virou, facão na mão, e saiu pela porta da sala.

Naquela noite, depois de colocar Chidinma para dormir, fui para o quarto e me deitei. Chibundu estava no banheiro. Pensei: como ele ousa fazer o que fez comigo, quase rasgar minha pele com um facão? E quem poderia dizer que um dia ele não faria algo assim — algo violento — contra a pobre e indefesa Chidinma? O que o impediria de fazer isso?

A luz do teto do quarto ainda estava acesa.

Primeiro o som do silêncio e depois o som de uma maçaneta girando. Chibundu apareceu na porta vestindo as calças do pijama, cordões pendurados na frente, como se devesse ter sido uma tentação. Ele esperou ali na porta, apenas olhando para mim. Eu olhei de volta.

"Você vai ficar aí parado?", perguntei. "Não vai vir para a cama?"

Ele continuou de pé. Puxei as cobertas até o peito e me virei para não estar mais de frente para ele. Ele desligou o interruptor de luz perto da porta; o quarto ficou escuro. Escutei o baque suave de seus passos ao caminhar a curta distância até a cama.

Seu corpo afundou na cama. Mais minutos se passaram.

Eu tinha começado a cochilar quando senti o toque de seus dedos nas costas da minha mão.

Eu sabia o que deveria ser. Puxei o cobertor até o peito, segurando-o com força, tentando ignorar o chamado.

Ele encostou novamente. Eu finalmente me virei para responder, reposicionando-me de forma que agora estivesse deitada de costas, o cobertor ainda no alto do meu peito.

Na escuridão, observei seu rosto sombrio e monstruoso se aproximar do meu. Suas mãos encontraram as minhas quando ele arrancou o cobertor da minha mão fechada.

"Quanto mais cedo começarmos, mais cedo vamos acabar com isso", ele disse.

Eu endureci.

Sua respiração acima de mim era apavorantemente quente quando ele se acomodou em cima de mim. Senti o movimento áspero de suas mãos e pernas quando a cintura de seu pijama caiu. Suas mãos voltaram para o espaço entre nossos corpos, me segurando no lugar enquanto ele se abaixava e entrava em mim.

68

Sempre imaginei duas maneiras de dizer a ele que não podia mais continuar tentando um menino, que não podia mais continuar casada com ele. Em algum momento durante a confissão, eu também diria a ele que durante todo o tempo em que estive casada com ele, como ele podia não ter visto, como ele podia não ter percebido, que o tempo todo eu estava apaixonada por outro alguém?

Dois caminhos. O primeiro:

Eu estaria na cozinha fazendo o jantar, misturando o tempero Maggi ou tatashi a uma panela de sopa. Ouviria a porta da frente se abrir quando Chibundu chegasse do trabalho.

Eu me apressaria para colocar os pratos na mesa. Perto de mim, no chão, Chidinma alegremente em seu balanço Fisher-Price.

Chibundu faria um desvio para o banheiro, seguido de uma parada no quarto. Depois chegaria à mesa, cansado e desgrenhado, como começava a ser seu habitual, a camisa desabotoada de cima a baixo, os pés descalços.

Entre nós, nosso silêncio agora rotineiro enquanto ele se sentaria à mesa, enquanto eu lhe serviria sua sopa de quiabo e garri com displicência fingida, como se hoje fosse apenas mais um dia comum.

Eu comeria e o observaria enquanto ele fazia o mesmo, e o observaria me olhar intermitentemente. Ficaríamos assim por um tempo, e então eu vomitaria tudo em cima dele, como um bêbado vomita comida não digerida, como põe para fora jatos de ácido estomacal, uma bagunça pastosa saindo de mim em esguichos caóticos.

O que ele poderia fazer? Talvez ficasse lá sentado e ouvisse. Ou talvez, mesmo antes de eu terminar, ele se levantasse com raiva, jogando os itens da mesa — sua comida, o enfeite oco de madeira que ficava no centro da mesa, os copos, todos os talheres — no chão. Talvez ele andasse até mim e me batesse de novo e de novo, até que ele se sentisse esgotado, purificado e aliviado. Até que eu estivesse me sentindo exausta, purificada e aliviada.

A segunda forma que imaginei era a seguinte:

Eu esperaria até a hora de dormir, até que ele estivesse apagado ao meu lado, a respiração suave saindo assobiando de suas narinas como uma canção de ninar distorcida.

Imaginei que o cutucaria, o cutucaria até que ele acordasse assustado. Então eu contaria para ele. Haveria silêncio por algum tempo enquanto ele registrava as palavras. E então os gritos, o som de sua voz reverberando no quarto, parecendo preencher até as menores rachaduras e fendas, e depois vazando lentamente pelas janelas entreabertas, espalhando-se em pedaços ao vento, desaparecendo e sumindo e se difundindo, até soar incompreensível aos ouvidos.

Mas talvez não houvesse gritos. Apenas o canto dos grilos e a quietude da noite.

Talvez ele apenas voltasse a dormir, e seria como se eu não tivesse confessado nada.

69

Eu estava no balcão da cozinha descascando milho, folhas verdes e amarelas caindo na pia, fios dourados de seda de milho por toda parte. Perto de mim, no chão, Chidinma tagarelava consigo mesma em seu balancinho. Uma sacola plástica estava aberta no balcão, em que eu deveria estar colocando as folhas de milho, mas eu errava a mira e estava fazendo uma bagunça. Ao lado da sacola, um pano úmido com o qual eu acabaria limpando a sujeira.

O sol já estava se pondo. A última vez que vira Chibundu, ele estava sentado na sala, lendo um jornal e comendo uma tigela de amendoins cozidos. Isso foi logo depois que ele voltou do trabalho, e um pouco depois, também, de termos jantado arroz com ensopado.

Limpei as mãos no pano. Levantei-me e caminhei até a sala, onde o vira pela última vez, mas ele não estava lá. Na mesa de centro, ao lado de sua tigela de cascas de amendoim, estava uma boneca de pano de Chidinma, as pernas penduradas na borda da mesa.

As cortinas das janelas da sala ainda estavam abertas. O céu lá fora estava escuro.

Fechei as cortinas. Estava procurando por ele sem nenhum motivo específico, mas agora reconhecia que havia de fato um motivo: eu estava pronta, havia chegado ao ponto da prontidão. Hoje era o dia em que eu despejaria tudo nele.

Afastei-me da sala e caminhei pelo corredor até o banheiro. Talvez ele estivesse lá.

Na porta do banheiro, encostei-me na parede, esperando que ele saísse. No final do corredor, acima da porta do nosso quarto, havia um relógio branco pendurado. Eram oito horas da noite.

Chidinma, na cozinha, fazia sons altos e divertidos de bebê, que se espalhavam pelo apartamento. Agora seus sons pareciam ficar ainda mais altos, uma agitação definitiva, não mais apenas uma brincadeira.

Voltei para ela na cozinha, acalmei-a. "Silêncio, bebê. Silêncio, garotinha. Qual é o problema? Você não pode tentar se acalmar para mim? Não está vendo que mamãe tem algo importante para fazer?"

Eu a carreguei em seu balanço até a sala, onde sua boneca de pano ainda estava na mesa de centro. Peguei a boneca e a entreguei a Chidinma.

"Shh, bebê", eu disse novamente em um sussurro. "Seja boazinha para a mamãe, está bem?"

Voltei ao banheiro e me posicionei perto da porta. Eu não estava lá há muito tempo quando notei um som vindo do quarto. Aproximei-me e vi a sombra de Chibundu, como um busto na parede, ficando maior e mais escura à medida que me aproximava.

Chibundu sentado do meu lado da cama, minha caixa de madeira em seu colo. Várias cartas desdobradas e espalhadas na cama ao seu redor. Uma das cartas estava em suas mãos. Minha pilha de canetas e lápis jazia na cama perto de onde ele estava sentado.

Não passei de onde parara, apenas alguns passos além da porta do quarto. Ele olhou para mim, levantou-se da cama. Minha caixa de madeira caiu no chão.

"Sinto muito", eu disse, dando alguns passos para trás no corredor e então parando.

Ele vinha caminhando em minha direção com a carta, mas agora também parara, me encarando com um olhar raivoso. Se seus olhos fossem pregos e ele o martelo, ele teria me imobilizado de uma só vez.

"Sinto muito", eu disse novamente, porque realmente sentia muito pelo que ele havia lido.

Ele olhou para a carta em sua mão e leu:

Ele é meu marido, sim, mas é você que eu amo.

Olhou de volta para mim.

Eu ri, nervosa. "Sinto muito", disse mais uma vez.

"Você sente muito pelo quê? O que exatamente te faz sentir muito? Diga, quero saber."

Minhas mãos pendiam frouxamente ao meu lado. Eu as trouxe para os meus quadris como se para me recompor dessa forma. Lá estava eu, as mãos na cintura, esforçando-me para encontrar as palavras.

Ele caminhou até mim, colocou as mãos no meu rosto. Ainda estava segurando a carta; ouvi o som do papel se amassando contra o meu rosto. "É só uma carta boba, né?", ele disse. Suas mãos em meu rosto estavam apertadas, dolorosas. Sua voz era firme e calma. "Você vai me dizer agora que é apenas uma carta estúpida. Que nunca aconteceu nada entre você e essa Ndidi", a voz dele falhou.

Eu balancei a cabeça, tentando libertar meu rosto de suas mãos.

"Quem é ela, afinal?", ele perguntou.

Durante todo o tempo que estivemos em Aba, eles não se conheceram oficialmente. De vez em quando havia um quase-encontro, ele saindo da loja no momento em que ela entrava, ou vice-versa — um oi distraído aqui, outro ali —, mas nunca uma apresentação formal. E como ela fora tão reservada, tão retraída e tão isolada em nosso casamento, eles eram basicamente estranhos.

"Quem é ela?", ele perguntou de novo, meu rosto ainda apertado entre suas mãos, as palmas pressionando minhas bochechas como se fossem esburacá-las.

"É só uma mulher", eu disse. "Só uma velha amiga."

Ele riu perversamente. Havia algo diabólico em seu olhar. "Só uma velha amiga?"

Ele soltou meu rosto. Pegou outra das minhas cartas e leu um trecho dela:

Mal posso esperar para o meu bebê chegar. Já amo essa coisinha preciosa e mal posso esperar para segurá-la em meus braços. Pobre Chibundu. Eu me importo com ele. Mas não passa um momento em que eu não deseje que você estivesse aqui comigo, que eu pudesse criar meu bebê com você.

Ele folheou as cartas, pegou outra e leu:
Ontem à noite sonhei com você. Você estava se derretendo em mim e eu estava me derretendo em você. Não havia roupas entre nós, nada além de nossa carne e nosso calor. E meus lábios devorando avidamente os seus…

Senti o calor subindo em meu rosto. Me senti nua, como se meu coração tivesse sido arrancado e exposto em praça pública.

Prendi a respiração enquanto ele lia a próxima:
Minha bebê está aqui, Ndidi. Ela está aqui. Minha linda menininha. É difícil acreditar que agora sou mãe. É tão verdade o que dizem: não há sensação melhor do que vê-la, do que segurá-la em meus braços. Eu a amo tanto que às vezes fico fraca de amor. Eu olho para seu rostinho e meu estômago revira. Meu único arrependimento é que você não estava aqui para dar boas-vindas a ela comigo…

E outra:
… a única coisa que eu quero agora é fazer amor…

Interrompi antes que ele pudesse ler mais. "Tudo isso é uma bobagem", eu disse, rindo de nervoso. "Apenas divagações tolas."

"Bobagem? Divagações tolas?"

"Sim, muito ridículo da minha parte ter escrito essas coisas", eu disse. "É por isso que nunca me preocupei em enviá-las. É tudo uma tolice, na verdade."

"Bem, então você pode parar de esconder as cartas naquela caixa. Você pode simplesmente jogar todas fora."

"Sim, você está certo", eu disse. "Vou jogar todas fora, sim. É exatamente isso que eu vou fazer."

Me desvencilhei de suas mãos, peguei o papel da mão dele. Eu teria o dobrado de volta, o devolvido à caixa com o resto das cartas, mas Chibundu tinha os olhos fixos em mim, e de alguma forma senti que devia muito a ele. Olhei uma última vez para a carta, então me virei para que meus olhos encontrassem os dele. Rasguei a carta, um pedacinho de cada vez.

Continuamos parados ali. Finalmente, ele se afastou de mim e caminhou até o guarda-roupa do quarto. Sua pasta de trabalho estava na frente do armário. Ele pegou a maleta, colocou-a sobre a cama e abriu os fechos. Levantou umas pilhas de papel, algumas pastas. Embaixo havia um maço de cerca de uma dúzia de envelopes, presos por um elástico bege.

Ele estendeu a pilha de envelopes para mim.

"Agora tanto faz você ficar com essas também", ele disse. "São suas."

Tive dificuldade para entender o que estava acontecendo. Chibundu tentou se explicar: "Eu pensei que talvez se eu escondesse as correspondências... Eu não tinha percebido que você... que você correspondia aos sentimentos dela. Eu tinha tanta certeza de que não era o caso... e se eu escondesse de você... não faria sentido te entregar as cartas..." Sua voz sumiu, como se ele estivesse totalmente perdido, ou como se não estivesse convencido de seu próprio raciocínio.

Peguei os envelopes da mão dele.

Baixei os olhos para o primeiro, prestes a abri-lo, quando vi que a lateral já havia sido aberta, ordenadamente, com cuidado, como se para fingir que não tinha sido. Todos os outros envelopes estavam iguais.

No momento que se seguiu, reconheci a caligrafia e gritei de surpresa e raiva. Minhas mãos tremiam ao segurar as cartas.

"Chibundu, de onde vieram esses envelopes? Há quanto tempo você os guarda? Por que você não os entregou para mim?"

Certamente eles devem ter começado a chegar *depois* dos nossos primeiros dois ou três meses em Porto Harcourt, porque naqueles primeiros dias eu estava vigilante, verificando sempre a caixa de correio. Não tinha jeito de Chibundu ter interceptado aquelas cartas antes que eu chegasse a elas, eu estava tão atenta. Mas aí meses se passaram, e nada de Ndidi, e finalmente me resignei a checar a caixa apenas de vez em quando — uma ou duas vezes a cada duas semanas. De alguma forma, isso deve ter funcionado a favor de Chibundu, pois ele conseguia esvaziar a caixa antes de mim nos dias em que as cartas de Ndidi chegavam. Mas todas elas?"

Eu disse: "Chibundu, como é que você abriu todas essas cartas antes de mim?"

Sua mandíbula se apertou como se ele não fosse explicar, mas ele falou mesmo assim. "A primeira eu vi por acidente. Abri por acaso. Mas depois que li… Comecei a ir até os correios todas as tardes durante meu horário de almoço, cedo o bastante para chegar antes do seu horário. Cada vez que via um envelope com a letra dela e com o endereço do remetente, eu o pegava. O restante da correspondência eu deixava na caixa para mais tarde, para você pegar ou para eu pegar no caminho para casa depois do trabalho."

Eu estava horrorizada. "Isso é uma traição!"

"Eu não queria… Eu estava com medo… eu não podia arriscar…" Sua voz falhou. Ele se recompôs e disse: "Ijeoma! Você é a única que traiu aqui! Você fica aí e mente para mim dizendo que nunca mandou uma carta para ela? Nunca? Nem uma vez?"

Imediatamente reconheci que ele tinha me pegado. Ele tirou as cartas da minha mão, folheou os envelopes. Ele deve tê-las memorizado, quais eram quais, porque levou apenas alguns instantes para chegar às duas que procurava. Ele leu:

Minha querida Ijeoma, quando pensei que nunca mais teria notícias suas, recebi sua carta pelo correio. Não passa um dia que eu não pense em você…

"E essa outra?", ele perguntou.

Minha querida Ijeoma, recebi sua segunda carta pelo correio hoje. O que eu estava pensando quando encorajei você a se casar? Ontem, encontrei sua mãe e ela não parava de falar sobre o fato de você estar grávida. Nunca senti tanta raiva ao pensar em qualquer coisa como fiquei ao imaginar Chibundu fazendo o que quer com você…

Ele parou ali e disse: "Então, veja, eu é que deveria estar fazendo as perguntas aqui. Você mentiu para mim e disse que nunca mandou uma carta para ela. Mas sabe, Ijeoma, para ser sincero também, devo admitir que mesmo sabendo que você tinha escrito para ela, eu de alguma forma esperava que você tivesse escrito de volta para dizer a ela que parasse, porque como assim você estaria escrevendo para retribuir os sentimentos dela? Você é uma mulher casada, Ijeoma! Está me ouvindo? Você é uma mulher casada, pelo amor de Deus!"

Eu queria gritar com ele naquele momento e lembrá-lo de que eu havia tentado contar a ele, naquele dia, muito tempo atrás, na igreja. Ele tinha esquecido? Senti vontade de explicar que na verdade não tinha tentado esconder isso dele, não de verdade. Sim, eu tinha escondido, mas também não tinha.

Ele continuou. "Imagine minha surpresa quando encontrei todas aquelas cartas escondidas na sua gaveta hoje. Imagine! Agora posso ver claramente que estava errado. Então, o que é, Ijeoma? Você ama mesmo essa mulher? Há quanto tempo essa coisa entre você e ela está acontecendo? Quanto tempo vocês duas estavam... antes de me casar com você? E quanto tempo depois? Quanto tempo?"

"Chibundu, eu só escrevi três cartas", eu disse. Dessa vez eu estava falando a verdade. Já tinha sido arriscado enviar aquelas três. Depois de tanto tempo sem receber resposta, não tinha como enviar mais. "Só três", eu disse. "Eu me segurei e não enviei o resto."

A essa altura, Chibundu estava descontrolado. Ele gritou: "Você acabou comigo! Você acabou comigo completamente! Como você pôde? Como você pôde?"

De repente, ele se acalmou, recuperou a compostura. Sua voz recuperou a firmeza. Ele disse: "Você pode fazer o que quiser com essas cartas. Você pode até continuar escrevendo para ela. Mas não se esqueça por um momento — nem por um milésimo de segundo — que você é *minha esposa*. Você é *minha esposa*, pelo amor de Deus. Eu posso fazer da sua vida um inferno. Você está me ouvindo? *Você é minha esposa*. Faça o que fizer, não me provoque, ou você vai pagar o preço."

70

Me deitei na cama, incapaz de fazer meus membros se moverem, minha mente pesada ao entender o que eu havia me tornado: o equivalente a um pano de prato, gasto e mole, não pelo uso excessivo, mas sim pelo uso indevido e negligente.

Chibundu estava se movimentando pelo quarto com uma energia que parecia dizer que tudo estava do jeito que deveria estar. Vestiu a camisa e as calças, assobiando enquanto o fazia. Parou diante do espelho da cômoda, cantarolando a melodia de uma música que não reconheci, arrumando a gola da camisa e amarrando a gravata no pescoço.

Chidinma provavelmente estava bem acordada em seu quarto, brincando com seus brinquedos e esperando que eu fosse buscá-la. Em vez disso, continuei deitada na cama.

O cheiro da colônia dele estava tão forte no quarto que parecia que alguém estava cortando lenha e esmagando as folhas e soprando o aroma no ar com um ventilador.

Ele se afastou da cômoda e começou a vir em minha direção. Ele se sentou no meu lado da cama. Havia uma palidez em seu rosto, algo parecido com a velhice. Observei a maneira como os pés de galinha pareciam ter se aprofundado de repente ao redor de seus olhos. Observei como seu cabelo parecia mais grisalho do que nunca.

Sentou-se de modo a ficar de frente para as janelas, os olhos baixos. O silêncio entre nós era retumbante.

"Admito que fui um pouco duro com você ontem à noite", ele disse. "Somos marido e mulher, e não deveria agir assim."

"Chibundu..."

"Estive pensando, e minha impressão é que existe um jeito de você simplesmente dizer a si mesma para me amar em vez dela. Eu não deveria ter que te convencer a ficar comigo noite após noite. Sou seu marido, não deveria ser assim."

"Chibundu, não é assim que funciona."

"Como você sabe se não tenta? Você podia ao menos tentar. Não deve ser tão difícil me amar. Ou eu sou tão desagradável assim?"

"Chibundu, não é isso..."

"Me diz, o que exatamente ela pode te dar que você acha que eu não posso?"

Silêncio.

"Eu não te odeio por isso", ele disse. "Não mesmo. Você já sabe que não acredito em toda essa bobagem de abominação. Talvez exista algo especial nesse tipo de amor, em um homem e outro homem ou uma mulher e outra mulher, desse jeito. Talvez tenha alguma coisa atraente nisso. Mas o que me deixa com tanta raiva é que eu te amei primeiro. Antes que existisse ela, havia eu. E mais do que isso, você me fez uma promessa. O casamento é uma promessa, não apenas de se casar, mas também de amor."

Peguei sua mão, comecei a acariciá-la suavemente.

Ele olhou para nossas mãos juntas, seguiu meus movimentos com os olhos. E disse, muito gentilmente: "Sou seu marido e você é minha esposa, e sei que vamos fazer isso funcionar. Eu sinto nos meus ossos, nos meus pulmões, no meu coração. Você vai ver. Vamos fazer isso funcionar. Nada disso com Ndidi importa. Ainda podemos fazer isso funcionar."

Nenhuma sequência de palavras poderia ter sido mais devastadora do que essas. O desespero de onde elas vinham.

Sua voz ficou repentinamente firme: "A resposta é simples. Você não tentou o suficiente. Se você pensar bem, sei que pode me amar do jeito que uma mulher deve amar seu marido. Você vai se esforçar mais. E se tudo mais falhar, eu realmente quero um filho.

Você tem que ter em mente que é minha esposa. Se nada mais der certo, você pelo menos me dará um filho."

***

O restante daquela manhã, depois que ele saiu para o trabalho, e durante toda a tarde, cuidei de Chidinma com uma indiferença que até ela deve ter sentido — olhando para ela, mas sem ver nada.

A noite chegou. Amarrei-a nas costas e saí para comprar alguns ingredientes que faltavam para o ensopado que já deveria ter terminado, mas ainda estava por fazer. Lá fora, ao longo da estrada, os pássaros ziguezagueavam no céu, pardais e surucuás azul-alaranjados paravam para se empoleirar nas árvores e na beira da estrada. Um menino jogava uma bola para seu amigo. Várias meninas pulavam corda. Uma mulher chamava um homem em uma motocicleta. Todos pareciam bem, gordos e redondos e cheios de toda a energia da qual eu me sentia drenada.

"Tia, boa noite", Anuli, filha do dono da loja, me cumprimentou quando entrei na loja.

"Boa noite, Anuli", respondi.

Ela era uma menina de cerca de dezesseis ou dezessete anos, um rosto bonito e muito radiante: perspicaz, de língua afiada, sempre uma observação inteligente esperando para ser dita. E seus provérbios: como se ela fosse uma anciã da aldeia reencarnada no corpo de uma menina, ela estava sempre pronta para vomitar um ditado sábio.

Ela parecia me estudar com os olhos. "Ah, tia, você não parece bem. Você está doente?"

Desviei o olhar, não estava me sentindo com disposição para conversar. Reunindo o máximo de alegria que pude, perguntei: "*Biko*, você pode me dar uns tomates frescos e Maggi?"

A bebê nas minhas costas estava fazendo barulhinhos e se contorcendo.

Anuli foi até os fundos da loja e trouxe uma tigela de tomates. Examinei o conteúdo da tigela, pegando alguns para mim. Ela me deixou por um momento e, quando voltou, colocou uma caixa de cubos de tempero Maggi no balcão.

Peguei minha bolsa e tirei umas notas.

Ao recolher o dinheiro, ela disse: "Tia, seja qual for o problema, lembre-se de que é a mesma lua minguante hoje que estará cheia amanhã. E até o sol, por mais que desapareça, sempre volta a brilhar."

Eu sorri levemente para ela. Ela sorriu de volta. Seu sorriso foi mais do que um consolo.

De volta a casa, cozinhei o ensopado com Chidinma ainda amarrada nas costas. Depois, saí da cozinha para a sala e coloquei Chidinma no chão. Mudei a mesa de centro para o outro lado da sala, onde ela não poderia se machucar nos cantos afiados. Juntei um punhado de seus brinquedos e os coloquei no chão da sala, na área do tapete onde geralmente ficava o móvel.

Fiquei algum tempo parada apenas observando-a brincar com seus brinquedos. Então me sentei no sofá para descansar as costas. Ela tagarelava, deliciada, enquanto apertava o botão de um livrinho que imediatamente tocava uma canção, e enquanto ela se preocupava com um conjunto de blocos de plástico, eu me perdi em uma série de pensamentos incoerentes. Devo ter adormecido ao som de seus balbucios e seu livro de música.

Acordei lentamente e encontrei o silêncio. Nenhum som na sala. Meus olhos foram imediatamente para o tapete, para aquele espaço onde a mesa de centro ficava, procurando por Chidinma, mas ela havia sumido.

Estava tão escuro dentro de casa quanto lá fora. Fiquei um momento no sofá enquanto a chamava.

"Chidinma!"

Nenhuma resposta.

Levantei-me do sofá e fui direto para o interruptor de luz. Que horas eram? Chibundu já tinha chegado em casa e comido e depois colocado Chidinma na cama?

"Chibundu!"

Nenhuma resposta.

Fui na direção da cozinha. Eu a vi então, calmamente sentada ao lado da máquina de costura no canto.

A almofada de alfinetes ficava com as bobinas no prato de pano, longe o suficiente das barras de agulha. Tinha a forma de uma miniberinjela. Pele amarelo-ouro com listras verdes sinuosas. Seu caule, semelhante a um galho, projetava-se para fora do topo. Chidinma de alguma forma subira até a máquina para pegar o objeto.

Ela estava segurando a miniberinjela agora, muito perto da boca, alfinetes e agulhas brilhando, prateadas contra o tecido verde da almofada. Fios pendurados como belas fitas, um pouco como serpentes, tentando-a com seu encanto diabólico.

A princípio ela não percebeu que eu a estava observando. Então, por alguma razão, olhou para cima, e seu olhar encontrou o meu.

Assisti enquanto ela enfiava a miniberinjela, com alfinetes e tudo, na boca, a almofada deformando sua boca, um canto inteiro engolido.

Ela olhou para mim com os olhos arregalados, fios verdes, vermelhos e pretos pendurados em sua boca. E por alguma razão desconhecida, eu não conseguia mover meus pés.

Fiquei onde estava. "Chidinma", sussurrei, e novamente, em um sussurro, "Chidinma."

De repente, Chibundu entrou na sala e aproximou-se de nós no nosso cantinho. Ele olhou para mim, olhou para ela e para os fios que saíam de seus lábios.

É difícil dizer quanto tempo se passou, mas sei que ele balançou a cabeça (para mim, ou para ela, ou para todos nós?), antes de ir até lá. Ele puxou e tirou a almofada de sua boca, com força suficiente para que a assustasse ou a machucasse. Ela começou a chorar.

Ele a pegou e a abraçou enquanto recolocava a miniberinjela em cima da máquina.

Fiquei apenas olhando de braços cruzados, nem para ela nem para Chibundu, mas para a máquina. Fazia algum tempo desde a última vez que a usara. Agora eu me encontrava absorta naquilo. O carretel de linha estava no suporte. Bobinas em caixas, como remédios em cápsulas, cercavam o prato de pano. Pensei no volante. Apenas um. Não dois. Não como uma bicicleta. Se eu a tivesse usado naquele momento, imaginei como ela se moveria: a agulha, afiada em seu movimento. Agulha para cima, agulha para baixo. Para cima e para baixo, como um aceno. Como uma afirmação. Talvez sim, tudo ficaria bem. Ou talvez sim, uma roda era o suficiente. Não um casamento entre dois. Só uma pessoa já dava.

Talvez, sim, às vezes um era o suficiente.

71

"Ijeoma!", Chibundu chamou do jardim da frente.

Estava sentada na sala, observando Chidinma brincar com sua boneca de pano e remendando uma costura que se desfez em uma das capas de almofada do nosso sofá. Era uma tarde de sábado, logo após a hora do almoço, a hora do dia em que o sol, entrando e saindo de trás das nuvens inchadas da estação chuvosa, deveria fazer com que reflexos claros e escuros dançassem nas paredes. A hora do dia em que os pingos da estação chuvosa deveriam estar atingindo nosso telhado de alumínio como música. Era a hora do dia em que a sesta da tarde deveria estar na mente de todos, uma ideia doce como bolo.

Mas ao redor o ar estava parado, e nem uma gota de chuva caía do céu. Por um tempo agora — mais de um punhado de meses — parecia que todos tínhamos ficado rígidos demais para os cochilos da tarde.

Naquela tarde em particular, era como se o céu tivesse ficado duro demais para permitir que a chuva caísse. E nada de sol, também, à vista.

Chibundu tinha saído muito antes da hora da sesta. Na verdade, ele havia saído a manhã inteira e não se preocupara em dizer para onde estava indo, mas agora sua voz soava retumbante lá fora.

"Ijeoma!"

Amarrei o último ponto, levantei-me do sofá, peguei Chidinma e sua boneca em meus braços, saí de casa para atender seu chamado.

Lá fora, o ar estava denso.

A uma curta distância, longe no cascalho, mas antes de ele encontrar o arbusto de hibiscos, Chibundu estava em frente a um Peugeot 504 azul profundo. O céu estava nublado, mas do jeito que os pneus pretos e a carroceria do carro brilhavam, era como se o sol tivesse saído de repente, apenas por um momento, para fazê-lo reluzir assim.

Chibundu abriu bem os braços, como um mágico que acaba de demonstrar um truque. Ou como se fosse um personagem de um daqueles livros que Amina lia, *Ali Babá e os quarenta ladrõe*s ou algo assim. Abracadabra, seus braços pareciam dizer.

"O que é isso?", perguntei.

"Como assim, o que é isso? Você não vê que é um carro? Arranjei um carro para nós. O que você acha? Imagina, agora temos nosso próprio carro! Viu como estou fazendo de tudo para te dar o que você merece? Viu como estou fazendo o meu melhor para te dar uma vida confortável? Chega de andar, se você não quiser! Chega de pegar ônibus e táxi! Agora temos nosso próprio carro!"

Eu sorri.

"E, veja, tem mais uma coisa", ele disse, e foi até a parte de trás do carro, abriu o porta-malas com uma chave e tirou um carrinho de brinquedo vermelho, de aparência elegante, uma mistura de jipe e Land Rover. Era o tipo de carrinho grande o suficiente para uma criança sentar e dirigir: com um par de pneus que pareciam reais, um conjunto de portas que pareciam reais e um para-brisa que parecia real — todas essas coisas que pareciam reais, mas feitas de plástico. Havia uma ampla abertura na parte superior, que era muito larga para ser chamada de teto solar e muito fechada para que o carro fosse descrito como um conversível.

Chibundu largou o carro no pátio e ficou atrás dele, um largo sorriso travesso no rosto.

"É disso que a gente estav*a mesm*o precisando!", ele disse. "Um amuleto de boa sorte! Algo para ajudar a trazer o menino."

Coloquei Chidinma no chão para que ela ficasse ao meu lado, com a mão na minha. Ela tinha agora quase um ano e tinha recentemente começado a andar — um passo vacilante cuidadosamente colocado antes do outro, como um velho sem bengala.

Não era difícil imaginá-la no carrinho de brinquedo, no banco do motorista, dirigindo ao meu lado enquanto eu caminhava até a loja do pai de Anuli, ou pela vizinhança até alguma outra lojinha.

A menina soltou a mão da minha e foi até o carrinho, encostou-se nele, colocou as mãos no corpo vermelho. Chibundu estava, neste ponto, de volta ao carro grande —o carro real —, sem olhar para mim e para Chidinma, limpando alguma coisa — poeira da estrada, talvez — da porta do lado do motorista.

Deixei que Chidinma ficasse com o carrinho de brinquedo e me dirigi para a varanda, com a intenção de me sentar e vê-la brincar. Quando Chibundu terminasse, ele poderia ensiná-la a andar no carrinho de brinquedo. Seria um bom momento de união entre os dois.

Eu tinha dado apenas alguns passos quando ouvi a voz de Chibundu, alta e dura: "*Oya*, Ijeoma, venha levar sua filha daqui! Se ela pensa que este carrinho é para ela brincar, é melhor pensar melhor. Ijeoma, você está me ouvindo? É melhor você tirar essa menina daqui antes que ela coloque alguma ideia sem sentido na cabeça."

Eu me virei e vi Chibundu puxando Chidinma para longe do carro, balançando a cabeça para ela, repreendendo-a.

"É para o seu irmão, não para você", ele estava dizendo. "Mesmo da terra dos que ainda não nasceram, ele vai ver o quanto queremos que ele venha, ele vai ver o quanto estou preparando para ele, e aí ele vai vir."

Corri para Chidinma e a peguei em meus braços.

Chibundu olhou para mim. "Nosso filho vai vir. Nosso filho com toda certeza vai vir." E sorriu largamente de novo.

Ele passou os braços em volta de mim enquanto estávamos deitados na cama naquela noite, e assim que pensei que ele tinha adormecido, ele me puxou para ele. Fechei os olhos com força e fingi que estava dormindo. Separei meus lábios e permiti que um pequeno som como um ronco saísse da minha boca. De vez em quando eu fazia o som parecer pegar, de modo que dava a impressão de uma espécie de ronco profundo, de alguém que dormia pesado.

Por fim, senti a pressão de suas mãos sobre mim diminuir e, um pouco depois, ouvi o som tranquilo de seu próprio ronco.

72

Estávamos na cama de novo. As luzes do quarto estavam apagadas. Momentos antes, ele havia se deitado ao meu lado. Agora ele falou: "Você acha que eu não sei que você está acordada?"

Eu o ignorei, continuei a fingir que estava dormindo.

Ele puxou meu cabelo.

"Chibundu, por favor", gritei.

"'Chibundu, por favor' o quê?"

"Estou tentando dormir. Por favor, me deixa dormir."

"Você vai dormir quando a gente tiver terminado."

Afastei-me dele, fui para bem perto da beirada da cama. Um momento depois, senti a ausência de seu peso. Escutei seus passos. Ouvi o movimento do interruptor. A luz inundou o quarto.

Fiquei onde estava, muito quieta na cama, ouvindo movimentos que só podiam estar vindo dele. Logo ele estava batendo os pés e dando a volta na cama, e abri os olhos para encontrá-lo parado diante de mim, com a carteira e algumas notas de naira na mão.

"*Ngwa*, diga-me, quanto você quer? Quanto custa para você ficar comigo hoje à noite?"

"Chibundu!", exclamei.

"Me diga, se não basta eu ser seu marido, talvez eu possa pagar para você ficar comigo. Me diga, quanto devo pagar?"

"Chibundu, para. Eu não sou uma prostituta."

Ele riu alto. "Você não é uma prostituta! Tem certeza disso? Você não é uma prostituta? Então, por que tenho que passar por tanta dificuldade para dormir com você? Você deve ser uma prostituta. Deve estar dando para outra pessoa, e é por isso que você não tem mais nada para mim."

Eu o ignorei.

Ele avançou. Senti sua presença pesada sobre mim. Ele jogou o dinheiro na minha cara. As notas se espalharam ao meu redor, na cama e no chão.

Ele voltou para sua carteira. Desta vez, encheu as mãos com moedas kobo. Ele as jogou na minha cara. As moedas caíram, fazendo sons como pequenos sinos quando atingiram o chão.

Ele ficou lá olhando atentamente para mim, esperando que eu reagisse. Eu apenas continuei sentada onde estava, apenas continuei a olhar atentamente para ele. Devo ter me sentido tão presa a ele, tão presa à minha vida com ele, à normalidade superficial dela. Da maneira como o que é familiar consegue nos agarrar e nos prender. O casamento com ele era o que eu agora conhecia como normal e familiar, de modo que, mesmo com ele me tratando desse jeito terrível — me chamando de prostituta, jogando dinheiro na minha cara e o resto —, nunca me ocorreu que esses eram motivos pelos quais eu poderia fazer minhas malas e partir.

Finalmente, ele se virou. As luzes se apagaram. Um pouco depois, senti seu peso de volta na cama.

73

Comecei a falar distraidamente com Chidinma naqueles dias.

"Seu pai quer um irmão para você", eu dizia, esfregando a barriga. "Chigoziem será o nome dele."

Eu falava em tom monotônico naqueles dias, porque a essa altura havia começado a ficar entorpecida. Por mais que eu não quisesse que isso acontecesse, estava acontecendo. Frequentemente, meu único pensamento era quanto tempo mais eu poderia continuar assim. Quanto tempo mais eu poderia continuar a existir neste casamento com Chibundu? Eu estava convencida de que só ficaria cada vez mais morta se permanecesse com ele. Só ficaria mais entorpecida. E quem cuidaria de Chidinma se as coisas fossem assim? Quem cuidaria dela se eu virasse uma zumbi?

Chidinma sentou-se na banheira e observou minhas mãos subindo e descendo pela barriga. Ela apenas observou, olhando para mim em silêncio, suas mãozinhas segurando firmemente a lateral da banheira.

Naqueles dias, comecei a perceber uma expressão assustada em seu rosto — a expressão de uma criança que temia ser abandonada em breve, que logo seria descartada pelas pessoas que deveriam tê-la amado mais. Ou talvez eu estivesse só imaginando. Para mim, era o olhar de uma criança que de alguma forma sabia que havia sido entregue aos cuidados de uma mãe tão morna quanto a água em que ela estava sentada.

Ensaboei o pano, ensopei-o na banheira de água. Apertei-o em cima da cabeça de Chidinma para que a água escorresse como gotas de chuva.

"Chigoziem", eu disse. Seus olhos mergulharam na minha barriga.

Ela apertou os pequenos lábios e pareceu franzir a testa para mim.

"Quem está aí?", perguntei.

"Chi-do-dem", ela balbuciou.

Inclinei-me, beijei sua cabeça, beijei os cachinhos castanhos de cabelo.

74

Do lado de fora, pela porta da frente e pelas janelas abertas, um cachorro latia em algum lugar na estrada. Entre os latidos, sons de crianças rindo, conversando, gritando. O dia estava se transformando em crepúsculo.

Estávamos passando por uma queda de energia — a NEPA, companhia de energia, estava se tornando cada vez menos confiável. Eu tinha (como estava se tornando meu hábito) movido a mesa de centro para o lado para permitir que Chidinma brincasse no tapete. Sobre a mesa havia uma vela colocada em cima de uma lata, sua chama bruxuleante iluminando fracamente o ambiente. Já havíamos jantado e Chibundu tinha saído com uns amigos do trabalho. Ele estava saindo com eles cada vez mais, chegando em casa a tempo apenas de rastejar para a cama.

Chidinma levantou-se do tapete. Ela estava sentada há meia hora, brincando não com sua boneca de pano, mas com outra: uma pequena de plástico, sem roupa. Ela brincou, puxando seus braços e pernas de plástico para fora de suas juntas, de modo que tudo o que restou foi o torso, a cabeça e uma espessa mecha de cabelo artificial pegajoso.

Ela se levantou, segurando a boneca pelos cabelos, e se firmou sobre os pés. Começou a cambalear na minha direção, tremendo como a chama da vela, o cabelo da boneca balançando de um lado para o outro em sua mão.

Ao me alcançar, soltou a boneca, deixando-a cair no chão. Suas mãos se ergueram, sua boca formou a palavra "mamãe", e eu sabia que ela queria que eu a segurasse. Era assim que ela pedia para eu pegá-la. Deslizei do sofá para o chão da sala, levantei-a e coloquei--a no meu colo.

A música veio até mim:

Nkita Chikwendu
Tagburu Chikwendu
Ebe ha na'azo anu.
Ha hapu Chikwendu
Kwoba nkita oria.
O di kwa mu wonder.

A história veio a seguir. Pensei em todos os detalhes, como papai me contava:

Era uma vez um menino chamado Chikwendu, um órfão sem-teto que conseguiu encontrar um lindo cachorrinho como companheiro. O cão estava sempre ao seu lado. Eles brincavam juntos durante todo o dia e, à noite, Chikwendu podia ser visto compartilhando sua esteira de dormir com seu cachorro.

Um dia, um estranho alto, negro e bonito de uma aldeia distante estava viajando pela aldeia de Chikwendu, carregando uma cesta de carne assada na cabeça. O dia todo, Chikwendu não havia comido e agora estava sentado na beira da estrada, implorando aos transeuntes por algo para comer.

Do outro lado da rua, o estranho avistou Chikwendu em suas calças puídas e sem camisa, só pele e osso. Imediatamente ele pensou: como esse menino deve estar com fome. Ele teve pena de Chikwendu e atravessou a rua até onde o menino e seu cachorro estavam sentados. Lá, ele abaixou a cesta da cabeça e tirou um pedaço de carne assada de dentro, que Chikwendu aceitou com prazer. Era um pedacinho de carne, mas o menino ficou agradecido mesmo assim. Ele se levantou e agradeceu ao estranho com toda a energia que conseguiu reunir.

Enquanto o estranho se afastava, Chikwendu sentou-se no chão e começou a comer a carne. Seu cachorro ao seu lado estava naquele momento ganindo baixinho, um som leve, quase imperceptível.

Não é que Chikwendu não quisesse compartilhar. Ele sempre fazia questão de dividir toda a comida com seu cachorro. Mas, desta vez, o pedaço de carne era tão pequeno que Chikwendu não conseguia nem imaginar como cortar uma parte para o companheiro. Chikwendu simplesmente se permitiu comer a carne. A próxima comida que recebeu, ele prometeu a si mesmo, iria para o amigo.

Mas o cachorro não poderia ter lido sua mente. E assim, quando Chikwendu estava colocando o último pedaço na boca, o cachorro atacou. Assim começou a luta. Um arranhão aqui, outro ali. Latidos e rosnados altos, dentes afundando na carne. Corpos caindo e rolando na beira da estrada de terra. Às vezes, era Chikwendu quem acabava por cima, e, às vezes, era o cachorro que levava a melhor. Chikwendu gritou e gritou, e o cachorro latiu e latiu, e os aldeões ouviram o barulho. No final de tudo, uma multidão se reuniu e ficou observando enquanto Chikwendu e seu cachorro jaziam no chão, imóveis, feridos e exaustos, seus corpos cobertos de sangue. O pedaço de carne assada não consumido estava no chão, ainda exalando seu cheiro forte.

Talvez tenha sido o cheiro da carne que teve efeito sobre os aldeões, da mesma forma que teve efeito sobre o cachorro. Talvez o cheiro também tenha enlouquecido os aldeões, porque eles agora se mexeram, mas em vez de cuidar do menino, eles se ajoelharam e se revezaram para cuidar do cachorro. Em vez de cuidar dos machucados de Chikwendu, ou pelo menos dos ferimentos dos dois, todos se reuniram em torno do cachorro, e foi nas feridas dele que esfregaram suas pomadas e colocaram seus emplastros. Eles continuaram cuidando do animal, deixando Chikwendu lá na estrada para morrer.

Chidinma ainda não podia ter entendido, mas assim que terminei a história, ela olhou para mim com uma expressão de medo no rosto. Ficou sentada assim, com o rosto virado para cima e me olhando assustada.

Terminei cantando a música de novo, do jeito que papai costumava terminar a história para mim:

O cachorro de Chikwendu o mordeu
Enquanto eles brigavam
Por um pedaço de carne.
As pessoas deixaram Chikwendu
Mas cuidaram do cão ferido.
É mesmo um absurdo.

75

Eu estava sentada em um banquinho úmido ao lado da banheira, enxaguando as bolhas de sabão de seu cabelo e corpo.

Novamente, uma história:

A mãe de Obaludo trabalhava como comerciante e sabia muito bem que durante os dias de mercado os espíritos saíam do mundo espiritual para fazer seu próprio comércio. Nesses dias de mercado, ela fazia questão de deixar as três filhas com comida, e com instruções cuidadosas de como preparar o alimento, para que elas não tivessem que sair de casa e correr o risco de ficar cara a cara com os espíritos, pois eles eram conhecidos por fazerem todo tipo de mal às crianças.

Nesse dia em particular, a mãe de Obaludo trouxe uns caracóis e um inhame pequeno e os entregou a Obaludo e suas irmãs. "Os caracóis liberam um líquido", ela explicou, "então você deve assar o inhame primeiro, ou os caracóis apagam o fogo."

Ela teve o cuidado de repetir o aviso, especialmente por causa de Obaludo, sua linda filha, cuja beleza ela sabia ser a inveja tanto de aldeões quanto de espíritos.

Então, a mãe de Obaludo foi embora.

Horas se passaram e finalmente chegou o horário do jantar. As meninas começaram a preparar a refeição, mas já haviam esquecido o aviso da mãe. Iniciaram com os caracóis em vez do inhame. Os caracóis mal tinham terminado de cozinhar quando o fogo se apagou. E agora elas se lembravam do aviso que a mãe lhes dera. Mas era tarde demais.

A mãe demoraria várias horas para voltar. Elas estavam famintas, e a ideia de esperar tanto era como uma tortura. Juntas, elas decidiram que não tinham escolha a não ser ir em busca de fogo.

Elas brigaram para ver quem iria atrás do fogo.

As duas irmãs mais novas se juntaram e decidiram que o melhor seria a irmã mais velha ir. *Nwaegbe*, as duas irmãs mais novas imploraram, *por favor, vá buscar fogo para a gente.*

Mas ela se recusou.

Elas imploraram a Nwaegbe novamente: *Irmã mais velha, por favor, você não vai pegar fogo para a gente?*

Mais uma vez ela se recusou.

Agora a irmã mais velha e a mais nova fizeram um acordo entre si. Finalmente, chegaram a uma decisão: que a segunda irmã, Nwaugo, deveria ser a única a ir. Elas apresentaram o caso a Nwaugo. E imploraram: *Nwaugo, por favor, vá e pegue fogo para a gente.*

Mas, como Nwaegbe, a segunda irmã se recusou.

Sabendo que não havia mais ninguém a quem perguntar — que ela era a única opção restante ou elas morreriam de fome —, Obaludo decidiu que ela mesma iria atrás do fogo.

A princípio, as estradas estavam claras. Obaludo já estava pensando que iria e voltaria muito bem quando, como sua mãe havia avisado, ela encontrou com um espírito.

O espírito começou. "Tunya!", disse.

Obaludo respondeu ao espírito: "Tunya para você também!"

O espírito disse: "Tunke!"

Obaludo disse: "Tunke para você também!"

A troca continuou assim por algum tempo. Obaludo não tinha como saber, mas nos momentos em que trocaram aquelas palavras, o espírito foi tirando sua beleza e substituindo-a por sua própria feiura.

Cantei a música baixinho enquanto dava banho em Chidinma:

Obaludo, Obaludo, Nwa oma,

Obaludo

Obaludo, Obaludo, Nwa oma,

Obaludo
Nne anyi nyele anyi gi na ejuna,
Obaludo
Si ayi bulu uzo ho nwa gianyi
Na ejuna ga emenyula anyi oku
Obaludo
Anyi bulu uzo ho nwa ejuna
Obaludo
Ejuna emenyusiala anyi oku
Obaludo...

Linda Obaludo, linda menina,
Linda Obaludo, linda menina,
Mamãe nos deu inhame e caracóis,
Disse: prepare antes o inhame,
Pois os caracóis apagarão o fogo,
Mas não ouvimos, fizemos antes os caracóis,
E os caracóis apagaram o fogo,
Obaludo...

No meio da música, ouvi algo como o barulho de uma porta ao longe e constatei: uma brisa soprando, fazendo a porta da frente bater. E não pensei mais nisso.

Não ouvi passos, mas quando me virei, encontrei Chibundu encostado na porta do banheiro, olhando-nos com algo terrivelmente triste em seus olhos. Hoje em dia, não consigo deixar de pensar que talvez fosse a maneira como Jesus olhava para o mundo enquanto estava pendurado na cruz. *E'li, E'li, la'ma sa bach tha'ni?* Meu Deus, meu Deus, por que me abandonaste?

Ou talvez, de acordo com João, simplesmente: *tenho sede*.

76

Não vou perder tempo explicando por que, depois de ver Chibundu daquele jeito no batente da porta, cedi e me entreguei de todo o coração a tentar ter um menino com ele. De onde veio Deus? Quem havia antes de Deus? Qual é o propósito da vida? Por que estou aqui? Para onde estou indo?

Algumas coisas não podem ser facilmente explicadas.

Tudo o que você precisa saber é que, ao vê-lo daquele jeito na porta, eu sucumbi. Chega de fingir que estava dormindo. Chega de relutar com ele à noite. Resolvi tentar engravidar novamente. Como se só engravidar fosse uma espécie de garantia de que seria o menino que ele tanto desejava, o menino que me fazia sentir agora refém de Chibundu. Mas rezei para que fosse assim, rezei por nós dois, o suficiente por pelo menos dez outras pessoas. Se ao menos ele conseguisse aquele filho, talvez eu finalmente fosse dispensada daquelas obrigações noturnas. Talvez eu pudesse finalmente ser libertada desse cativeiro de casamento. Se ao menos o bebê viesse rápido, e não apenas viesse: se fosse um menino. Por favor, Senhor, eu implorei.

Naquela época abafada quando o harmatã se impôs mais uma vez contra a estação seca, fiquei grávida.

Se não vou gastar tempo explicando por que cedi ao Chibundu, também não vou gastar tempo descrevendo os detalhes da gravidez. Em vez disso, atravessarei, como uma tirolesa, do ponto A direto ao ponto Z, e direi que não carregava o bebê há nem três meses antes de perdê-lo.

Foi assim que aconteceu a derrota: certa noite, senti uma dor na sala de estar quando estava pegando Chidinma. Parei no meio do caminho, ainda segurando-a em meus braços, com medo de que qualquer movimento fosse piorar a dor.

Tentei esperar. Mas minutos se passaram e a dor persistiu.

Coloquei Chidinma no chão. Era início da noite e pensei: Chibundu ainda não chegou em casa. Também pensei, Deus, por favor, permita que Chibundu volte para casa e reconheça esse bebê antes que não haja mais nada para ser reconhecido. Eu estava com apenas três meses de gravidez, mas imaginei um menino parecido com Chibundu. Ele teria os olhos de ogbono de seu pai, seu nariz de botão, seus lábios — a maneira como eles se franziam como duas centopeias quando ele estava chateado. Ele seria como seu pai em muitos aspectos. Mas não teria nada daquela raiva reprimida de Chibundu e, ao nascer, limparia toda a raiva do pai.

Lá estávamos nós, paradas no meio da sala, a mãozinha de Chidinma agora na minha. E a dor se transformando em algo mais agudo e muitas vezes mais doloroso do que todos os momentos anteriores. Então, do nada, uma dor cortante se instalou e eu me senti apertar a mãozinha na minha, num reflexo. Chidinma começou a chorar. O que eu poderia fazer? Simplesmente ouvia o som do choro dela, ouvia como de um túnel profundo e oco, mais como ouvir um eco do que o som em si.

Pensei: permita que ele volte para casa e reconheça esse bebê antes que não haja mais nada para ser reconhecido.

Coloquei um pé na frente do outro, mas então me senti drenar, o oposto de uma sucção, como se um plugue em mim tivesse sido desconectado de repente. Olhei para baixo e, entre minhas pernas, vi uma poça de sangue se espalhando pelo chão. Então senti um cheiro forte de carne crua por toda parte, saturando o cômodo, ameaçando até mesmo o ar em meus pulmões. Até hoje, posso ver a imagem em minha mente: a pequena Chidinma de pé ao meu lado, chorando e chafurdando na poça grumosa de sangue de sua mãe.

Tudo ficou cinza. E então tudo foi ficando preto.

***

Acordei com o rosto de Chibundu pairando sobre mim, acariciando minha testa, me dizendo que tudo ficaria bem. Ele estava carregando Chidinma em seus braços.

Minha cama de hospital ficava perto de uma janela. Lá fora, o sol estava se pondo, nuvens roxas florescendo de um canteiro cinza, algo como um hematoma na pele pálida.

Há quanto tempo eu estava lá? Horas? Dias?

Chibundu continuou a me acariciar. Então, vendo que eu havia acordado, ele disse: "Em breve os médicos vão fazer você voltar ao normal. Cem por cento. Eles dizem que podemos tentar de novo." Ele ajeitou Chidinma nos braços, aproximou-se de mim e disse, como agora costumava dizer: "Se o homem que vai na roça e volta sem mandioca for um verdadeiro agricultor, ele vai voltar para a lavoura, vai fazer o que for preciso, para um dia voltar da roça com mandioca no cesto".

Fiquei tonta ao ouvir essas palavras. Elas pareciam rodopiar em minha cabeça, fazendo-me ficar ansiosa, tornando difícil respirar.

Depois que perdi o bebê, Chibundu quase sempre podia ser encontrado no jardim da frente, tirando o pó, polindo, mantendo longas conversas na varanda com aquele amuleto de boa sorte, o carrinho. Era como se ele o persuadisse a fazer melhor, argumentando: de que adianta um amuleto de boa sorte se ele não cumpre seu papel? Sua postura mostrava como estava desapontado com o brinquedo.

A meu ver, se seu amuleto da sorte não tinha funcionado, talvez ele não tivesse escolha a não ser me deixar em paz. E, de qualquer forma, não era da natureza das pessoas que, depois de ficarem obcecadas por algo por tanto tempo, acabassem seguindo em frente? Não importa o quão fervorosamente entramos de cabeça em um projeto, se vez após vez esse projeto se mostrasse muito difícil de se realizar, mais cedo ou mais tarde faria sentido passar para algo diferente.

Talvez.

Pelo enésimo dia consecutivo, saí para o jardim da frente para chamá-lo para jantar, e o encontrei com o carro.

Chidinma estava comigo. Ela já havia aprendido que o carrinho de brinquedo não era para ela. Também aprendeu, talvez, que muitas coisas podem ser tiradas assim que são dadas. Até o carinho de uma mãe. Ela estava rigidamente ao meu lado, sem se mover em direção ao carro.

No fim de semana anterior, Chibundu tinha convidado um dos rapazes do bairro a andar no carrinho, um rapazinho de cerca de quatro ou cinco anos chamado Somto. Chidinma e eu saímos e encontramos o menino enfiado no banco do motorista, os joelhos para cima na frente do volante, as pernas longas demais para o espaço.

Ainda assim, ele dirigiu, e Chibundu seguiu atrás, batendo palmas com entusiasmo. Por fim, tirou o menino do carrinho, colocou-o no chão e deu-lhe um tapinha na cabeça. O menino envolveu as pernas de Chibundu com seus bracinhos, em agradecimento pela oportunidade inesperada de conduzir o brinquedo.

Agora, uma semana depois do incidente com Somto, Chibundu levantou o carro da varanda e pousou-o no pátio.

Olhando para mim, ele disse: “Foi um erro da minha parte não compartilhar isso com a menina. O que eu estava pensando? Como pude ser tão tolo? Provavelmente teria nos trazido a boa sorte que desejávamos se eu tivesse compartilhado o brinquedo com ela. Afinal, ela teria sido sua irmã, e é isso que os irmãos devem fazer. Eles devem compartilhar.”

Ele estava olhando para mim enquanto falava. Eu queria dizer a ele que não havia indicação de que o bebê fosse um menino. Aos três meses, era muito cedo para saber.

Seus olhos se voltaram para Chidinma.

"Venha aqui", ele disse a ela.

Chidinma permaneceu onde estava.

"Venha", disse ele, e desta vez estendeu a mão para ela, pegou-a em seus braços e colocou-a no banco da frente do carro.

Enquanto ele a instruía sobre o que fazer, movia suas mãos e pernas para um lado e para o outro, examinei o rosto dela, procurando sinais de gratificação por finalmente ter a oportunidade de fazer o que há muito desejava.

Seu rosto não mostrava nenhuma felicidade. Ela se sentou rígida, apreensiva, uma mão hesitantemente colocada no volante, a outra puxando nervosamente um dos grampos de cabelo de plástico que decoravam as pontas de suas trancinhas.

O carro finalmente começou a se mover, mas apenas porque Chibundu passou a empurrá-lo com a mão. Lá estava ela, a pequena Chidinma, agarrada ao volante e sendo empurrada no carrinho de brinquedo que nunca deveria ser dela.

E ela não demonstrava nenhum sinal de satisfação.

Mais tarde naquela noite, ela se enrolou em uma bola apertada na cama, como se quisesse desaparecer. Seus olhos permaneceram abertos, fixos em mim, profundamente contemplativos.

O tempo passou e então, de forma muda e sombria, ela soltou um suspiro. Observei enquanto ela virava seu corpo para longe de mim. Naquele instante, minhas pálpebras ficaram um pouco como os limpadores de para-brisa de um carro. Tentei piscar para apagar o momento em que ela se afastou de mim. Pisquei, pisquei e pisquei. Mas ainda assim, não conseguia apagar a imagem.

77

Diz a lenda que as crianças espirituais, cansadas de flutuar sem rumo entre o mundo dos vivos e o dos mortos, começam a se reunir acima das árvores de udalas. Em troca da moradia, elas tornam excepcionalmente fértil qualquer fêmea que venha e permaneça, mesmo que seja por um breve período de tempo, sob qualquer uma daquelas árvores. Elas a fazem ter filhos e filhas, tantos quantos seu coração desejar.

Em Ojoto, alguns anos antes da guerra, ouvi essa lenda de uma das minhas colegas de escola, uma menina gordinha de olhos brilhantes cuja cabeça tinha o formato de um pão achatado. Ela tinha uma cicatriz bem no topo da testa, correndo horizontalmente da esquerda para a direita. Todas as crianças da escola sussurravam que era porque ela havia caído da janela do segundo andar quando era bebê. Mas ninguém nunca perguntou diretamente a ela sobre isso. E ninguém nunca soube. O nome dela era Osita.

Em uma tarde preguiçosa, enquanto estávamos sentadas nos degraus da sala de aula durante o recreio da tarde, ela me implorou para ir com ela, após o término das aulas, ao bosque de udalas que não ficava longe da escola. Devíamos ter oito ou nove anos na época.

Fizemos assentos sob as árvores: montes de folhas colocadas umas ao lado das outras, e ficamos lá, debaixo das árvores.

"Temos que ficar aqui até contarmos até cem", Osita explicou.

"Por que cem?"

"Porque cem é muito tempo para ficar debaixo de uma árvore. Cem porque assim podemos ter certeza de que receberemos cada gota de nossa benção das mãos dos filhos espirituais. Não como quando a gente toma uma garrafa de refrigerante e ainda sobra aquele pouquinho na garrafa. Com isso, temos que tentar assegurar até a menor gota de nossas bênçãos."

Ela começou a contar, dolorosamente devagar, como se os números fossem farinha, como se os tivesse medido e agora os estivesse peneirando gradualmente. Um... dois... três...

Porque nove não era jovem demais para se preparar, ela disse. Porque, mais cedo ou mais tarde, cada uma de nós se tornaria esposa de alguém e, como esposas, seria nossa obrigação ser férteis, gerar crianças para nossos maridos, especialmente filhos, para continuar o nome da família.

Concordei com ela em tudo o que ela propôs que fizéssemos, mesmo que, para mim, a lacuna entre lenda e realidade não fosse algo que minha mente estivesse preparada para pular. Para mim, uma lenda era um pouco como fazer um desejo: ninguém sabia se aquilo se tornaria realidade.

Na minha última noite sob o teto de Chibundu, sonhei com árvores de udalas.

Em meu sonho, vi Chidinma vestida com um vestido amarelo com corpete de lantejoulas e bainha de renda. Em seu cabelo havia uma fita, que o vento levantava suavemente de sua cabeça. Ao seu redor havia um círculo de pedras em tons de cinza e bege, pedras grandes, do tamanho de blocos de cimento. No topo de cada pedra havia uma vela alta de cera branca, sete ou oito delas no total, suas chamas queimando em azul, laranja e amarelo, e tremeluzindo para um lado e para o outro durante a noite.

Sua expressão era pesarosa e triste, e havia uma palidez em seu rosto.

Ela estava sob uma das árvores de udalas, uma árvore muito mais alta e mais frutífera do que qualquer outra que eu já tinha visto antes. Estava salpicada de frutas de um laranja mais vivo do que o normal. Suas folhas brilhavam à luz das velas, um tom escuro de verde.

Outras árvores se alinhavam de cada lado da trilha que levava até onde ela estava, árvores pairando acima: palmeiras, irocos, cajueiros e bananeiras. Atrás de Chidinma, a trilha parecia se afunilar no lago adiante, que então se afunilava em um ponto de fuga em algum lugar distante, no horizonte preto-azulado. A lua, obscurecida como estava pelas nuvens, impunha-se apenas o suficiente para deixar as pontas das árvores prateadas e iluminadas.

Perto da ponta da trilha, não muito perto de onde a terra dava lugar à água, havia ainda mais velas acesas.

Aproximei-me de Chidinma com horror e, ao fazê-lo, vi que ela estava parada com os pés quase sem tocar a terra, como um fantasma flutuando acima do solo. Como isso podia estar acontecendo? Ergui os olhos para verificar. Vi, pendurada na árvore de udalas, uma corda rígida que conduzia a um laço firme que estava amarrado no pescoço de Chidinma. De alguma forma, a princípio não consegui vê-lo, mas agora o vi, estendendo-se dos galhos da árvore de udalas, e Chidinma, minha filha, pendurada nele.

Fiz menção de correr até ela, mas minhas pernas estavam pesadas, como se estivessem sendo puxadas para baixo pela lama. Eu as forcei a se moverem, mantendo meus olhos nela. Vi o momento em que ela ergueu os olhos para mim. Estava usando aquele olhar inexpressivo familiar em seu rosto, e então seus lábios se curvaram em um leve sorriso, algo sinistro, nada parecido com qualquer coisa que eu já tinha visto nela.

Um livro apareceu em suas mãos. Era a velha Bíblia do meu pai — aquela pequena de muito tempo atrás, com a encadernação de couro preto e as páginas amareladas. Ao se pendurar na árvore, ela começou a ler a Bíblia. Ouvi as palavras que ela lia, mas não conseguia entendê-las.

Era tarde demais. No momento em que a alcancei, seus olhos estavam fechados. Sua pele ainda estava quente, mas uma frieza estava se instalando.

Seguiu-se um novo sonho, e nele vi Chidinma toda crescida: uma bela mulher com uma linda pele escura, lábios carnudos e bem torneados e olhos muito penetrantes. Ela estava sentada em um quintal cheio de árvores de udalas, segurando uma criança nos braços.

Ao redor ouvia-se o som de motores de helicópteros e bombardeiros, o som abafado de pés correndo, de coisas se chocando contra a terra. Sons de guerra.

De onde eu estava, gritei para Chidinma se levantar de onde estava sentada, correr para que pudéssemos nos esconder no bunker. Era noite, tudo escuro, exceto pelo luar opaco. "Chidinma, venha!", gritei. Chidinma ergueu o olhar para mim e cruzou meus olhos com os dela. Seus olhos brilharam na escuridão, parecendo raivosos e selvagens.

Nesse momento, a criança em seus braços começou a engasgar. Chidinma olhou para a criança. Mas não fez nada além de olhar. Eu poderia ter feito algo para ajudar a criança engasgada, mas parecia haver uma barreira invisível entre mim e a cena à minha frente. Não tinha como eu estender a mão para agarrar Chidinma e arrastá-la para o bunker, assim como não poderia ajudar a acalmar a criança sufocada.

Em seus braços, a criança arfava sem parar, levando as mãos ao pescoço, os olhos suplicantes voltados para Chidinma. Seu rosto parecia inchar. Mais ofegante, mais suplicante com os olhos. Ainda assim, Chidinma apenas assistiu. Ela não fez nada para ajudar a criança sufocada.

Às vezes, uma decisão chega até nós dessa maneira — em uma série de sonhos, em uma série de pequenas epifanias. Imagine que há um murmúrio de som, algo vindo de algum lugar distante. Não é bem perceptível, mas os minutos passam e o som fica mais forte: *quack, quack, quack,* e finalmente você olha para cima e vê um revoado, um bando de gansos, um V perfeito lá no alto no céu.

Acordei sobressaltada, frenética, encharcada de suor, ofegante. Não parecia que eu estava em casa ou na minha cama. Olhei em volta sem expressão, tentando entender onde eu estava. Foi então que percebi: Chidinma e eu estávamos sufocando sob o peso de algo maior do que nós, algo pesado e denso, o peso da tradição e da superstição e de todas as nossas lendas.

O quarto tomou forma ao meu redor: os lençóis florais e a mesa lateral de madeira e a cômoda na qual vi meu reflexo no espelho. As cortinas escuras nas janelas. Chibundu ao meu lado.

Sentei-me na cama, coloquei os pés firmemente no chão. A solução para os meus problemas ficou clara. Por que demorei tanto para agir? A vida tem um jeito de nos conduzir e começamos a pensar que nossos destinos não dependem de nós.

O choro de Chidinma agora ecoava em minha mente. Mas a porta do quarto estava fechada, então se ela tivesse realmente chorado, eu não poderia ter ouvido. Ainda assim, seu grito soou.

Chibundu dormia do seu lado da cama, seu ronco reverberando como uma buzina. Levantei-me, rapidamente juntei algumas coisas num saco, com muito cuidado para não acordar Chibundu. Saí pela porta na ponta dos pés, carregando a bolsa comigo. Fui direto para o quarto de Chidinma.

Em seu quarto, eu a envolvi contra meu peito, amarrando-a em um pano esticado sobre meus ombros. Ela estava dormindo quando cheguei até ela, mas agora ela abriu os olhos e se contorceu um pouco, exalando seu habitual cheiro de bebê, de talco e perfume, doce e suave, um pouco como incenso.

Eu a carreguei assim para fora do quarto, para a sala e para fora da porta da sala.

Lá fora, a escuridão envolveu-me como uma graça. As folhas se agitavam com a brisa e, ao longo da estrada, ao lado de uma casinha, uma mulher despejava água com sabão de um balde. Um homem estava varrendo a varanda da frente de sua própria morada.

No ponto de táxi, fiquei parada enquanto o oga, em um agbada e sokoto azul e preto, me indicava um táxi. Fui andando, o tempo todo embalando Chidinma em meus braços.

Sentada no táxi enquanto ele partia, pensei mais uma vez sobre como a vida costuma nos levar pelo caminho mais longo. Mas talvez não importasse, longo ou curto, contanto que eventualmente encontrássemos o lugar onde precisávamos estar.

O táxi me deixou a uma curta distância do portão de mamãe. No alto da colina, uma luz brilhava como uma fogueira.

Andei, sem saber ao certo o que diria quando chegasse a seu portão, ou quando estivesse dentro do portão, ou quando batesse na porta e mamãe abrisse para mim. Talvez algo sobre querer ficar sozinha, como ela. Querendo me livrar de todos os apegos às pessoas, exceto aquelas que escolhi para ter perto de mim.

Passei por um pequeno pedaço de terra salpicado aqui e ali de musgo verde. Passei por uma árvore iroco alta e por uma galinha com manchas vermelhas na cabeça, andando em círculos ao redor da árvore.

Pouco antes de chegar ao portão de mamãe, parei. Na beira da estrada onde eu estava havia um toco de árvore. Sentei-me nele. Lá, orei em silêncio, pedindo a Deus que me perdoasse por ter abandonado meu casamento. Rezei pelo que pode ter sido segundos, ou minutos, ou talvez até horas.

Levantei-me e, sentindo-me ousada e um pouco corajosa, limpei minha túnica, tirando toda a poeira que havia se acumulado na caminhada. Bati o pano com fervor, como se fosse começar minha vida de novo.

EPÍLOGO

Aba, estado de Abia
13 de janeiro de 2014

Numa história de vida cheia de sonhos, há ainda mais sonhos. De vez em quando, Amina ainda me procura à noite. Três sonhos particulares. Cada um tem seu turno, e cada turno, como um hábito, se repete.

No primeiro, encontro meu caminho de volta até Oraifite, para Amina e minha antiga escola secundária. A visita ocorre à noite. Desço do ônibus e vou até o rio. O sol está se pondo, fazendo com que a água brilhe. Encontro aquele lugar onde nos sentamos uma vez, pego um punhado de areia e observo os grãos escorrendo por entre meus dedos, assim como Amina havia feito há muito tempo.

Este é o primeiro.

No segundo sonho, percorro todo o caminho até a casa do professor da escola primária. O lugar está abandonado há muito tempo, mas me aproximo mesmo assim, atravesso o jardim da frente, passando pelo mato que está crescendo, cobrindo o caminho que vai do portão até a entrada da casa. Ervas daninhas no concreto, afogando o cimento.

Entro e passo rapidamente pela casa, vou pela cozinha até o quintal. Ao longe, vejo o velho casebre, e a pouca distância do casebre, a torneira, aquela prateada que outrora brilhava ao sol. A ferrugem se acumulou ao longo de toda a sua extensão. Gafanhotos pululam ao redor.

Aproximo-me da torneira, avanço alguns passos em direção a ela e de repente lá está Amina, como antes, trazendo um balde de água.

Corro até ela, envolvo-a em meus braços, embora ela ainda esteja segurando o balde, e pergunto, desesperadamente: "Você se lembra? *Você se lembra*? Foi por aqui que caminhamos. Aqui que trabalhamos. Foi aqui que crescemos. Foi aqui que rimos. Foi aqui que fizemos amor. *Foi aqui que aprendi a amar.*"

Mal acabei de falar as palavras e ela desaparece, como às vezes as pessoas fazem, até mesmo de nossas mentes.

Gowon disse em seu discurso: *Esse capítulo trágico de violência acaba de terminar. Estamos no alvorecer da reconciliação nacional. Mais uma vez temos a oportunidade de construir uma nova nação.*

Esqueça que Gowon era nortista. Esqueça que seu nome é sinônimo da guerra e suas atrocidades.

Mas lembre-se da guerra e de suas atrocidades, lembre-se do discurso e lembre-se especificamente da reconciliação nacional e da construção de uma nova nação.

Perdoe Gowon. Perdoe Ojukwu. E perdoe a guerra.

O terceiro sonho é o seguinte, e é este, de longe, o mais recorrente:

Estou no Norte para visitar Amina. Lá em cima a areia é cinza e fina, não avermelhada e pesada como a areia do Sul. As planícies são relvadas e se estendem por quilômetros a fio, e nelas o gado pasta, balançando o rabo ao sol, sob a vigilância dos pastores Hauçás e Fulanis.

Além dos pastores, há ambulantes Hauçás e Fulanis, vestidos com cafetãs tradicionais e lenços na cabeça e xales, carregando bandejas com bananas, pão e nozes na cabeça. Também há ambulantes Igbos e Iorubás: mulheres com blusas de renda ou bubas, com cangas combinando na parte de baixo; homens em agbadas. E ainda outros: homens e mulheres vestidos com roupas europeias e americanas: camisas sociais e camisetas, calças, saias e shorts.

Amina me encontra no ponto de ônibus. Embora seu rosto e suas longas tranças estejam mascarados pelo véu, e embora seu corpo pareça disforme no longo vestido esvoaçante que ela usa, eu a reconheço mesmo assim. Ela é jovem, envergonhada, cheia de culpa, e o medo a persegue, pregado nas solas dos pés.

Tento acalmá-la, dizer-lhe que aquelas coisas que fizemos não foram tão ruins, se é que foram ruins. Procuro dizer que logo não haverá mais medo de apedrejamento, que logo todas aquelas histórias de aldeões mandando namoradas para se afogar nos rios serão antigas, quase esquecidas, como a antiga luz, mal visível no céu. As palavras acabaram de sair de meus lábios quando um caminhão passa, um caminhão longo e volumoso, seu barulho de motor tão alto que abafa minha voz. E não apenas o zumbido e a agitação do caminhão, não apenas o barulho e o clangor, mas também a fumaça e a poluição, as nuvens negras subindo. E estamos respirando a fumaça, tossindo e nos engasgando com toda aquela fumaça. E depois outro caminhão. E outro. E outro. Mais fumaça. Mais tosse. Mais sufocante. Minhas palavras se perdem em todo aquele tumulto, minhas palavras doces e consoladoras tornam-se como açúcar na chuva, como fantasmas, como a mais fina teia de aranha: derretida, desaparecendo, imperceptivelmente fina. Palavras inúteis, palavras perdidas, palavras tão boas como se nunca tivessem sido ditas.

Vários anos atrás — 2008 — relatos contavam que um bando de vândalos pregadores de Deus apedrejaram e espancaram vários membros de uma igreja de afirmação de gays e lésbicas em Lagos, esmagaram seus rostos, fizeram com que suas carnes ficassem tão inchadas quanto balões azul-púrpura.

Mamãe largou o jornal que estava lendo sobre isso e exclamou: "*Tufiakwa*!" Deus me livre! "Mesmo entre os cristãos, não pode ser o mesmo Deus que adoramos!"

Chidinma mora em Lagos há três anos.

No ano passado, um monitor encontrou duas alunas fazendo amor na universidade de Lagos onde Chidinma leciona. Aconteceu em um dos dormitórios estudantis, então Chidinma não estava lá para ver, ou ela poderia ter intervindo, poderia até ter arriscado sua própria vida ao fazê-lo. Ela é, afinal, daquela nova geração de nigerianos com uma inclinação mais forte para o amor do que para o medo. O fato de ela mesma não ter a mesma orientação que eu não a faz olhar para gays e lésbicas com o tipo de medo que leva ao ódio. Além disso, ela conhece minha história bem demais para ser insensível à causa.

De qualquer forma, os colegas de escola das duas alunas, alguns dos quais eram alunos de Chidinma, decidiram resolver o problema por conta própria. Eles despiram as namoradas de suas roupas e as espancaram até ficarem com a pele preta e roxa. Gritaram "666" na cara delas, e "Deus te castigue!" Aqueles que não participaram do linchamento ficaram assistindo e gravando o incidente com seus celulares. Ninguém levantou um dedo para ajudar as mulheres. Só ficaram lá parados, observando.

Quando ela ouviu falar disso, mamãe disse: "Deus me livre! No que este mundo se transformou?"

Depois de um tempo, ela brincou: "Sabe, é realmente uma pena que nosso presidente, o homem realmente bonito que ele é — com aquele sorriso lindo e seus chapéus fedora elegantes —, é uma pena que ele não faça nada para corrigir essa situação. Um desperdício de boa aparência. Um rosto bonito tem um jeito de persuadir as massas. O mínimo que ele podia fazer é tentar usar sua boa aparência para uma causa nobre.

Mais tarde, perguntei a Chidinma se ela havia mencionado o incidente a seu pai. Ela tinha. A resposta de Chibundu? "Bom, é a vida. Essas coisas acontecem."

Chibundu ainda vive em Porto Harcourt, mas de vez em quando vem a Aba. Mais de trinta anos de distância levaram a uma espécie de estranhamento educado entre nós dois. Talvez ele ainda guarde rancor pelo que aconteceu em nosso casamento; talvez não.

Por alguns anos depois que eu fui embora, ele continuou a implorar para que eu voltasse para ele. Marcou vários encontros durante esses anos — com mamãe e seus pais, além de nós dois — para tentar ver o que poderia ser feito para salvar o casamento, mas todos foram inúteis. Por tudo isso, eu estava em dívida com ele, porque ele foi pelo menos atencioso o suficiente para não revelar a seus pais qualquer informação sobre mim e Ndidi. Depois de todos esses anos, ainda não parece que ele tenha revelado nada a eles ou a qualquer outra pessoa. Se há uma maneira de descrevê-lo hoje em dia, é que ele geralmente parece resignado.

Crescendo, Chidinma perguntava por que seu pai e eu não morávamos juntos.

"Alguns papais e mamães se amam, mas não para casar ou viver juntos", eu dizia. Ela acenava com a cabeça e, depois de algum tempo, perguntava: "Mas por quê?"

Eu simplesmente repetia: "Porque alguns papais e mamães se amam, mas não para casar ou viver juntos".

Embora eles certamente tenham passado por momentos difíceis, ela sempre amou o pai; sei que ela sente uma empatia latente por ele em meu nome. Por vários anos, ela expressou para mim sua preocupação por ele estar sozinho. Ela deseja que ele se case novamente, porque isso pode fazê-lo parecer menos solitário em seus olhos.

Houve um papo, talvez sete ou oito anos atrás, sobre os planos de Chibundu de se casar com uma jovem Iorubá chamada Ayodele. A mulher era apenas alguns anos mais velha que Chidinma, e ela, de acordo com Chidinma, era do tipo que adorava dar festas grandes e elaboradas. Talvez Ayodele e Chibundu não concordassem sobre isso, ou talvez tenha havido algum outro problema, mas no final não se casaram.

Às vezes sinto que Chibundu está muito ocupado sentindo pena de si mesmo para investir de verdade em um novo relacionamento. Mas é claro que posso estar enganada.

Existe a história de um homem que estava tão distraído enquanto dirigia seu carro que entrou direto no quintal do vizinho, matando sua filhinha, que estava brincando ali. O vizinho saiu gritando, berrando com o homem: "Olha o que você fez! Você matou minha filha! Como você pôde fazer isto comigo? Eu não vou deixar você escapar impune! Você matou uma criança inocente!"

O motorista saiu do carro e, ao ouvir as palavras do vizinho, imediatamente se ofendeu. Ele disse: "Como você ousa falar comigo desse jeito? Por que você está gritando comigo? Você não tem o direito de gritar comigo! Você não vê que eu tenho muita coisa na cabeça? Sinto muito, mas sou um homem de negócios e tenho viajado muito, sou responsável por tantas coisas. Sinto muito, mas você sabe como a vida tem sido estressante para mim? Você pelo menos sabe disso?" Ele continuou nesse tom, gritando com o vizinho cuja filha ele acabara de matar, dando desculpas sobre por que ele havia entrado quintal, dando desculpas pelo trágico acidente, como sua vida era terrivelmente estressante. Como era injusto o vizinho gritar com ele daquele jeito. *Sinto muito, mas isso, sinto muito, mas aquilo*, e assim por diante. Para ele, ele era a vítima; era com ele que o mal tinha sido feito.

Suponho que seja assim que somos, nós, tão humanos. Sempre achando mais fácil nos tornarmos vítimas da tragédia de outra pessoa.

Embora seja verdade, também, que às vezes é difícil saber a quem realmente pertence a tragédia.

Chidinma devia ter treze ou quatorze anos na época em que revelei a ela que Ndidi e eu éramos mais do que amigas. Acabou sendo um tipo de revelação nada assombrosa, quase uma não revelação, porque, sem que eu soubesse, a menina já sabia. E de alguma forma isso não importava para ela.

Quanto a Ndidi, olhando para trás, parece quase inevitável que eu voltasse para ela e que tentássemos salvar o que restou de nosso relacionamento.

Hoje em dia, penso muito em algo que mamãe dizia: que a bicicleta tem duas rodas. E, claro, tem mesmo. Ndidi é uma e eu sou a outra. Já compartilhamos décadas juntas e, embora não possa haver um casamento entre nós (um relacionamento como o nosso ainda é uma coisa muito perigosa, sem nem falar em casamento), sentimos que somos um casal.

Tirando mamãe, Chibundu e Chidinma, Ndidi e eu fizemos o possível para manter a coisa toda clandestina, um pouco como costumava ser antes. Mantemos quartos separados, mas passamos muitas de nossas noites juntas. Às vezes vou ao apartamento dela, outras vezes ela vem ao meu, que não fica longe do bangalô de mamãe, o mesmo onde, com a ajuda de mamãe, acabei criando Chidinma.

Algumas das noites em que estamos juntas e na cama, Ndidi me abraça. Ela molda seu corpo ao meu e sussurra em meu ouvido sobre uma cidade onde o amor pode ser amor, entre homens e mulheres, homens e homens, mulheres e mulheres, assim como entre Iorubás e Igbos, Hauçás e Fulanis. Ndidi descreve a cidade, todas as suas árvores e as cores da areia. Ela me conta detalhadamente sobre as estradas, as direções em que seguem, de onde e para onde levam.

"Qual é o nome da cidade?", pergunto.

O sono ameaça derrubá-la e às vezes ela se esquece de que não quer dizer um nome. Uma noite, ela murmura que é Aba. Na noite seguinte é Umuahia. A cada noite que passa, ela nomeia mais cidades: Ojoto e Nnewi, Onitsha e Nsukka, Porto Harcourt e Lagos, Uyo e Oba, Kaduna e Sokoto. Nomes e mais nomes, de modo que, eventualmente, tenho que rir e dizer: "Como é que essa cidade pode ser tantos lugares ao mesmo tempo?"

Sua voz é suave como um zumbido, e as palavras saem calmas como uma oração. Ela está mais velha agora. Nós duas estamos. Os anos se passaram e há uma aspereza envelhecida em sua voz. Ela diz: "Todas elas estão aqui na Nigéria. Viu, essa cidade vai ser a Nigéria inteira".

Hebreus 8: Deus fez uma nova aliança com a casa de Israel e com a casa de Judá, não conforme a aliança que fez com seus pais. Se aquela primeira aliança tivesse sido sem defeito, então nenhum lugar teria sido feito para a segunda. Com essa nova aliança, Ele envelheceu a primeira. E aquela primeira foi autorizada a desaparecer.

É esse versículo que ocupa minha mente hoje em dia. Esta, parece-me, é a lição da Bíblia: esta afirmação da importância da reflexão e da revisão, constante o bastante para acabar com as leis cansadas, velhas e até defeituosas.

Às vezes, sento-me com a Bíblia nas mãos e penso comigo mesma que Deus não passa de um artista e que o mundo é Sua tela. E penso que, se o Antigo e o Novo Testamento são alguma indicação, então a mudança é, de fato, uma parte importante de Sua estética, uma parte importante de Sua visão do mundo. A própria Bíblia é uma confirmação dessa mudança. Até as alianças bíblicas mudam: no Novo Testamento, não há mais necessidade de sacrificar animais. Mudança. Não mais o pacto da lei, mas sim o pacto da graça. Mudança. Foco em toda a humanidade, em vez de foco nos judeus.

Mudança. Tantas outras, se uma pessoa for do tipo que faz listas.

Muitos dias penso comigo mesma que a mudança é o objetivo de tudo. E que tudo o que fazemos deve ser um reflexo dessa visão de mudança.

Talvez as regras da Bíblia sempre estejam em fluxo. Talvez Deus ainda esteja falando e continuará a fazê-lo para sempre. Talvez Ele ainda esteja criando novas alianças, só que estamos muito surdos, muito obstinados, muito presos a velhas maneiras de ouvir. Sim, existem os desígnios de Deus que já nos foram apresentados, mas talvez também existam aqueles caminhos em processo de se tornarem conhecidos. Talvez tenhamos apenas que abrir nossos ouvidos, corações e mentes para ouvir.

É um pensamento reconfortante.

Bati à porta, com Chidinma nos braços. Mamãe abriu, um olhar questionador em seu rosto.

"Mamãe, eu não consigo. Eu não consigo mais", deixei escapar.

Ela ficou lá apenas olhando para mim. Finalmente, ela baixou as pálpebras, pelo que parecia ser decepção. Seu olhar questionador não era mais questionador.

"Mamãe, eu não consigo", disse novamente.

Uma brisa suave soprava atrás de mim, entrando pela porta e agitando a ponta do lenço branco que mamãe usava na cabeça. Fazendo-o esvoaçar como se fosse uma pequena bandeira.

Chidinma agora estava acordada, com a cabeça erguida, mas estava quieta, seu rosto virando para frente e para trás enquanto ela olhava entre mamãe e eu.

"Mamãe, por favor, deixe-me entrar. Não consigo mais ficar com Chibundu."

Mamãe ergueu os olhos. Ela pegou Chidinma dos meus braços, carregou-a em um braço. Eu não esperava que o outro braço dela fosse colocado em volta dos meus ombros. Caminhamos juntas para a sala, até o sofá. A bebê estava fazendo uma corajosa tentativa de falar — uma série de sons balbuciantes — e mamãe disse: "Não faz sentido mandar vocês de volta tão tarde da noite." Estávamos lado a lado, mas ela se virou para olhar diretamente para mim agora.

"Tudo bem", ela disse. "Está tudo bem." Foi um entendimento. Discernimento como luz tépida, muito discreto, mas ainda assim, compreensão.

E começou a murmurar para si mesma. "Deus, que criou você, deve saber o que fez. Já é suficiente."

Quem sabe há quanto tempo ela vinha deliberando dessa maneira.

Ela pigarreou e terminou: *"Ka udo di, ka ndu di."*

Que a paz aconteça. Que a vida aconteça.

NOTA DA AUTORA

Em 7 de janeiro de 2014, o presidente da Nigéria, Goodluck Jonathan, sancionou uma lei que criminaliza as relações entre pessoas do mesmo sexo e o apoio a tais relações, tornando esses crimes puníveis com até catorze anos de prisão. Nos estados do Norte, a punição é a morte por apedrejamento. Este romance tenta dar aos cidadãos LGBTQIAP+ marginalizados da Nigéria uma voz mais poderosa e um lugar na história de nossa nação.

De acordo com o *Global Index of Religiosity and Atheism* [Índice Global de Religiosidade e Ateísmo] de 2012, publicado pela Win-Gallup, a Nigéria é classificada como o segundo país mais religioso entre os pesquisados, logo atrás de Gana.

AGRADECIMENTOS

Agradeço a:

Meus colegas do Iowa Writers' Workshop, e meus professores: Paul Harding, Marilynne Robinson, James Alan McPherson, Lan Samantha Chang, Allan Gurganus e Ethan Canin.

Connie Brothers, Deb West e Janice Zenisek, do Iowa Writers' Workshop.

Michael Martone e Robin Hemley, do Overseas Writers' Workshop.

Lisa Zeidner e o corpo docente e a equipe do departamento de Inglês/Escrita criativa da Rutgers University, Camden.

Daniel Grow, Linda Barton, Charlotte Holmes e Aimee LaBrie, da Pennsylvania State University.

Greg Ames, Peter Balakian, Jennifer Brice, Jane Pinchin e Tess Jones, da Colgate University.

O corpo docente do departamento de Escrita Criativa da Purdue University, especialmente a Porter Shreve e Bich Minh Nguyen.

A conferência Bread Loaf Writers.

Os editores das seguintes publicações: *AGNI, Apogee, Coffin Factory, Conjunctions, Granta, Iowa Review, Kenyon Review, The New Yorker, Prospect, Southern Review, Subtropics* (agradecimento especial a David Leavitt), *Tin House* e *TriQuarterly*.

Christopher Merrill, Nataša Durovicová, Kelly Bedeian e Ashley Davidson, do programa internacional de escrita da University of Iowa.

A premiação *O. Henry Prize Stories*.

As fundações Lambda Literary e Astraea Foundation for Justice.

O *Caine Prize*, pelo seu apoio imenso à escrita do continente africano, especialmente a Lizzy Attree e Jenny Casswell.

A iniciativa Rolex Mentor and Protégé Arts, especialmente a Jill

Morrison, Michael Ondaatje, Miro Penkov, Neal Hovelmeier e Togara Muzanenhamo.

A congregação da Igreja Unida de Cristo de Iowa City, especialmente o Reverendo William Lovin.

Chika Unigwe, Sarah Ladipo Manyika, Uwem Akpan, Chimamanda Adichie, Maaza Mengiste, Tayari Jones, NoViolet Bulawayo e Rita Adedamola Mogaji.

Rae Winkelstein, Montreux Rotholtz, Emily Ruskovich, Naomi Jackson, Christa Fraser, Amanda Briggs, Bryan Castille e Lori Baker Martin.

Marc Benda.

Sra. Brenda Nickles.

A revista *Granta*, especialmente a John Freeman, Patrick Ryan, Ellah Allfrey, Yuka Igarashi, Ted Hodgkinson, Rachael Allen, Sara D'Arcy e Anne Meadows.

A editora Houghton Mifflin Harcourt, especialmente a Jenna Johnson, Nina Barnett, Summer Smith, Simmi Aujla, Chelsea Newbould e Larry Cooper.

A Wylie Agency, especialmente a minha incrível agente, Jin Auh, assim como a Tracy Bohan e Jessica Friedman.

A Ludwig Wittgenstein ("Os limites da minha linguagem são os limites do meu mundo").

"As coisas congeladas no frio derreterão no calor." *Creech's Lucretius*, em *The Works of the English Poets: With Prefaces, Biographical and Critical*, v. 13 (Londres, 1795), p. 663.

A BBC e seus documentários sobre o conflito Nigéria-Biafra.

Yakubu Gowon, "The Dawn of National Reconciliation", broadcast de Lagos em 15 de Janeiro de 1970.

As obras de Flora Nwapa, Chinua Achebe, Wole Soyinka, Edwidge Danticat, Alice Munro, Kazuo Ishiguro, Ian McEwan e Marilynne Robinson — meus antecessores, meus guias.

E o poema "Road to Amaudo", de Jackie Kay, onde li pela primeira vez o ditado "*Ka udo di, ka ndu di.*"

Meus agradecimentos mais sinceros a:

Chidinma Okparanta, Chinenye Okparanta e Chibueze Okparanta, meus irmãos, meus melhores amigos.

Constance Okparanta, por sua força, seu amor, suas canções e histórias de guerra, seus contos populares, sem os quais este livro talvez nem existisse.

Titia Ifeyinwa, você está sempre no meu coração.

Todos os nossos mais velhos, pelos provérbios carregados até hoje.

Por último, mas não menos importante, a Deus e ao Universo, por conspirarem juntos para fazer deste livro a expectativa certa de coisas esperadas e a demonstração evidente de realidades que não podem ser vistas.

A AUTORA

CHINELO OKPARANTA nasceu na Nigéria, em Porto Harcourt, e fez seus estudos nos Estados Unidos da América. É escritora e professora universitária no ensino de Inglês e Escrita Criativa.

Publicou vários contos e ensaios em revistas renomadas como a *Granta*. Foi indicada para prêmios, tendo sido vencedora em vários deles.

Seu primeiro romance, *Sob as árvores de udalas* (Under the udala trees), teve o reconhecimento da crítica e recebeu prêmios por sua qualidade literária e tratamento temático.

OBRAS DA AUTORA

2013: *Happiness like water.*

2015: *Under the udala trees* (A novel). Kapulana, 2023 (trad.).

2022: *Harry Silvester Bird* (A novel).

PRÊMIOS E DESTAQUES

2014: O. Henry Prize (contos).

2014: Lambda Literary Award - Lesbian Fiction: *Happiness like a water* (contos).

2016: Lambda Literary Award - Lesbian Fiction: *Under the udala trees* (romance).

2016: Jessie Redmon Fauset Book Award in Fiction: *Under the udala trees* (romance).

2016: Inaugural Betty Berzon Emerging Writer Award (the Publishing Triangle).

fontes	Quicksand (Andrew Paglinawan) Josefin Sans (Santiago Orozco) Crimson (Sebastian Kosch)
papel	miolo: Pólen Bold 70 g/m2 capa: Cartão Duo Design 250 g/m2
impressão	BMF Gráfica